インデックス
誉田哲也
Honda Tetsuya
光文社

インデックス

Index

Contents

装　幀
泉沢光雄

写真提供
©AUGUST MOON / orion / amanaimages
©Trinette Reed / Blend Images / Getty Images

アンダーカヴァー

Undercover

Index

Honda Tetsuya

百ある警視庁本部の調室《しらべしつ》の中から、姫川玲子《ひめかわれいこ》が選んだのは第十一号室だった。「一」は英語で「ワン」。それを「won」と読み替えれば「勝ち」になる。「勝ち」が二つ。これ以上縁起のいい部屋はない。逆にいえば、今回のホシにはそれくらいの気合が必要だということだ。

吉田勝也《よしだかつや》、四十三歳。前回の取調べ時に、黙秘権と弁護士を依頼する権利については説明した。吉田は曖昧《あいまい》に頷《うなず》いただけで、特に弁護士との接見を希望する旨の意思表示はしなかった。

玲子は、薄《う》っすらとヒゲが生え始めた吉田の顎《あご》を見ていた。

「……無様なもんね」

右後ろに控える捜査二課の土井《どい》主任が、浅く息を吐くのが聞こえた。本来であれば、このような事案は捜査二課員が取調べるのが筋だが、今回は特例として、池袋《いけぶくろ》署強行犯捜査係の担当係長である玲子がその任に就いている。

吉田も、退屈そうに溜め息をついた。

玲子には、そんな彼の一挙手一投足、すべてが気に喰わない。

「どうして、こんなことしたの」

人にはそれぞれ、人間観というものがあろう。むろん玲子にもある。清濁《せいだく》、明暗、愛憎、表裏。両方あってこそ人間だと思う。百点満点の善人がいないように、爪の先から骨の髄《ずい》まで悪人というのも、またいない。今まで玲子が対峙《たいじ》してきた殺人犯たちも、じっくり向き合えば何かしら人間らしい温かみや、優しさの欠片《かけら》くらいは見せてくれた。あの「ストロベリーナイト」の仕掛け人でさえ、実行犯「エフ」の裏切りにはひどく動揺していた。そもそもあの事件は、死生観の鈍化した現代社会に対するアンチ・テーゼ的側面を持っていた。決して赦《ゆる》されるべき犯行ではなかったが、そこになんの意味もなかったかと訊《き》かれれば、玲子は「否《いな》」と答える。人は「ストロベリーナイト」とは違った方法で、しかし同じ命題に取り組んでいかなければならないと思う。

極論になるが、取調べとは犯意の対極に位置する心、動機の核となった心理に到達しようとする行為だと玲子は思っている。愛したがための憎悪だったのか。不遇からの脱却だったのか。強迫観念からの逃避だったのか。いわば、衝動の振り子。その軌跡を見極めることこそが、被疑者の心理を解き明かす鍵になると、玲子は信じている。

ところが今のところ、この吉田勝也という男には、その取っ掛かりになるような振り子が見えない。「暗」の対極に「明」がない。「憎」の裏側に「愛」がない。そんな印象を、漠《ばく》とだが抱いてしまう。

吉田は机上の一点に視線を据えたまま、ひどく間遠《まどお》な呼吸を繰り返していた。玲子の言葉も耳に届いているのかどうか分からない。いや、玲子の存在そのものを無視しているようにすら感じられる。

「……奥さん、泣いていらっしゃいましたよ。これから私は、沙紀《さき》と二人で、どうやっていったらいいんでしょう、って」

玲子自身、いっていて虚《むな》しい。こんなことでこの男が折れるとは到底思えない。だが、だったら何をいったらいい。何を端緒《たんちょ》に、この男の心の扉を抉《こ》じ開ければいい。

ふと、吉田は何か思い出したように視線を上げた。

「そういえば……刑事さんって、なんで私の取調べしてるんですか」

少し鼻にかかった、でもよく通る声だ。

「刑事が被疑者の取調べをするのは、当たり前のことでしょう」

「いや……こういう場合って、捜査二課の人が調べるのが、通例なんじゃないんですか」

半端な物知りは、無知よりかえって性質《たち》が悪い。

「ええ。本来であれば、そうですが」

「確か姫川さんは、池袋署の係長さんだとか」

「その通りです」

「池袋署の、なんでしたっけ。刑事課、強行犯係でしたっけ」

「よく覚えていらっしゃるんですね」

ちらっと名刺を見せただけなのに。

吉田は、さも分からなそうな顔で首を傾《かし》げた。

「……私は、誰かを殴ったりも、刺したりもしていない。ましてや殺人なんて犯しちゃいませんよ。それなのに、どうしてあなたに調べられなきゃならないんですか」

そう。玲子がこの事案の捜査に固執《こしつ》した理由は、まさにその一点に尽きる。

「いいえ……あなたのしたことは殺人です。あなたは立派な人殺しなんですよ。吉田勝也さん」

吉田の唇の、片側が吊り上がる。

醜《みにく》く歪《ゆが》んだ、ひどく邪《よこしま》な笑みだ。


事の発端は玲子が池袋署強行犯捜査係に着任した直後、二月二十四日の金曜日に起こった。

その夜、玲子は泊まりの本署当番で署の二階に詰めていた。池袋署の総合受付は、なぜか玄関から上がった二階にある。

一緒にカウンターに座っていたのは、生活安全課の江田《えだ》という四十代の巡査部長だ。

「私、姫川さんとは去年、本部の特捜《とくそう》（特別捜査本部）でご一緒してるんですよ」

「えっ、なんのときですか」

「ほら、サラリーマンが変な混ぜ物をしたクスリをやって死んじゃった事件、あったじゃないですか。あのとき私、滝野川《たきのがわ》署の生安《せいあん》（生活安全課）にいたんで。そんなに大きな事件じゃないと思ってたのに、いきなり本部に特捜ですからね。びっくりしましたよ」

去年の正月明けの、あの事件のことか。残念ながら、江田のことはまったく印象に残っていない。

「そうでしたか。それはまた……お世話になりました」

「いえいえ、こちらこそ……しかし、恰好《かっこう》よかったな、姫川さん。会議はいつも最前列で、バッシバシ発言通して。それで、会議が終わると係の方引き連れて、パッと飲みにいっちゃって。しかも、事件はスピード解決でしょう。うちの若いのなんて、すっかりファンになっちゃいましてね。本部に上がって、姫川班に入りたい、なんて……そいつ、いま機動隊にいっちゃいましたけど」

刑事部捜査第一課殺人犯捜査第十係、姫川班。その正式な解体からまだ一週間も経《た》っていないというのに、もう、ひどく遠い過去のように思える。しかし、いくら懐かしんだところで壊れたものは元には戻らない。それでなくとも、警察官に異動はつきもの。そんなに姫川班が恋しければもう一度、今度は自分の力でかつてのメンバーを呼び寄せればいい話だ。

そのためにはまず、玲子自身が本部に返り咲く必要がある。

「あの姫川さんが、まさか池袋に……」

そこまで、江田がいいかけたときだった。

天井のスピーカーがコツンとノイズを発した。

反射的に壁の時計を見上げる。十時四十分。

《警視庁本部より入電。西池袋五丁目、◎の△の民家で自傷事案発生の模様。関係各員は至急現場に臨場されたい》

思わず江田と目を見合わせた。自傷事案、即ち自殺。一命を取り留めれば生安、亡くなれば刑事課の扱いになる。

玲子は江田と共に無線室へと向かい、ちょうど中から出てきた刑事課長の東尾《ひがしお》警視に訊いた。

「課長。未遂ですか、死亡ですか」

東尾は、手にしたメモを見ながら小首を傾げた。

「消防庁から回ってきたんでな、生死はまだ分からん。赤木《あかぎ》という家で、通報してきたのは年配の女性、赤木フミコ。奥さんだろう。自傷者は家族だそうだ。……コレ、らしい」

そういって、スッと喉元を人差し指で撫《な》でる。首吊りか。

「とにかくいってみてくれ」

「了解です」

いったん四階のデカ部屋に戻り、上着と白手袋、腕章、懐中電灯などを携帯してから駐車場に下りた。

「姫川さん、ちょうどよかった。あと一人」

捜査用PC（覆面パトカー）の後部ドアを開けた江田が、向こうで玲子に手招きしている。

「ありがとうございます。……あ、あたし、真ん中でいいですよ」

「そんな。係長殿」

東尾課長と江田の他に二人、知能犯捜査係と防犯係のデカ長（巡査部長刑事）の、計五人で乗り込んで現場に向かった。

隣に座った江田に訊く。

「西池袋五丁目って、丸井《まるい》の先辺りですか」

着任五日目。まだ玲子の頭には、管内の町名もきちんとは入っていない。

「ええ。UFC銀行の次の角を入った辺りでしょう」

だったら五分もかからないか。

件《くだん》の住所は江田のいった通り、銀行の次の角を左に入って三十メートルほどいった辺りだった。すでに救急車とパンダ（白黒パトカー）が一台きて停《と》まっている。最寄《もより》交番からだろう、制服警官も数名到着していた。

東尾を先頭に現場へと向かう。真っ先に近づいてきたのはハコ長だろうか、警部補のバッジをつけた地域課係員だった。

「……お疲れさまです」

いいながら、彼は小さくかぶりを振った。助からなかった、ということか。

東尾が小さく頷く。

「やはり、縊死《いし》か」

「ええ。赤木ヨシヒロ、六十三歳。倉庫の、スチール棚のフレームに、ビニール紐を何重にも巻きつけて」

思わず「倉庫？」と訊くと、彼は怪訝《けげん》そうな目で玲子を見た。やはり自己紹介は必要か。

「二十日から強行班に配属になりました、姫川です」

「新しい係長だ」

一応納得したのか、彼も会釈をしてから続けた。

「トキワ硝子《ガラス》という、硝子食器の卸問屋です。住まいは二階で、一階が事務所と倉庫になっています。亡くなったヨシヒロが社長で……といっても、奥さんともう一人従業員がいるだけらしいですが」

ちょうどそこで、救急隊員が現場から出てきた。死亡が確認されれば、それ以上彼らに仕事はない。三人とも救急車に乗り込み、現場をあとにする。

それを見送った東尾が、こっちを振り返る。

「江田さん、署に搬送用のバンを回すようにいってくれ。姫川、一緒にこい」

「はい」

トキワ硝子は、一階部分がブロック塀で囲われた鉄骨、その上に木造家屋を載っけたような、変則的な造りの建物だった。一階内部は、ほとんどがスチール棚と段ボール箱に埋め尽くされた倉庫スペース。左手にある小部屋が事務所か。明かりが点《つ》いており、事務机が二台あるのが見えた。

遺体は倉庫の右奥。どん詰まりの目立たないところにあった。すでに紐を解かれ、ブルーシートを敷いた地面に横たえられている。制服警官二名と一緒にいる年配女性が、赤木フミコだろう。

東尾が玲子を見る。

「ご遺体は私が見る。君は、奥さんから話を聞いてくれ」

「了解しました」

玲子は頭を下げながらフミコに声をかけた。

「……奥さま、お気の毒です。お力落としのところ恐縮ですが、少しだけ、お話を聞かせていただけますか」

フミコは顔をくしゃくしゃにして頷き、すぐまた白いタオルで目元を隠した。その小さく丸まった肩を抱き、事務所の方に連れていく。長身の玲子と並ぶと、彼女の頭はほとんど胸の位置だった。

フミコを事務机のキャスター椅子に座らせ、玲子は壁に立て掛けてあったパイプ椅子を、お借りしますと断ってから広げた。

まず二人の名前を確認した。主人は「赤木芳弘」、彼女は「史子」と書くそうだ。

「では奥さま、どのような状況でご主人を発見されたか、お聞かせください」

史子は頷き、タオルを握り締めながら始めた。

「……十時頃、だったと、思うんですけど……お父さんが、ちょっと下、見てくるっていって、下りていって」

階段はどこだろう。あとで確認しよう。

「奥さまは、そのとき」

「テレビ、観《み》てました……ニュース」

「ご主人が普段、その時間、こちらに下りてくることは」

「まあ……商売のことで、何か思い出したりすれば、そういうことも……」

玲子は相槌《あいづち》を打ち、続けるよう促した。

「でも、ずいぶん戻ってこないんで、どうしたんだろうな、と思って、私も下りてきてみたら、ここの電気が点いてて、でもいないんで……お父さん、お父さんって、呼んでも、返事がなくて……表の戸は鍵が閉まってたんで、外にはいってないんだろうと思って、中を、捜《さが》したら……」

ひと声呻《うめ》くように漏らし、史子がまたタオルで顔を隠す。

「……足が……ぼんやりと足が、浮かんでるのが、見えて……最初、なんだか分かんなくて……いってみたら、お父さんが……」

玲子が背中をさすると、史子は詫びるように何度も頷いた。それでも、身を刻む引き付けのような呼吸は治まらない。

「……自分で下ろそうと、思ったんだけど、重たくて、こう、両手で、抱えて、持ち上げると、上の方には、手も伸ばせなくて……でも、まだ温かいから、助かるんじゃないかって……だから、救急車……呼んで、また、お父さん、持ち上げにいって……救急車くるまで、ずっと、そうやってて……あんな紐、ハサミで、切っちゃえばよかったのに……私、馬鹿だから、思いつかなくて……早く切ってあげてたら、もしかしたら……」

発見が十時半頃。救命措置ののち、消防庁に通報。警視庁に転送され、署に入電があったのが十時四十分。大きな齟齬《そご》はない。

遺書の有無も、あとで確認する必要がある。

「奥さん。ご自分を責めたりしちゃ、いけませんよ。ご主人は、ちゃんと分かっていらっしゃいます。奥さんが、一所懸命してくれたこと、ちゃんと……ご主人、最近何か、思い悩んだりされていたんですか」

史子は少し息を整えてから、また話し始めた。

「ここんとこ、売り上げも落ちてて、資金繰り、苦しかったんですけど……でも、ようやく融資してくれる人ができて、それで少し、持ち直してはいたんです。それなのに、どうして……」

融資してくれた、人？

「その、融資してくれた方というのは、個人ですか」

史子が、洟《はな》をすすりながら顔を上げる。

「え、いえ……一応、会社、ですけど」

「お知り合いの方ですか」

「ええ、まあ……三、四ヶ月前に、お父さんが、他の問屋さんの、紹介か何かで」
三、四ヶ月前に知り合った人が、融資をしてくれた？　それで持ち直していたはずなのに、経営者は突然自殺を図った？
「奥さん。ここ何日かのお取引で、何か変わったことはありませんでしたか」

「……どうして、ですか」

「何か、大口の注文が入ったり、そういうことはありませんでしたか」

「私は、入出金とか、給料とかの計算をするだけで、注文とか在庫とか、そういうのは全部、お父さんがやってたんで」

「もう一人の社員の方も、お分かりになりませんか」

「ハルちゃんは、引き取りと、配達だけだから。在庫とか、品物は私より分かるとは思いますけど、でも、注文に関しては……」

「普段、ご主人は注文をＦＡＸでやりとりされてましたか。それともメールですか」

「ＦＡＸ、ですよ。こういう……」

史子は立ち上がり、向かいの机に回った。そこに載せた黒い書類入れの引き出しを開け、中から一枚取り出す。一番上に「発注書」と大きく印字してある。

「拝見して、かまいませんか」

「ええ……どうぞ」

同じ深さの引き出しが五段。ご丁寧にも「発注書」「発注控」「注文ＦＡＸ」「返信済ＦＡＸ」「引取伝票」と書いたシールが各段に貼ってある。

玲子はまず「発注書」の段を検《あらた》めた。

トキワ硝子から各メーカーに送られた発注書だ。商品名や品番、数量が書いてある。単価はあったりなかったり。品番は一つだったり、一度に三つまとめてだったり。数量はおおむね十とか二十。多くても五十とかそれくらい。セットの場合は一とか二、多くても十くらい。単価は定価で数百円から、高くても二千円前後のものが多い。中には備考欄に【急ぎで納期を知らせてください】と書き添えられたものもある。ここ十日間の発注状況はおおむねそんなものだった。

次に「発注控」の引き出しを開けた。中には発注書と同じ様式の書類が保管されている。だがFAXで返信されてきたものだからだろう、どれも文字や線が多少乱れている。

内容を見ていく。

一番上の用紙の日付は二月十五日、九日前だ。メーカー名であろう「YUクリスタル」に宛てた発注控の内容は、こうなっている。

【ひと口ビールグラス五客セット／BUL802／一五〇セット／定価二二、八〇〇円】

驚いた。ざっと暗算でも三百万円を超える発注だ。卸業が定価で取引しないのは百も承知だが、それでも百万を下ることはないのではないか。

他も見てみる。同じ日の、石川《いしかわ》硝子工房への発注控だ。

【タンブラーペア／TWP52／二〇〇セット／定価二四、〇〇〇円】

次も同じ日、宛て先はフジ商事。

【アマゾニア　花瓶　高さ二七〇センチ／Y27B／定価三一、五〇〇円／一二〇個】

この時点で、たぶん一千万円は超えている。

同様の発注はその四日前から始まっていた。総額七千万円ほど。あくまでも定価ベースの、玲子の適当な暗算だが。

「奥さん。これは、ご存じでした？」

史子が涙を拭《ぬぐ》いながら、玲子が差し出した発注控を覗《のぞ》き込む。

途端、湿って腫れぼったくなった瞼《まぶた》が、大きく開かれる。

「……な、何これッ」

「YUクリスタル、石川硝子工房……これらは、普段からお取引のある会社ですか」

「え、ええ、もう、昔っから。でも、なに、ちょっと待って……」

もう少し引き出しをあさってみると、大量発注に対する返信FAXが尽きた下には、通常量の発注に対するそれが続いていた。日付は昨日から、二、三枚めくるごとに一日ずつさかのぼっていく。

大量発注のFAXだけが、上にまとめて入れられていた――。

受発注を管理していたのが芳弘社長なら、このように収納したのも彼と考えるのが自然だ。つまり、芳弘は十何日か前のFAXをわざわざ抜き出してまとめ、それをどうにかしようとしていた――そんなふうにも考えられる。

玲子はもう一度「発注書」の引き出しを確かめた。だが、やはりなかった。小口の発注FAXはあるのに、大口のは一枚もない。ちなみにここにある発注に対する返信も、ちゃんと「発注控」の中に保管されていた。

これは、何を意味するのか。

トキワ硝子名義の、しかしここからではない大量発注がメーカーに出され、その返信だけがトキワ硝子に送られてきたということではないのか。

赤木芳弘ではない何者かが、何軒ものメーカーに大量発注をする。これが単なる悪戯《いたずら》なら、間違いでしたで済ませることもできる。だが実際に品物がメーカーから出庫していたら、どうなるだろう。数千万円分の商品がどこかに運び出され、しかしトキワ硝子に納品されなかったとしたら。それでも当然、売掛金は請求される。トキワ硝子に、数千万円――。

「奥さん。その、融資をしてもらったのは、具体的にはどれくらいの額だったんですか」

史子は、ハッと我に返ったように玲子を見上げた。

「三百万、です……当座の運転資金に、って」

それが元手で数千万の商売なら、ぼろいものだ。

「け、刑事さん……あの、これって、その、クロサワさんが、したことなんでしょうか」

「融資をしてくださったのが、そのクロサワさんという方なんですか」

「ええ、そうです……」

現段階では、玲子も首を傾げるほかない。

「これだけでは、なんともいえません。でも、ご主人が何かのトラブルに巻き込まれていた可能性は、あると思います。奥さん、そのクロサワという人物について、もう少し詳しくお話しいただけますか」

商売人の気丈さか、史子は力のこもった目で、玲子に頷いてみせた。

ひと通りの実況見分を済ませ、現場を出たところで東尾に声をかけた。

「課長」

「ああ……首吊り自殺で、間違いないようだな」

東尾がポケットからタバコのパッケージを出す。今なお、警察官には喫煙者が多い。

「一応、鑑識と監察医は呼んでおいた」

玲子にとって監察医といえば國奥《くにおく》だが、たぶん今夜は当番ではないだろう。

「それがですね、課長。トキワ硝子は今月に入って、取込詐欺《とりこみさぎ》にあっていた可能性があります」

火を点けようとしていた、東尾の手が止まる。

「……取込詐欺？」

いってから、カチン、とライターのボタンを押し込む。

「はい。トキワ硝子は昨年頃から大幅に経営が傾き、会社を畳もうかというところまできていたようなんですが、去年の十月くらいに、三和《さんわ》商事の黒沢《くろさわ》という人物から接触を受け、三百万の融資を受けています。トキワ硝子に出入りした三和商事の人間は三人。代表の黒沢の他に、大島《おおしま》という番頭格の男と、今村《いまむら》という秘書のような女。黒沢は赤木社長に名古屋方面の生活雑貨を扱うチェーンに品物を卸す商談を持ち掛け、おそらく通常より安い価格で卸す約束を取りつけ、実際に取引を開始すると、二ヶ月の間はきちんとその代金も振り込まれ……」

「ちょっと待て」

煙を吐きながら、東尾が玲子に掌《て》を向ける。

「……それ、奥さんがそういったのか」

「はい」

「自殺の原因は詐欺だって」

「いえ。自殺の原因に心当たりはないかと訊いているうちに融資の話が出てきまして、疑問に思ったので発注控を確認させていただいたところ、トキワ硝子の番号からではないＦＡＸで……たぶんどこかのコンビニからだと思いますが、数千万円分の発注が数社に出されているのを確認しました。被害実額は取引先に確認しないとなんともいえませんが」

低く唸《うな》ってから、東尾がもうひと口吐き出す。

「……それが本当だとすると、知能班か、本部から二課を呼ぶか」

通常はそうすべき、なのだろうが——。

「すみません、課長……このヤマ、私にやらせてもらえませんか」

ギロリと、音がしそうなほどの横目で東尾が睨《にら》んできた。

「……警部補の職にあるお前が、組織捜査を否定する気か」

「知能班のデカ長も一緒にきていますが、端緒を摑《つか》んだのは私です」

「ヤマは早いもん勝ちで取るものじゃない。そんなことも分からんのか」

「分かりました。ではこの件は聞かなかったことにしてください」

一瞬の間を置き、東尾が「は？」と訊き返す。

「失礼します」

東尾は「オイッ」と声を荒らげ、立ち去ろうとした玲子の二の腕を摑んだ。

「……何をなさるんですか」

軽く振り払っただけで、東尾はその手を離した。だが、目はなお玲子を捕えて離さない。

「聞かなかったことにしろとはどういうことだ。それでお前の独断専行が容認されるとでも思っているのか。しくじった場合のことを考えてみろ。俺のところで済めばいい。だが事態によっては、池袋署の幹部全員が更迭《こうてつ》されることになるんだぞ」

「そんなことにはなりません」

ひゅん、と刃《やいば》のように鋭い風が、二人の間を吹き抜けていく。

「……なぜ、そうと言い切れる」

「触る前から負けを考えるデカなんていません」

「お前、何様のつもりだ。お前の専門はコロシ、詐欺は門外漢だろう」

「いいえ、これはコロシです」

東尾の顔に、困惑と呆《あき》れの色が広がっていく。

「……取込詐欺といったのは、お前じゃないか」

「取込詐欺という凶器を使った、コロシです。多額の負債という硬いロープで、赤木芳弘は絞め殺されたんです」

「単なる感情論だ。屁理屈にもなってない」

「ですから聞かなかったことにしてくださいといっているんです、私は」

深い溜め息と共に、東尾がうな垂れる。

「まったく……噂通りのじゃじゃ馬だな」

いいながら、いつのまにか消えていたタバコを携帯灰皿に捻《ね》じ込む。

「ようやく分かったよ。わざわざ今泉《いまいずみ》が、俺のところに電話をよこしたわけが」

今泉？　前捜査一課殺人班十係長の、今泉警部のことか。

思わず「係長が？」と訊いてしまったが、もはや今泉は玲子にとって係長ではない。

「ああ。姫川がそちらにお世話になると聞きました、ご迷惑をおかけすると思いますが、あの頃の俺だと思って、寛容な目で見てやってください、ってな」

今泉は、遠く離れた今もまだ、自分のことを――。

「……課長は、今泉さんと同じ部署にいたことが、おありなんですか」

「ちょうど、二十年前か。丸の内署で、俺が強行犯係長、奴は昇任の異動で地域課にいた。直後の異動で俺は本部に上がったが、その後釜に、俺が指名したのが今泉だ。まあ、奴は地域課といったって、半分くらいは刑事課の手伝いをしていたがな」

ふっ、と東尾が苦笑いを浮かべた。

「そうはいってもな、姫川。俺は今泉のように、お前の尻拭いまでしてやるつもりはないぞ。やりたきゃやれ。今の話は聞かなかったことにしてやる。大迫《おおさこ》にも、姫川はしばらく俺の特命で動かすと断っておいてやる」

大迫は今の直属上司。強行犯捜査係の統括係長だ。

「……ありがとうございます」

「簡単に礼をいうな。お前は一人で突っ走ってるつもりでも、コケたら必ず周りを巻き込むことになるんだ。今泉のことも、鳥取に飛ばされた和田《わだ》さんのことも、お前は絶対に忘れちゃいけないんだよ」

分かっている。前捜査一課長、和田がくれた別れの言葉は、今も心に深く刻まれている。でも、だからこそ自分は走り続けなければならないのだと、そう思いはしたが、口には出さなかった。

「胆《きも》に……銘じておきます」

急に震えがきた。

でもそれは、決して寒さのせいばかりではない。

当然のことながら、翌日の非番は返上。玲子は午後から上野《うえの》に出かけた。四年ほど前、ある事件に絡んで聞き込みをして以来懇意にしている店を訪ねるのだ。

上野といえばアメヤ横丁が有名だが、JRの高架線路をはさんで反対側にも「御徒町駅前通り《おかちまち》」という大きな商店街がある。路面店の賑わいを見ているだけでも楽しい通りだが、高架下に足を踏み入れるとさらに興味深い光景が広がっている。迷路のように入り組んだ室内通路の両側に、これでもかというほど商品を並べた店が連なっている。バッグ、靴、アクセサリー、眼鏡《めがね》、衣料品、陶器、タバコ用具、などなどなど。

五木《いつき》商会も、そんな中の一店だ。

派手めのブランドバッグを、吊るせるだけ吊るした店先から中を覗く。

「……カクさん、こんちは」

店主の角田雄三《かくたゆうぞう》は左手、ショーケースを兼ねたカウンターの中にいた。といっても、たった四坪の店の三方は背の高いショーケースに囲われている。客が入れるスペースは真ん中の畳一帖《じょう》分くらい。角田の居場所など、そもそもカウンターの中にしかない。

「おお、玲子ちゃん。いらっしゃい」

老眼鏡をずらしながら角田が立ち上がる。薄くなった頭髪を気にしてか、冬場はよくニット帽をかぶっている。今日のは渋い深緑だ。

玲子は高級品の並んだショーケースをぐるりと見回した。

「どう、儲《もう》かってる？」

「いや、さっぱりだね。値段のいいものは全然売れなくなった」

口ではそういうが、玲子は角田が上客を何人も繋《つな》いでいるのを知っている。何百万もするテンポイントダイヤのロレックスを、まるで駅の売店で新聞でも買うみたいに、いとも気軽に買っていく様を目撃したこともある。

「なに、今日も聞き込みかい？」

「んーん。今日は明けて非番」

「そっか。じゃ、コーヒーでも飲もうか」

「うん、いただく」

角田は頷き、手元のコードレスホンを取った。馴染《なじ》みの喫茶店に出前を頼むのだ。

「……ああ、角田です。ホット二つ、お願いします……はい」

彼が電話を置くのを待ち、玲子は切り出した。

「あのね、カクさん。今日は相談があってきたの」

「だろうね。そんな顔してるもん。……ま、座んなさいよ」

玲子は角田の、こういう話の早いところが好きだった。

勧められた丸椅子に座り、まもなく運ばれてきたコーヒーをひと口ずつ飲むと、逆に角田から訊いてきた。

「……で、今度はなに。またこっち絡みのコロシで、マル暴の先回りでもしようっての」

いいながら、角田は頬に線を引いた。事実、角田は暴力団関係の情報にとても明るい。しかし――。

「んん、今回は違うの。あの、例えばさ、大量のガラス食器を非正規ルートで捌《さば》くとしたら、どういうのが考えられるかな、って。ちょっと教えてもらおうと思って」

ふん、と一つ角田が頷く。

「そりゃ、ブローカーを介するか直《ちょく》かは分からんけど、最終的にはバッタ屋に卸すしかないだろうね。中国人は、そんなガラス食器なんて壊れやすいものは扱わないだろうし。まあ、いまどきはネットって手もあるんだろうけど、それも裏社会の人間には諸刃《もろは》の剣《つるぎ》でね。売りやすい反面、検索されたら一発で警察に尻尾《しっぽ》を摑まれちまう。そうなると、あまり大手ではない量販店……ドンキとか大黒屋《だいこくや》より、もうひと回り規模の小さなチェーンで、なおかつ勢いがあるところが狙い目かな。じゃないと、品物を大量に捌けないから、そもそも商談が成立しない」

「なるほど……」

となると、都内だとなんになるだろう。

「カクさんさ、そういうところの仕入れルートに、知り合いとかいない？」

「うーん……いるといえばいる、でもいるとはいいづらい」

「分かった。じゃあいわなくていい。こっそり教えてくれれば」

「またそんな、わけの分かんないことをいう」

角田は、笑いながら腕を組んだ。

「そりゃね……蛇《じゃ》の道はヘビだから、知ってることは知ってるよ。でもそんなところに玲子ちゃんがいったところで、たぶん相手にされないよ。奴らの仕入れは極めてクロに近いグレーだから。盗品と承知の上で仕入れることだってある。そこに玲子ちゃんみたいな、表社会で立派に仕事してますけどって顔した女の子が入ってってたって、話なんかしてくれないよ。仕入れ担当？　出かけてます、社長ですか？　ゴルフですって、トボケられちゃうのがオチだよ」

確かに。その仕入れ担当が被疑者なら逮捕状を突きつけるまでだが、情報を引き出すとなったら、取り入り方にはひと工夫必要だろう。


「……じゃあ、どんな顔してきゃいいの」

「表社会で立派に仕事してますけど、って顔をしなきゃいいのさ」

「あたしに、裏社会でこそこそやってますけど、って顔をしろっていうの？」

「別にこそこそはしなくていいけど、グレーな雰囲気を醸《かも》し出す必要は、あるだろうね」

「グレーな雰囲気、か……」

駄目だ。ガンテツの顔しか思い浮かばない。勝俣健作《かつまたけんさく》。元公安の、絵に描いたような悪徳刑事。

「まあ、一番手っ取り早いのは、向こうの業界人になりすましちゃうことだよ」

闇取引業界に潜入、か。

「全身キンキラキンに着飾って？」

「そうね。スーツは最低でも、ドルチェ＆ガッバーナくらい着て。時計はもちろんロレックス」

「バッグは、これでもいいよね？」

エルメスのショルダー、お気に入りの赤。

「それもいいけど、ちょっとくたびれてないかい？　いっそプラダとかの方が派手でいいかな。全身プラダでちょうどいいくらい」

「……冗談でしょ」

そんなことをしたら、一体いくらかかるか分かったものではない。


あとのことを考えると、どうしても時計がロレックスというのは嫌だったので、角田のところでピアジェを購入した。それだって普通に買ったら六十何万かする品。だが負けに負けてもらい、五十万ぽっきりにしてもらった。

しかし、一度でも財布の紐が緩むというのは怖《おそ》ろしいもので、その後にD＆Gのスーツが十七万しても「それちょうだい」、エンポリオ・アルマーニで十万以下なら「安いわね」となってくる。クリスチャン・ルブタンの靴まで揃えたときには自分で自分が怖ろしくなったが、後悔してももう遅い。夏までは、何があっても大人しくしているしかない。

南浦和《みなみうらわ》の自宅に戻るなり、

「ただいま」

「あ、玲子、お帰り。あのね……」

「ごめん、あとにして」

二階の自室に上がり、鍵を閉めた。

買ったものをいったんベッドに並べ、一つひとつ確かめながら身に着けていく。

スーツを着て、カルティエのイヤリング、ネックレス、指輪をはめ、フォックスファーをあしらったウールコートを羽織り、包装紙を敷いたところでルブタンの靴を履き、仕上げにシャネルのサングラスを掛けると、

「……うわ、嫌な感じ」

それはもはや警視庁警部補の、姫川玲子ではあり得なかった。ファッション誌かぶれのイカレ女か、モデル気取りの勘違いセレブ。最悪な見方はヤクザの情婦。なんにせよ、いかにも中身がなさそうで、片意地を張っている女にしか見えない。

でも、それでは駄目だ。

「あたしは、バイヤー……金に物をいわせて、ブランド物の大量仕入れをする、女バイヤー」

呪文のように念じ続け、翌日から玲子は活動を開始した。

まずは角田に教えてもらった、百人町《ひゃくにんちょう》にあるブローカーの事務所を訪ねた。むろん角田に紹介を受けたわけではないので、完全なる飛び込み営業だ。

「こんにちは……社長さん、いてはります?」

初《しょ》っ端《ぱな》で柄《がら》の悪さを演出しようと思ったら、なぜか関西弁混じりになってしまった。「女井岡《いおか》」に

なったようで気分が悪かったが、一度そのキャラで始めてしまったら、あとは演じ続けるしかない。

ソファに座っていた五十絡みの、やけに血色のいい男が重そうに腰を上げた。

「いらっしゃいませ……あの、失礼ですが」

他にいるのは、事務デスクの方に細身のスーツの若者と、夜はキャバクラ勤めでもしていそうな女事務員の二人だけだ。

玲子は三人の顔を見回してから、改めて五十男に視線を戻した。

「おるの、おらんの」

「いえ、社長はおりませんが」

「いつ戻ってくるん。待たしてもらうわ」

男のいる応接セットまでいき、勝手に向かいに座る。むろんサングラスはしたままだ。

困惑顔の男が何か言い出す前に、先手を打つ。

「どう。オタクは回ってるん」

大きく体を捻《ひね》って辺りを見回す。事務所の一角にはやたらと大きな段ボール箱が山と積まれている。

中身はおそらく軽いもの、衣料品の類《たぐい》だろう。

「回ってる……と、申しますと？」

「品物は回せてるんかぁ、て訊いとるの」

「あ、ああ……まあ、ぼちぼち」

「でなに、ここじゃ客に茶ァも出さへんの」

女事務員がビクリとし、男が顎で示すと、彼女は勢いよく立ち上がってミニキッチンの方に向かった。身の丈に合わないヒールのせいか、やけにへっぴり腰になっている。

「で、あの……」

「あんたんとこはアレ、ロレックスとか、まとめて入れられるん」

基本、相手のペースでは喋《しゃべ》らせない。それがボロを出さない一番の秘訣だと、角田に教わった。

「は？　ロレックス……ロレックスの、なんでしょ」

「あんた、人の形《なり》見て商売の中身くらい察しぃや。ロレックスゆうたら、テンポイントダイヤのに決まってるやろ」

ああ、と男は半端な相槌を打ったが、あまりピンとはきていそうにない。

「それの……いかほどのお品を」

「せやな。うちの店の目玉にするんやから、こんくらいのクラスのは、揃えたいわなぁ」

三本、指を立ててみせる。むろん三十万ではない。三百万だ。

「それ、を……例えば、おいくつくらい？」

「オタクやったら、どんくらいできんの」

「お急ぎでしたら……三個、とか」

ハッ、と鼻で笑ってみせる。

「あかんわ。話にならん。あんたなぁ、あたしも子供の使いできてんのちゃうねんで。三個っきりしかなくて、何が目玉やの。恥ずかしくてDMにも打たれへんわ。……分かった。あんたの知り合いで、その手の商売できる人紹介して。五個とか十個とか、そんなケチな話ならいらんで。来月十日までに、五十でも百でも揃えますわァゆう、力のある人紹介して。そういう人のやったら、うちがなんぼでも捌いたるさかい。その代わり、パチもんはあかんで。うちの会長、そういうの、死ぬほど嫌いやから……ゆうても、死ぬのは会長とちゃうけどな」

いうだけいったら手を出す。中指にカルティエのリングをはめた左手だ。

男が、怪訝そうに玲子を見る。

「……はい?」

「紙とペン」

ちゃんとこっちの話を聞いていたのだろう。スーツの若者が即座に飛んでくる。女事務員より多少は使えるらしい。

「ありがとう……兄ちゃん、あんた、なかなか男前やんか」

メモ帳とボールペンを受け取り、そこに携帯番号を書く。むろん、いつもの番号ではない。今日契約したばかりの、この潜入捜査用に用意した番号だ。最後に「白鳥《しらとり》」と書き添えておく。昔、大恥を搔《か》かせてくれた、大嫌いな事件関係者の名字だ。

「ま、別にロレックスやなくてもええわ。品物がよくて数が揃ってれば、うちがなんぼでも面倒見たるから。バッグでもアクセサリーでも、テーブルウェアでもなんでも、ええ話があったら連絡して。……な」

立ち上がり、向かいの男にメモを差し出す。ついでに、一歩下がって立っていた若者のネクタイを、ちょいちょいと直してやる。

「今度、もうちょいええの、あたしが買《こ》うたるわ」

最後にぽんと肩を叩き、すれ違う。何をもたもたしていたのか、女事務員はまだミニキッチンのところで、急須を持って突っ立っている。

「ごめんください。失礼します……」

戸口で慇懃《いんぎん》に頭を下げ、きっちりドアを閉めた瞬間、どっと嫌な汗が全身から噴き出してきた。

こういう捜査は、あまり、心臓によくない。


東尾の計らいにより、玲子は池袋署に出勤することもなく、この潜入捜査に専念することができた。むろん家にも帰らない。新橋《しんばし》の第一ホテルに部屋をとり、そこを拠点に捜査を続けた。

関西弁の女バイヤー役も、何日かやると徐々に面白くなってくる。

「……ま、なんぼでも捌いたるから。いつでも連絡して」

大きなことをいっていればいいのだから、考えようによっては楽な仕事だ。

しかし、相手が乗り気になってくると、逆に話は面倒になる。

「ほんまにロレックス、五十個揃えられるの」

「……はい。なんとか、いたします」

実際になんとかされては困る。今度は諦《あきら》めさせることに、こっちが必死になる。

「でも、あれやで。それっきりで終わりぃゆう話やったら、あかんで」

「えっ、どういうことですか」

「そらそうやろ。お客さまにご好評いただいたら、第二弾、第三弾、続けて打ち続けな商売にならんやろ。……あんな、ロレックス五十個入れてひと仕事終わったみたいな顔されたら堪《たま》らんわ。あたしがこの日ぃゆうたら、その日までにフランク・ミュラーでも、パテック・フィリップでも、どーんと入れられる人やないとあたしは組めへん。あたしがっていうか、うちの会長が許さへん」

だが、こんな口先だけのエセバイヤーでも、続けていればそれなりに成果は挙がってくる。

「……ああ、あなたが白鳥さんですか」

訪ねた先で、いきなりそういわれることも珍しくなくなってくる。まあ、名前が一人歩きするのはけっこうなことだが、あまり広がり過ぎるのは逆によろしくない。口ばかりで結局なんの取引もしないと、そう噂になるのは時間の問題だからだ。

直接、玲子に接触してくる人物も出てきた。

『今夜、お食事でもしながら……いかがですか』

『あ、白鳥さんですか。ちょっと、いい話があるんですけどね』

『もしもし、白鳥の姐《ねえ》さんですか。どうも、ご無沙汰してます。覚えてますか？』

玲子が目的なのか商売がそうなのかは分からないが、日に日にそんな輩《やから》は増えていった。むろん、可能な限り食事には付き合い、情報収集に努めた。飲みにいったあとで「おネエちゃんと風呂でも入ってき」と小遣いをやったこともあった。頃合《ころあい》を見て「三人組のブローカーで腕のいいのがいるらしいけど」とこっちから餌《えさ》を撒《ま》いたりもした。だがなかなか、これという情報には行き当たらなかった。何度か、いま目の前にいる男が黒沢本人ではないかと疑ったこともあったが、それも、どうやら違うようだった。

そんなある日のことだ。

『もしもし、白鳥さんですか』

「はい。そうですけど……どちらさん？」

すっかり、エセ関西弁で電話に出るのにも慣れていた。

『八田《はった》商事の、ツカモトです』

社名と声でピンときた。初日にいった会社の、あのメモ帳を持ってきてくれた若者だった。

「ああ、どうも。その節はお邪魔さんでした」

『お仕事の方は、いかがですか。いい取引相手、見つかりましたか』

「んん。どこの会社も、帯に短し、って感じやね。まだ、ここって相手は決まってへんわ。あたしも、もうあんま時間ないねんけどな」

『そうですか……お忙しいですか』

おっと。この流れを逃してはならない。

「いや、時間ないぃゆうんは、期限っちゅう意味やで。ツカモトさんさえよかったら、食事くらいいつでもご馳走するで」

『えっ、本当ですか』

この若者がどれほどの情報を持っているかは不明だが、この若干引き気味の態度は、逆に面白いと思った。

「じゃあ、今から会おか」

待ち合わせは夜七時、アルマーニ銀座《ぎんざ》タワーの前にした。


ツカモトは、黒いハーフコートを着て現われた。こうしてみるとごく普通の、真っ当なサラリーマンに見えなくもない。

「白鳥さん、こんばんは」

「こんばんは。寒いなぁ……そや、ちょうどええからここ入ろか」

半ば強引に引きずり込み、約束だからとネクタイを買い与えた。二万のを、二本。大奮発。

「ほんとに、いいんですか」

「ええて。……うん、よう似合《にお》うてるし。若い人は、これくらいで遠慮なんかしたらあかんよ」

そう口でいってはみたものの、実際、年はさして違わないのだろうと思う。玲子が今年三十二歳。ツカモトは一つか二つ下、案外ちょっと上ということも考えられる。

「ついでやから、食事もここでしてこか」

十階にあるアルマーニリストランテ。全然平気な顔をして入りはしたが、玲子もこんなところにくるのは初めてだった。木地《きじ》を琥珀《こはく》で閉じ込めたような仕上げの丸テーブル、同じカーブを描くベンチソファ。それぞれのテーブルはスクリーンで仕切られており、密談をするのにも悪くないシチュエーションだった。

問答無用で一番高いコースを頼み、

「じゃあ、白鳥さんのお仕事の、成功を祈念して」

「ありがとう」

ワインで乾杯——。

まもなく、アワビだのフォアグラだの松茸だの、途中で止めてほしくなるくらい高級な食材を使った料理が次から次へと出てきた。

だが、それらを頼んだだけの甲斐はあった。

「あの、俺……白鳥さんのお耳に、ぜひ入れておきたいことがあるんですけど」

鹿児島牛のローストが出てきた辺りで、ツカモトの方からそう切り出してきた。

「ん、なに?」

「実は……うちに直接きたわけじゃないんですが、どうも最近、ある引き屋グループが、白鳥さんとコンタクトを取りたがってる、みたいなことを、聞いたんです」

玲子もこの潜入捜査を始めてから知ったのだが、ブローカーの中でも、買い付けをしてくる人間のことは「引き屋」と呼ぶらしい。

「ええ話やんか。あたし、そういうの聞きたかってん」

「でも俺、それ逆に、ちょっとヤバいと思うんですよ」

益々《ますます》いいではないか。

「何がヤバいの」

「普段はそいつら、関西とか、西の方のバッタ屋に卸してるらしいんですが、白鳥さんの話聞きつけて、たぶんバッタ屋より高く買ってくれるって踏んだんだと思うんですよ。白鳥って女と連絡とれないかって、あちこちで訊いて回ってるみたいなんです」

「グループってそれ、何人組?」

「二人とか、三人とか……でも、そのうち一人が女っていうのは、間違いないみたいです」

ひょっとして、ビンゴか。

「ツカモトさん。それ、ええよ。あたし乗る。多少の危ない橋はこっちも覚悟の上や。そんなん怖がってたら、この商売やってけへんって。そん人らの連絡先、分かる?」

「いえ、俺は知らないですけど……調べた方が、いいですか」

「うん。なんやったら、あたしの連絡先を先方に伝えてくれてもええわ」

このツカモトが意外にいい仕事をしてくれて、四日後には玲子の捜査用携帯に連絡が入った。「〇八〇」で始まる携帯番号からだ。

『もしもし……白鳥さんですか』

玲子と同年輩くらいの、女の声。ということは、秘書の今村か。

「はい、そうですけど……オタク、どちらさん？」

『キタノと申します。八田商事の方から、連絡先を伺いました』

今村ではないのか。あるいは、これも偽名か。

「八田商事のツカモトくんね。うん……で、どんなご用件でしょ」

『はい。ぜひとも、白鳥さんに私どもの商品を扱っていただきたいと思いまして。なんでも、かなり大きなご商売を手掛けられるのだとか。お噂はかねがね』

かねがねといわれるほど昔からはやっていないが。

「分かりました。いっぺん、直に会って話しましょか」

待ち合わせは翌日の午後二時、紀伊國屋《きのくにや》書店新宿《しんじゅく》南店の前にした。

南店は新宿本店と違って大通りには面しておらず、また駅からも若干遠いため、待ち合わせに使う人は少ない。

玲子はこの日、あえてカジュアルな恰好をして出かけた。ロングニットにリバーシブルのダウンジャケット、パンツはデニム。今日の目的は交渉ではなく、尾行だからだ。待機場所も店の前ではない。書店の中に入って、本棚の陰から外の様子を窺っている。

午後二時五分過ぎまで待って、おそらくあの女だろうという目星をつけてから、昨日の携帯番号にかけた。すると案の定、そうと睨んでいた女がポケットから携帯を取り出した。レンガ色のコートを着た、なかなかの和風美人だ。

『……もしもし』

玲子の携帯から聞こえる声と、外にいる女の口の動きは完全に一致している。

「ああ、キタノさん……ほんま、ごめんなさい。情けない話なんやけど、途中で車、ぶつけてしまって……けっこうな騒ぎになってもうたから、逃げるわけにもいかんし、これから警察もきて、いろいろ長引きそうやから……ほんま申し訳ない。今日の話、キャンセルさして。落ち着いたら、またこちらから連絡しますから」

女の顔が、さも不快そうに歪《ゆが》んでいくのがなんとも愉快だった。

『それは、大変ですね……でも、事故じゃ仕方ないです。じゃあ、また次の機会ということで』

「うん、ほんまにすんません。埋め合わせは次、必ず。あ……警察がきよった。じゃ、またすぐ、連絡しますさかい」

玲子が切ると、女も携帯をポケットにしまい、辺りを二、三度見回してから新宿駅方面に歩き出した。かなり尾行を警戒しているようだが、さて、玲子一人でどこまで喰い下がれるだろうか。

見失わないギリギリまで距離をとって尾行をする。前の通行人を利用したり、途中途中にある柱の陰に入ってみたり。駅の近くまでくると、女もあまり頻繁には振り返らなくなった。だからといって油断はできない。常に距離を縮めたり伸ばしたり、右に寄ったり左に寄ったりしながらＪＲの改札まできた。

プリペイドカードで改札を通り、さらに女を追う。だがそこで、ぽん、と誰かが玲子の背中を叩いた。

右を見て、すぐ左を向くと、知った顔がそこにあった。

「……土井さん」

警視庁刑事部捜査二課、知能犯特捜係の警部補だ。

「姫川。キサマ、こんなところで何をしている」

「何って……」

すぐに玲子も悟った。これは、ヤマがかぶったのだ。

土井が、前を見ながら低く発する。

「誰を追ってる」

「……は？」

「長い茶髪の、赤茶色のコートの女か」

この状況で白《しら》を切っても仕方ない、か。

「……そう、ですけど」

「だったら退《ひ》け」

まあ、普通はそうなるだろう。でも、玲子も退く気はない。

「なんでですか？　あたしはあたしのヤマを追ってるだけですけど。それに……いくら二課だからって、いきなり『退け』はないでしょう」

「素人《しろうと》に掻き回されたくないんだよ。そもそも畑違いだろう、あんたは」

「ほらほら、そんな無駄口ばかり叩いていると、マル対（対象者）見失っちゃいますよ」

クソッ、と吐き捨てて土井が足を速める。玲子は土井から離れ、斜めに進みながら女の後ろ姿を追った。まだ大丈夫、見失ってはいない。

女は品川《しながわ》方面に向かう山手線《やまのて》のホームに下りていった。そういう目で見てみると、他にも刑事らしき人影が通行人の中にあるのが分かった。おそらく、土井を入れて四人。かなり本格的な尾行だ。

平日の午後二時二十五分。山手線の内回りホームはさほど混雑してはいなかった。玲子は女が乗車位置に並んでいるのを確認してから、あえて階段の裏側に回って距離をとった。土井たちはやんわりと女を囲むような配置に散開している。
一、二分待つと、ホームに電車が入ってきた。
《黄色い線の内側まで下がって……》

玲子は、これまでの女の行動を頭の中でリプレイした。

女は尾行をかなり警戒している。南店からここまでの間も、ずっと周囲の点検を怠らなかった。しかも、いま彼女は玲子に約束をすっぽかされ、特に予定のない時間を過ごしている。決して急いではいないはず。ということは――。

まもなく銀色の車両は完全停止し、両側にドアが開いた。

《新宿、新宿、です》

女は真っ先に乗り込み、ドア脇のポジションを確保した。見ると、土井以外の捜査員は、一人が同じ車両に、もう二人は隣の車両に乗り込んでいた。土井はまだ案内板の陰にいる。あえて乗らないということか。

軽やかなメロディが鳴り終わり、

《ドアが閉まります。ご注意ください》

アナウンスが終わった、その瞬間だった。

女は電車とホームの隙間を跳び越えるように、ふわりとこちら側に降り立った。むろん、三人の捜査員が追って降りるようなことはない。それでは尾行をしていますと名乗り出るようなものだ。大人しく代々木《よよぎ》まで乗っていくしかない。

案内板の陰にいる土井がこっちを睨み、顎で「いけ」と玲子に示す。なんだ。手持ちの捜査員がいなくなった途端、今度は玲子を部下扱いか。いいだろう。頼まれなくても尾行は続けるつもりだ。

女は階段を下り、左に向かった。他のホームにいくのか。

そのまましばらく歩き、中央東口改札の手前で右に折れる。埼京《さいきょう》線か。だとすると池袋方面か、と思ったが、なんと女は新木場《しんきば》方面のホームに進んだ。一体どこにいくつもりなのだろう。

玲子は柱の陰でダウンジャケットを脱ぎ、黒からグレーに裏返して着直した。髪も後ろで一つに括《くく》り、こんなこともあろうかと思って用意してきた伊達《だて》眼鏡をかける。これでだいぶ感じは変わったはず。ちなみに視力は左右とも二・〇。子供の頃から変わっていない。

ホームに上がると、女はちゃんとそこにいた。次にきた電車には素直に乗り、だが次の渋谷《しぶや》駅で降りた。渋谷なら、あのまま山手線に乗ってもよかったはず。なのにわざわざホームを移動して埼京線を使うとは。よほど尾行を警戒しているのだろう。しかし、その行動自体が「クロ」であることと同義でもある。益々逃がすことはできない。

女は渋谷の街に出て、百貨店をいくつもハシゴして回った。109から東急《とうきゅう》本店、H&MとBEAMS《ビームス》もちょっと覗いてパルコ、最後は丸井から西武《せいぶ》。特に化粧品や下着の売り場を重点的に見て回っていた。ときには棚の陰にしゃがみ、ふいに立ったかと思えば売り場を通り抜け、かと思うと急に折り返して戻ってくる。だがそんなことをして撒けるのは、垢抜けないスーツを着たオジサン捜査員だけだ。玲子の追跡を振り切ることはできない。しかもこの捜査には百万円以上、自腹で経費をかけている。手ぶらで帰ることなど絶対にできない。

途中で電話がかかってきた。この捜査用のではない、いつも使っている方の携帯にだ。

誰に番号を聞いたのだろう。二課の土井からだった。

『姫川、お前いま、どこにいる』

「渋谷の駅に戻ってきて、東横線《とうよこ》のホームです」

『女は』

「もちろん、同じホームにいますけど」

一瞬の間を置き、

『……でかした』

土井は搾《しぼ》り出すようにいった。何が『でかした』だ。

『女の動きが止まったら連絡をくれ。俺たちもすぐに向かう』

「土井さん。それちょっと、ムシが良過ぎやしませんか。人のこと、素人呼ばわりしておいて」

『すまなかった。軽率《けいそつ》な発言だった。赦してくれ。とにかく、俺たちにはその女の情報が必要なんだ。そのまま住居まで割ってくれたら、なんでもお前のいうことを聞く。土下座でも裸踊りでも、なんでもする』

あんたの太鼓《たいこ》っ腹なんて、誰が見たがるものか。

「一応、前向きに考えておきますよ……電車きたんで切ります」

玲子は女と共に東横線に乗り込み、今度は三つ目の祐天寺《ゆうてんじ》駅で降りた。東口を出たら真っ直《す》ぐ、住宅街の方に歩いていく。

女はなおも点検を怠らなかったが、いい加減、玲子にもそのパターンは読めていた。長い直進の途中で一回、曲がる直前に一回、彼女は必ず振り返る。そうする前に玲子が駐車車両の陰に隠れるか、角を曲がるかすればいいのだ。彼女も立ち止まってまで後ろをじっと見たりはしない。もはや本気で尾行を警戒しているというよりは、付いてこないでよ、と周囲に念を送っている感覚だろうか。あるいは渋谷でがんばり過ぎて、もはや点検もおざなりになっているのか。なんにせよ、急に走り出したりしないだけ楽な相手だった。

最終的に女が入っていったのは祐天寺二丁目にある、小綺麗なマンションだった。意外に質素な住まいだ。

仕方ない。そもそもルール違反の捜査をしているのはこっちだ。ここは一つ、仁義を通しておこうか。

「……もしもし、土井さんですか」

『おお、姫川。どうだ。どこまでいった』

「祐天寺です。女の住居、割れましたけど」

女の入ったマンション名と住所を伝える。

『でかした。すぐいくから、俺たちが着くまで、下手《へた》な手出しはするなよ』

下手なのはあんたたちの尾行だ、とは思ったが口には出さず、はいはいといってその電話は切った。

土井たちがきたのは二十分ほどしてからだった。一つ先の、タバコ屋の角に集合する。

「部屋は分かったか」

「そんなの、あとで管理人にでも訊けばいいじゃないですか……でもたぶん、三〇三だと思いますよ。女が入ってからカーテンが動いて、ちらっと似た人影が見えましたから」

捜査員の一人が早々と一服し始める。こっちに缶コーヒーの一本くらい買ってよこす気遣いはないのだろうか。

土井がまた、ぽんと玲子の背中を叩く。

「ご苦労だった。あとは俺たちに任せて、お前は上がってくれ」

なんと勝手な、とは思ったが、あえて言い返しはしなかった。

辺りはもうすっかり暗くなっている。ピアジェの腕時計を見ると、すでに夕方の五時半を過ぎていた。かれこれ三時間以上、女と追いかけっこをしていたことになる。

「……はい。じゃあ、お先に失礼します」

なんだかんだ、今日は玲子も疲れた。


翌日。久しぶりに池袋署に出勤し、東尾課長に事の次第を報告した。場所は小さな会議室。東尾は途中から変な笑みを浮かべていた。

「いや……実は、昨日のうちに土井主任からは連絡をもらっていてな。大変助かったと、礼をいっておいてくださいといわれたよ」

いちいち癪《しやく》に障《さわ》る相手だが、致し方ない。こっちが門外漢なのは紛《まぎ》れもない事実だ。

「……そうでしたか」

「そんな顔をするな、姫川。二課とかぶったってことは、それだけお前の筋読みが正しかったってことだ。おまけに住居まで割ってもらったんだ。しばらくはあっちも、お前に頭が上がらんだろう」

だが、ここで完全に手を引くつもりも、玲子にはない。

「しかし課長。二課はおそらく、トキワ硝子の一件を認知していません。そこのところだけは引き続き、私にやらせてください」

口を尖らせた東尾が、渋々といった調子で頷く。

「まあ、そうだな……それくらいは、あってしかるべきだな」

「ありがとうございます」

その後も玲子は、日に一回は土井に連絡を入れた。土井たちは近くに部屋を借り、女の行動確認を続けているということだった。

女の本名は、谷口《たにぐち》真純《ますみ》。独身で、神奈川県出身の三十五歳。例のマンションには一人で暮らしているらしい。玲子は赤木史子に確認させるため、谷口真純の写真を送ってくれと土井に頼んだ。だが、張り込みの人数が足りなくて身動きがとれないとか、携帯からだとデータが大き過ぎて送れないとか、土井はのらりくらりとはぐらかそうとする。

玲子もいい加減痺《しび》れが切れ、例の追いかけっこから一週間して祐天寺の現場を訪ねた。土井たちが詰めているのは向かいのマンションの四〇二号室だ。

　呼び鈴を押しても応答がないので、直接ドアをノックする。

「すみません、姫川ですけど」

　するとようやく、中で人の動く気配がした。

　チェーンとロックを解く音がし、ドアが薄く開く。

「……なんだよ。大きな声出すなよ」

　隙間から、土井がしかめ面《づら》を覗かせる。

「だったら最初から応答してください。ちょっと、入りますよ」

　だが、大きくドアを引き開けた途端、

「うわ……くっさッ」

　噎《む》せ返るような男の体臭と、タバコと食べ物と生ゴミが混ざった臭いが襲ってきた。よくもこんな環境で張り込みなどできたものだ。

「ちょっと、換気くらいしてくださいよ」

「そうはいっても、正面の窓は丸見えになっちまうから開けられないしよ。換気扇はうるさいし、しょうがないいんだよ」

　どうやら、今は土井一人のようだった。仮眠でもとっていたのか、下はジャージ、上だけワイシャツというちぐはぐな恰好だ。しかもやたらと汗臭い。

「とにかく、写真データだけでももらっていきますから。お邪魔します」

土井を中に押し込み、玲子も廊下に上がる。入って右手がすぐキッチンになっていたので、まずその換気扇を回した。

「写真データ、用意してください。あるんでしょ」

勝手に窓際までいき、署からわざわざ抱えてきたノートパソコンをバッグから出す。テーブルの類《たぐい》はないので、畳に直接置いて起動させた。

「しかし……お前さんは、いっつも元気だねぇ」

「この年でくたびれてなんていられませんから。ほら早く、データ、出してくださいよ」

はいはい、といいながら、土井は双眼鏡と一緒に置いてあったデジタルカメラに手を伸ばした。引っくり返し、小さなフタを開けてメモリーカードを抜き出す。

「……まさか、真純の下着姿なんて撮ってないでしょうね」

「ねえよ。そんなに脇の甘い女じゃねえよ」

確かに。一般女性だって、着替えるときはカーテンくらい閉める。

カードの内容はすべてチェックしたが、大半はこの部屋から撮影したものではなく、尾行途中の隠し撮りによるものだった。例のレンガ色のコートを着ているのはあの日のものか。洋服を物色している姿、喫茶店でコーヒーを飲んでいる横顔、いろいろある。中には、男とデート中のような場面も。

「この男は」

「自動車保険の営業マンだが、たぶんシロだな。真純がどんな女か、知らないで付き合っているのかもしれん。あの部屋にも一度きたが、泊まらずに帰っていった。ま、向こうも独身だから、決してやましい関係ではないわけだが」

「この一週間、真純は他に何をしてたんですか」

「何も。たまにスーパーに出かけたり、この前みたいに渋谷をぶらつくだけで、仕事をしているふうはないし、特にヤマを踏む気配もない。よほど警戒してるのか、単なる準備期間なのか」

「そもそも、なんで土井さんたちは真純を尾行していたんですか」

土井が、勢いよく鼻息を噴く。

「そんなことといえるか。こっちはこっちで地道にやってきて、ようやくあの女にたどり着いたんだ。ここを割ってくれたことは感謝してるし、恩にも着てるが、それ以上のことは……」

「分かりました」

ちょうどコピーが終わったので、玲子はカードを取りはずして土井に突き返した。

「ちなみに、真純以外のメンバーは割れてるんですか」

土井が、玲子の手からカードを乱暴に奪い取る。

「それもいえない」

「こっちの情報は必要ありませんか」

すると、にわかに土井の顔つきが変わった。

「……何を知っている」

「まあ、人数くらいですけど」

「何人だ」

「そっちは何人ですか」

「分かった。いっせーのせで、ジャンケンみたいに出そう」

「いいですよ」

「いっせーの」

せ、で出したのは、土井も玲子も指三本だった。

「あたしの聞いた話では、真純以外の二人は男ということでしたが」

「こっちも同じだ……なんだ。大したことねえな」

まったく。どこまで他力本願なのだろう。

「それと、真純の戸籍は調べましたか」

「当たり前だ。じゃなかったら神奈川県出身だなんて分かるわけないだろう」

「ちょっと、見せてもらっていいですか」

「……ったく。しょうがねえな」

角のすり切れた書類カバンをあさり、土井は一冊のファイルを取り出した。何ページかめくり、だがその他のページは見られないよう、手で押さえながら玲子に向ける。

「……へえ、次女なんですね」

玲子は長女だが。

「ああ。四人きょうだいの末っ子だ」

本当だ。長男と次男、長女の三人は、婚姻により谷口家から除籍になっている。

いや、待て――。

「ちょっと、真純には、兄が二人もいるんじゃないですかッ」

土井も、ページの除籍者の欄に目を向ける。

「それは、そうだが……いや、そんな……まさか」

何を呑気《のんき》な顔をしているのだ。

「あり得なくはないですよ。だって、真純にはその、営業マンの彼氏がいるわけでしょう。どれだけ本命かは別にして。しかもこの一週間、その男以外には接触していない……そうですよね？」

「ああ。それは、間違いない」

たぶんビンゴだ。考えるだけでゾクゾクしてくる。

「普通、こんな危ない橋を渡るんだとしたら、男同士はともかく、仲間に女が含まれているなら、どちらかとは恋愛関係にあるんじゃないですかね。男の側はそうでなくても、女はそれを求めると思うんです。逆に女に協力させるなら、男は体を使って手懐《てなず》けるんじゃないですか？　真純ってけっこう美人だし。男だってまんざらじゃないでしょう」

「ああ」

そこだけは素直に認めるのか。

「ところが、真純は一般の男性と付き合っている。むろん、仲間ともデキてる可能性はあります。でも、もしそうじゃないとしたら」

土井が、音をたてて唾《つば》を飲み込む。

「……したら、なんだ」

「だとしたら、真純ともう二人のメンバーとの間には、肉体関係とは違う、別の深い繫がりがある可能性がある。……つまり、血縁。当たる価値は充分にあります」

「馬鹿な……きょうだい三人で、詐欺を働いてたっていうのか」

それをあり得ないと思うことの方が、玲子はよほどどうかしていると思う。


土井はあまり期待していなかったようだが、それでも一応は真純の兄弟について調べてくれた。四日後には、兄二人の写真が追加で玲子の手元に届いた。

計三人分の写真を持って、玲子は赤木史子を訪ねた。

果たして、この結果をどう自己評価すべきか。

「こ、この男、この男が黒沢ですッ。それとこの女、これが今村っていう秘書……この、もう一人の男は、見たことないですけど」

やはり、真純と他のメンバーには血縁関係があった。

主犯格の「黒沢」を名乗っていたのが、吉田勝也、四十三歳。谷口姓でないのは、勝也が吉田家に婿《むこ》養子に入ったかららしい。

しかしもう一人の兄、谷口俊也《としや》は「大島」ではなかった。これをもって、半分しか当たらなかったのだから五十点とすべきか。一人でも言い当てたのだから百点とすべきか。

それでも「黒沢」の身元が割れたことで捜査は一気に動いた。二課も被害届を提出した会社に順次確認を行ったようで、吉田勝也が主犯、谷口真純が従犯という線はまもなく固まった。

むろん、玲子は強気の姿勢を崩さず、土井に相対《あいたい》した。

場所は桜田門《さくらだもん》、警視庁本部庁舎四階。玲子は、捜査二課の並びにある小さな会議室に土井を連れ込んだ。

「土井さん。いつになったら吉田勝也を確保するんですか」

「うるせえな、ピーピー喚《わめ》くなよ。外に聞こえるだろ……こっちだって今、一所懸命やってんだ。お前がはずしたもう一人のメンバーも、こっちでおおむね目星をつけた。こういうのはな、飛ばれないように行確《こうかく》しながら慎重に網をせばめていって、一気に挙げなきゃ意味ないんだよ。一人でも逃がしたらあとが面倒なんだ。……大体お前だって、トキワ硝子の一件、調書は一枚も書いてないそうじゃないか」

今それをいうか。

「しょうがないでしょ。うちにだって知能犯係はいるんだから。調書だけでも係の人間に書かせて、恰好つけさせてくれって向こうの統括係長に泣きつかれたら、さすがに嫌だとはいえないでしょう。……それより」

別に誰に聞かれるわけでもないが、玲子はあえて土井に顔を近づけた。

「吉田勝也を引っ張ったら、調べはあたしにやらせてもらえませんか」

「ハァ?」

土井が鼻の穴を限界まで広げ、口元を歪めて玲子を睨む。

「分かってます。無茶はこっちも承知の上です。でも、だったら逆に伺いますけど、新宿で真純に撒かれて、唯一尾行に成功したあたしから聞いた住所でその後の捜査を繋いだ件、土井さんは上にどう報告してるんですか?」

ありがとうの電話一本で済むと思ってもらっては困る。

「それは……今、報告書に書いてるところだ」

「真純に兄弟がいることを知っていたにも拘《かか》わらず、土井さんは調べてなかった。それを指摘したのもあたしです。トキワ硝子の件だって、二課は認知してなかったでしょう? あたしがそれを取り上げて、独自に調べていたからこそ、真純の住居が割れて、吉田勝也にたどり着いたんじゃないですか。そんなもろもろは一切なくても、今のこの状況には自力で持ってこられたと、土井さんは胸を張っていうことができるんですか?」

土井は深く溜め息をつき、肩をすぼめた。太鼓っ腹も、いくぶん縮んだように見える。

「なんでお前、このヤマに、そんなに拘《こだわ》るんだよ……」

それは、赤木芳弘という自殺者が出ているからだ。

「自分で拾ったヤマは、自分で挙げる主義なんです。あたしは」

「無茶苦茶だよ、そんなの……俺に、どうしろっていうんだよ」

「だから、あたしに吉田の調べをさせてくださいっていってるんです」

「無理いうなよ。そんなの、上にどう説明しろってんだよ。……分かるだろ。一課と違って、二課長はキャリアなんだ。しくじりたくねえから、細けえことまでうるせえんだ。特に今の課長は『カチカチ山』っていってよ、一ミリも融通が利かねえんで有名なんだ」

勝山《かつやま》二課長の堅物《かたぶつ》ぶりは、玲子も何度か耳にしている。

「そこをなんとかするのが、土井さんの腕でしょう。別に、そんなに難しいことじゃないじゃないですか。トキワ硝子の一件を認知して、尾行にも協力してくれた警部補がいるんで、取調べにも噛《か》ませてやりたいっていえば済むことでしょう。百歩譲って、扱いは補助でいいですから。むろん、実際に吉田の正面に座るのはあたしですけど……それとも、カチカチ山で裸踊りでもしてみます？」

土井は、がっくりとうな垂れた。

勝った、と玲子は思った。

その六日後に犯行グループは一斉検挙され、ようやく玲子にも出番が回ってきた。

「いいか、姫川。お前の調べがぬるいと判断したら、即刻はずすからな。覚悟しておけ」

「分かってます」

あいにく逮捕のタイミングが悪く、初日はこちらが黙秘権と弁護士依頼権の説明をした程度で、あとはだんまりを決め込まれて終わってしまった。もともと簡単な相手だとは思っていなかったが、玲子もそれで気合を入れ直した。

警視庁本部庁舎二階の、第十一号調室。

玲子は、薄っすらとヒゲが生え始めた吉田の顎を見ていた。

「……無様なもんね」

吉田はスチール机の向こうに座らせても、それと分かるほど背が高い。やや馬面《うまづら》ではあるが、年のわりには長めの髪を癖毛っぽく仕上げ、それなりに洒落《しゃれ》込んではいる。逮捕前に身に着けていたものも高価な品ばかりだった。スーツはヴェルサーチ、靴はよく分からなかったが、ネックレスはクロムハーツ、ライターはデュポン、時計はお約束、テンポイントのロレックス。残念ながら、今はワイシャツにスーツのボトムのみ、腰縄を机に括りつけられるという屈辱的な恰好になっているが。

右後ろ、補助官として控える土井が浅く息を吐いた。上司に無断で玲子に調べをさせているため、必要以上に緊張しているようだった。

だが、玲子は違った。自分でも妙に思うのだが、上手《うま》く緊張できずにいる。気合とは裏腹、いまだ吉田に対する、力の入れ具合を決めかねている。

「長谷田《はせだ》大学政経学部卒……名門ですよね。最初に就職したのが武藤《むとう》商事、その次が永友《ながとも》通商。商社としては両方とも大手じゃないですか。ご実家は神奈川。お父さまは元銀行員。お母さまは旧家のご出身。それがどうして……こんなことになってしまったんでしょうね」

吉田は眉毛一本動かさない。

「奥さまのお義父《とう》さまは、レストランを七軒も持っていらっしゃる実業家。婿養子に取ったくらいだから、いずれはあなたにすべて任せるつもりだったんじゃないんですか？　それなのに……どうして、こんなことしたの」

玲子は本気で分からなくて訊いていた。反省を促すためでも、倫理を諭すためでもない。これだけ恵まれた環境に生まれ、お金も家庭もある身で、なぜ詐欺などに手を染めたのか。本当に分からない。

「……奥さん、泣いていらっしゃいましたよ。これから私は、沙紀と二人で、どうやって生きていったらいいんでしょう、って」

早晩、吉田の犯行が報道されれば義父のレストランも無事では済むまい。風評被害を受ける前に、代表取締役を解任されることも考えられる。そうなったら義父もただの人。夫人が泣きたくなるのも無理はない。

ただ、吉田がこの手のお涙頂戴に乗ってくるとは玲子も思っていない。似たような話は昨日も振ってみた。そのときも吉田は興味なさそうに、浅い溜め息をついただけだった。

分からない。この男は、一体何がしたくて詐欺など働いたのだろう。義父に隠れて借金を作ってしまったとか、会社の金を使い込んでしまったとかいうのなら分かる。だが今のところ、吉田に借金があるという話は出てきていない。また吉田は義父の会社の社員にすらなっていない。夫人には商社勤めを続けていると偽りながら、実際はフルタイムで詐欺師をしていた。使い込みは状況的にあり得ない。

ふと、吉田は何か思い出したように視線を上げた。

「そういえば……刑事さんって、なんで私の取調べしてるんですか」

何を言い出すかと思えば。

「刑事が被疑者の取調べをするのは、当たり前のことでしょう」

「いや……こういう場合って、捜査二課の人が調べるのが、通例なんじゃないんですか」

吉田は、玲子が池袋署の強行犯捜査係の所属であることをちゃんと認識していた。昨日、ほんの一瞬名刺を見せただけなのに。しかも、強行犯捜査の意味までちゃんと把握している。

「……私は、誰かを殴ったりも、刺したりもしていない。ましてや殺人なんて犯しちゃいませんよ。それなのに、どうしてあなたに調べられなきゃならないんですか」

こういうのを「藪蛇《やぶへび》」というのだろう。

玲子は、ぐっと目に力を込めて吉田を見た。

「いいえ……あなたのしたことは殺人です。あなたは立派な人殺しなんですよ。吉田勝也さん」

そのとき吉田は、初めて表情らしきものを浮かべた。唇の片側を吊り上げる、歪んだ笑みだ。

「それは、あれですか。首を吊ったっていう、トキワ硝子のジイサンのことですか」

「その通りです」

「それだったらお門違《かど》いもいいところだ。仮に俺のせいでトキワ硝子の経営が傾いて、それを苦にして赤木のジイサンが自殺したんだとしても、だ……だからって、俺が自殺させたことにはならないだろう。むしろ、俺なら止めたね。何億借金を抱え込んだって、自己破産しちまえば済むことだろう。配達を任されてた若いのは路頭に迷うかもしれないが、あの夫婦にはサラリーマンやってる息子が二人もいる。どっちかの世話になって、あとは悠々自適に年金暮らしでもすりゃよかったんだ」

なんて言い草だ。

「何いっているの。今まで取引のあった会社にだって大変な迷惑をかけることになるのよ。そういうことまで考えて、申し訳なくて仕方なくて、どうしていいか分からなくなって、自ら命を絶った赤木社長のことを笑う資格は……少なくとも、あなたにはないわ」

「だったらその取引先も何も、全部破産しちまえばいい」

狂ってる。この男——。

「……そうやって、自分だけ勝ち逃げするつもりだったの？　でも残念だったわね。世の中そんなに甘くはないのよ。大体、あんな方法で何億もお金集めて、それで何をするつもりだったの。家だってある、約束された将来だってあった。なのに……」

吉田は顎を上げ、見下すように玲子を見た。

「刑事さんは、あれだろ。俺の家が貧乏だったり、婿養子だからって肩身のせまい思いしてたり、そういう分かりやすい話が聞きたいんだろう。だが、それこそ残念だったな。俺はそんな人間じゃないし、真純も田岡《たおか》も、あんたに同情されるような惨《みじ》めな思いはしたことがないんだよ」

田岡というのは「大島」を名乗っていたもう一人のメンバーだ。終わってみればなんのことはない。「黒沢」も「今村」も「大島」も、真純が玲子に接触してきたときに名乗った「キタノ」も、全部有名な映画監督の名字だ。悪ふざけにもほどがある。

「だったらなに？　あなたたちは、一体なんのためにあんな犯行を繰り返していたの」

「犯行、とは？」

「昨日も説明したでしょ。取込詐欺よ。トキワ硝子を始めとする、計十七社の卸業者から商品を詐取《さしゅ》し、地方の量販店に安価で転売、多額の利益を得ていた」

「……覚えがないな」

恰好をつけるわりには往生際が悪い。

「自供をしなければ起訴されないとでも思ってるの？　会社の数だけ被害届は出てるし、証拠だって目撃証言だってあるのよ」

「だったら俺が黙ってたって不都合はないだろう。時間がくるまで、居眠りでもさせてもらうよ。静かにしててくれ」

「ふざけないで……それともあなたには、人にいえない弱みでもあるの」

ピクリと、吉田の耳に痙攣《けいれん》のようなものが走った。

「……弱み？」

「恥ずかしくて口に出せない、誰にも知られたくない、弱み……それを覆い隠すために、あなたは巨万の富を欲した」

「馬鹿な。何をいってるんだ。そもそも俺には……」

「生まれも育ちも婿入り先も文句なし。でもあなたには、それでは埋められない大きな穴があった」

「なんだそりゃ。俺に一体、どんな穴があるっていうんだ」

「知らないわよ、そんなこと。でも、あなた自身も気づいていない、そんな穴があるんだとしたら、あたしがそれを一緒に探してあげましょうか、っていってるの」

吉田は勢いよく鼻息を噴き、背もたれに身を預けた。

「……ないよ、そんなもん」

玲子自身、これという確証があっていった言葉ではない。だが、不思議と何かを言い当てたようにも感じていた。

大きな穴。ひょっとして、この吉田勝也という人間そのものが、大きな穴ぼこなのではないか――。

二つか三つ向こうの調室では、しきりに捜査員が怒声をあげている。ふざけるな、こっちを見ろ、お前がやったんだ――。怒鳴って折れる被疑者なら、玲子もそうする。同情してなびく相手になら、優しい言葉の一つもかけてやる。だがこの男に必要な言葉とは、一体なんなのだろう。こんな、どこに縁《ふち》があるのかも分からない、空洞のような人間に。

乾いて、半ば張りつくように合わさっていた吉田の唇が、ゆっくりと横に割れる。

「……そもそも、人の欲に、理由なんてあるのかね」

抑揚のない、漂う煙のような声。でもそれこそが吉田という男の正体であるように、玲子には思えた。

「あなたの欲望に、理由はないの？」

「俺のことはいいよ。一般論さ……金が欲しいってのは、誰だって同じじゃないのかな」

その金の稼ぎ方に違いはあるだろう、とは思ったが、あえて言葉にはしなかった。

「そう。お金は、みんな欲しいわよね」

「もっといえば、金じゃなくたっていい。いまどきのガキがやってるテレビゲームだって、理屈は同じさ。百点より千点、一万点より百万点、億、十億、百億……放っといたら飲まず食わずで、平気で一日中コントローラーを握り続ける。それさえやってりゃ満足って人間になっちまう。そんなもん下らねえと思う反面、それが人間の本質なのかもって、思うときがある……刑事さん。あんた、子供は？」

吉田の、目を見ながらかぶりを振る。

「……いないわ。結婚もしてない」

「じゃあ分からないか。ゲームやってるときの、ガキの後ろ姿の、あの気味悪さ……でもな、じゃあ大人はどうなんだって話だよ。人材の宝庫と呼ばれる省庁のやってることはどうだ。予算をぶんどって、箱物作って天下り法人作って、それで足りなくなったら増税だ。そんなもん、単なるマネーゲームだろう。どれだけ国民から吸い上げて、どれだけ自分たちの自由にできて、どこまで自分たちで牛耳《ぎゅうじ》れるかっていう、一生かかっても終わらない、実に壮大なゲームだろ」

　少し、首を傾げてみせる。

「あなたはそれを……たった三人で、やろうとしたの？」

　今度は吉田がかぶりを振る。

「違うよ……一般論だっていったろう。そんな引っ掛けで、自供を引き出そうとなんてするなよ。せこいぜ」

　そんなつもりはないが。

「刑事さん。あんたが、俺のことを金に狂った人間だと思うのは勝手だ。だがもしそうなら、死んだ赤木のジイサンだって同じだぜ。しょせん金の話と割り切って、白を切って生きていくことだってできたはずだ。でもそれをしなかったのは、赤木のジイサン本人の意思だ。金の持つ、負のパワーに押し潰されて、勝手に自分でゲームオーバーにしたんだ。そんなことまで俺のせいにされたら堪んないよ」

　なるほど。一応、理論武装はできているというわけか。

「でも……人生はゲームじゃない」

「いや、ゲームだね。生まれてから死ぬまで、いかに退屈しないで過ごすかっていう、ごくごく単純なゲームさ。その間にいくら貯《た》められるのか、何億稼げるのか。そういった意味じゃ、ガキどものやってるテレビゲームと何一つ変わりゃしないよ。総理大臣になって歴史に名を残そうが、犯罪者になってそうなろうが、死んじまったらどうでもいいことだしな。人生の意味なんて、あんたが思ってるほど大層なもんじゃないぜ」

一理あるようにも思う。でも、認めるわけにはいかない。

「……人生の意味は、歴史に決めてもらうものでも、他人に決めてもらうものでもないわ」

「その通りだ。価値観なんて人それぞれあっていい……だろう？　だったら、俺の生き方だって認められてしかるべきだ。ただ金を稼ぐ。もっと稼ぐ。ひたすら稼ぐ。それを醍醐《だいご》味とする人生なんて、さほど珍しいもんじゃないっていってるんだ」

吉田がひと呼吸置く。

「……じゃあ訊くが、だったらあんたの人生の意味はなんだ。社会秩序の維持か。自らの正義感を満足させることか。だがなぜそれをしたい。なぜ犯人を捕まえたい。正義のためか。だったらなぜ正義に殉じたい。社会のためか。なぜ社会のためになりたい。いい人でいたいからか。なぜいい人でいたい。他人に好かれたいからか。なぜ他人に好かれたい。嫌われたら寂しいからか。なぜ寂しいと嫌なんだ。嫌なもんは嫌だからだ……そうさ。結局、理由なんて好きか嫌いか、やりたいかやりたくないか、その程度のもんさ。だったら俺が、際限なく金を稼ごうとしても、別に不思議はないだろう。もっと欲しかった。もっともっと欲しかった。それでいいじゃないか」

玲子が警察官を目指した理由は、はっきりしている。自分を救おうとしてくれた、ある警察官の殉職がきっかけだった。彼女のしてくれたことに、少しでも報いたい。彼女のように、命を懸けて誰かを救える人間になりたい。そうすることで、自分も強く生き直したい。そう思ったからだ。

むろん、十年も警察官をやっていれば、それ以外の価値観だって備わってくる。社会秩序の維持だってそう。手柄の数だって、犯人を逮捕する醍醐味だってそう。それぞれが警察官であり続けようとする動機づけになっている。しかしそれを極限まで突き詰めれば、確かに「そうしたいから」という理由に行き着く。

ただし、玲子と吉田には決定的な違いがある。

「分かった。じゃあいいわ……あなたの価値観はそれでもいい。人生はゲーム、死ぬまでの暇潰し。あなたはお金、あたしは手柄の数で人生の価値を計る……確かにそうね。別に間違ってない。でもね、吉田さん。バスケットボールを足で蹴ってはいけないように、レスリングで人を殴ってはいけないように、この国で生きていくのなら、この国のルールは守らなきゃいけないの。どうしてもボールを蹴りたいなら、サッカーをしなさい。人を殴りたいならボクシングをしなさい。あなたの思う通りに生きたいなら、この国から出ていきなさい。どこの国ならあなたを受け入れてくれるのか、あたしには分からないけど……少なくとも、この国にあなたの居場所はないわ。もしあるとしたら、それは……

刑務所の中だけよ」

　吉田はまた鼻で笑ってみせた。だがその勢いは、いくぶん衰えて見えた。

「……今度は、道徳のお時間か」

「いいえ。社会科のお時間です」

　微《かす》かに吉田が目を細めたのを、玲子は見逃さなかった。

「いつかあたしが警察官を辞める日がきても、あたしは社会と共に生きることはやめない。社会の側で生きることをやめない。魚が水から上がっては生きられないように、人間という生き物は、社会の中でしか生きられないのよ。……あなたも、早くこっち側にいらっしゃい。そうしたら、今みたいに下手な片意地を張らずに生きられるようになるわ。ブランド品も、見せ金の札束も必要ない。……その方がきっと、何倍も楽に、自由に生きられる」

　玲子自身、あれだけ大枚をはたいて買い集めた品は、例の潜入捜査終了後にさっさと売ってしまった。たった一つ、角田のところで買った腕時計だけは残して。

　そのピアジェで、時刻を確かめる。

「……そろそろ、お昼にしようか」

　土井の鋭い視線を肩口に感じた。まだ早い、勝手に切り上げるな。そういいたいのだろうが、玲子には玲子のリズムがある。今は引きどきだと思った。

「留置場のお弁当じゃお口に合わないかもしれないけど、それでも、たくさんの人が手間暇かけて作ったものよ。お百姓さんが作ってくれたお米を食べて、野菜の煮物も食べて、ちょっと落ち着きなさい。あなたは一人で生きてきたわけじゃない。これからも一人で生きていくわけじゃない。……そういうの、案外大切よ」

手錠を巻き直し、机に繋いでいた腰紐を解く。吉田は黙ったまま、大人しく十一号室から出た。一つ上の階の留置場までいく間も、ひと言も喋らなかった。

「よろしくお願いします」

留置管理課に引き渡し、土井と共に廊下に出た。

土井が、溜め息交じりに漏らす。

「姫川……お前、間違ってるよ」

分かっていた。土井が玲子の調べを不満に思っているだろうことは、背中でひしひしと感じていた。経済犯の調べはそういうものじゃない、もっとガンガン叩くんだ、とか、もっと事実を並べて逃げ道を塞ぐんだ、とか、そういうことをいわれるのだと思っていた。

だが、違った。

「お前ひょっとして、留置係とか、やったことないんじゃないのか。今はどこの留置場も、昼飯は基本的にパン食だぜ。米も煮物も出ねえよ」

あれ、そうでしたっけ。

女の敵

Female Enemy

Index

Honda Tetsuya

昨日、八月二十五日の命日に供えられたばかりなのだろうが、すでに花は水気を失って萎《しお》れ、頭《こうべ》を垂れていた。

玲子はその花弁と葉に触れながら、後ろを振り返った。

「替えちゃって、いい……ですよね」

恐る恐るいうと、今泉も石倉《いしくら》も、自信なげではあったが頷いてくれた。

「せっかく、お前が新しいのを買ってきたんだから、お供えしないというのも……なあ、たもっつぁん」

「ええ、かまわないんじゃないですかね。この猛暑ですし、生花は持って一日ですよ。それ、私が洗ってきましょう」

「ああ、お願いします」

石倉は玲子の手からステンレス製の花立てを受け取り、水場の方に歩いていった。玲子は墓前にしゃがみ、香炉の前に買ってきた花束を広げた。左右均等に活けられるよう、二つに分けようと思う。

今泉が、背後でぼんやりと呟《つぶや》く。

「あれから、もう三年か。早いもんだな」

「ええ。この三年、ほんと、いろいろありましたけど、やっぱりあの事件が一番……印象深かったですかね。良くも悪くも……いや、良く、ってのはないか」

三年前、今でいう「ストロベリーナイト事件」の捜査中に初めて、玲子は部下の殉職というものを経験した。ここに眠っているのが、その殉職した刑事、大塚真二《おおつかしんじ》だ。二つ年下で、玲子にとっては初めての部下らしい部下だった。巡査だった大塚はそれによって二階級特進し、最終的には警部補となった。

この墓を訪れるたび、さまざまな思いが玲子の胸に湧き上がっては、幾重にも折り重なり、堆積していく。警察官の職務は死と常に隣合わせであるということ。でも、絶対に死んでは駄目だということ。いや、大塚だけではない。高校時代、玲子を救ってくれた佐田倫子《さだみちこ》も、今年の一月、玲子をかばって刺された牧田勲《まきたいさお》もそうだ。彼らは、人間一人ひとりの命の重さと、それを奪う罪の赦し難い大きさを、玲子の心に深く刻みつけた。そして自分の命は、刑事《デカ》魂は、彼らの遺志と共にある。今日みたいな日は、特に強くそう思う。

「姫川。その、線香のやつ、とってくれ」

「はい」

香炉の中からステンレス製のトレイを取り、後ろの今泉に渡す。今泉はトレイに残っていた灰を手持ちのレジ袋に捨ててから、火のついた新しい線香を載せて玲子に返してきた。それをまた、玲子が香炉に戻す。

「お前、菊田《きくた》と湯田《ゆだ》には、連絡とれたのか」

「ええ。でも二人とも、今日は動けないみたいで。康平《こうへい》は昨日一人できて、菊田は明日になるってメールをもらいました」

そうか、と今泉が低く漏らす。

「十係の頃は、在庁のときに全員、一緒にこられたのにな。こうなっちまうと、段々都合も合わなくなる」

「ええ……ほんと、そうですね」

実際、玲子も今泉も石倉も、昨日の命日はどうしても都合がつかず、今日になってしまった。逆に湯田からは、昨日お参りにきたとき、あの日下《くさか》に会ったと聞かされた。元捜査一課殺人班十係主任の、日下守《まもる》警部補。何かと玲子とは折り合いの悪い男だったが、彼もまた大塚を忘れずにいてくれたという事実は、素直にありがたい。

石倉が花立てを持って戻ってきた。

「……すみません、意外と水場が遠くて。早くしないと、新しい花まで萎れちゃいますね」

本当だ。さっき広げたときより、なんだか葉も茎もクタッとしている。

墓参りを終え、でもあまりにも暑かったので、何か冷たいものでも飲んでいこうと話がまとまった。新小岩《しんこいわ》の駅まで戻って入った喫茶店。今泉と玲子が窓際に向かい合って座り、石倉は玲子の隣に腰を下ろした。

「俺は、アイスコーヒー」

「あたしも、アイスコーヒーで」

「じゃあ、三つで」

汗っ掻きの石倉は、さっきからハンカチでしきりに額や首を拭っている。ウェイトレスが持ってきた水もいち早く飲み干し、玲子の方を向く。

「しかし、あれですな。主任は相変わらず、暑くても汗一つ掻きませんね」

「やだ、たもっつぁん。あたし、今はもう主任じゃないんですよ」

今現在、玲子は池袋署刑事課強行犯係の、担当係長だ。

「ああ、すみません……でも、姫川さんのことは、主任、としか呼んだことがなかったので、なんというか……」

今泉が腕を組みながら頷く。

「まあ、そういうのは、どうしてもあるな。俺だって、姫川が係長っていうのは、なんとなく違和感がある。あれだな……分かってることとはいえ、本部と所轄の役職に一段差があるってのは、やっぱり紛らわしいな」

「ですよね。あたしも、何度か勘違いしたことあります」

警部補という階級は一緒でも、本部配置のときは主任、所轄に出たら係長。警部だって本部では係長だが、所轄に出たら課長か課長代理、小さい署なら副署長になる場合もあるという。

汗も引いてきたのか、石倉がひと息、深く吐き出す。

「……大塚も、真面目な奴でしたからね。生きてたら、部長くらいにはなってたんでしょうけど」

「部長」といっても、石倉がいったのは刑事部長や警備部長の「部長」ではない。巡査の次の階級、「巡査部長」という意味での「部長」だ。

確かに。大塚は真面目な男だったと、玲子も思う。

「ほんと、地道にコツコツと、腐らず諦めず……大塚は、いい刑事でしたね。あたし、初めて組んだときのこと、今でもよく覚えてます」

ふいに石倉が、大きく笑みを浮かべた。

「あのヤマですか。いや、懐かしいなあ。姫川さんが一課に入ってきて、しかもいきなりの主任で。確か一発目のヤマでしたよね、大塚と当たったのは。あの頃は、姫川さんも張り切ってた」

何いってんですか、と軽く叩く真似をしておく。

「あたしは、今だって張り切ってますよ」

「はは……これは失敬」

でも、本当に懐かしい。

できることなら玲子も、もう一度あの頃に戻ってみたい。

もう、五年も前のことだ。

まだ玲子も二十七歳。捜査一課殺人班十係主任を拝命した直後で、正直、自分の部下になる男たちの性格も把握できていなかった。

一番年上なのは、石倉保《たもつ》巡査部長、四十五歳。優しそうな顔をしてはいるが、そこは一課のベテラン刑事。揺るぎない刑事魂が、瞳の奥に据わっているのは玲子にもひと目で分かった。

次はぐっと若くなって、堀井《ほりい》純一《じゅんいち》巡査部長、三十七歳。無口で、特に玲子とはあまり口を利かなかったので、どういう性格なのかはよく分からなかった。

それよりちょっと下、三十五歳の西山大輔《にしやまだいすけ》巡査部長は逆に、実にお喋りだった。玲子が十係入りした初日から、

「いいですねえ、若い女主任。ゾクゾクしちゃうなあ」

「やっぱりアレだね、試験勉強ってのは、できるに越したことないね。簡単に出世できちゃうんだもん」

「主任はあれですか、やっぱり、男に守ってもらわなくても、組事務所とかにもズカズカ入っていけるタイプですか」

と、思ったままなのか嫌味なのかは分からないが、とにかく暇さえあれば何か喋っている男だった。

当時一番若かったのが菊田和男《かずお》巡査部長、三十歳。彼も寡黙な部類で、当初は玲子のことをどのように思っているのか、まったく態度には表わさなかった。

同じ十係の日下班には、主任の日下警部補以下六名の捜査員がいたが、玲子が着任したときは大田《おおた》区の池上《いけがみ》署に設置された特捜の応援に出ており、まだ顔を合わせていなかった。

最初のヤマは、着任三日目に回ってきた。

警視庁本部庁舎六階のデカ部屋。表在庁で待機していた玲子たちのところに、十係長の今泉警部がやってきた。

「……野方《のがた》署に特捜を設置する。変死体事案だ」

コロシ、と明言しないところが玲子には気になった。

「変死とは、どのような」

今泉は四人の巡査部長の顔をひと巡り見てから、再び玲子に視線を戻した。

「中野《なかの》区新井《あらい》四丁目△△、中野パークヒルズ六階、六〇五号室で、男性の変死体が発見された。遺体の身元は、ハシダリョウ、三十五歳。所持していた運転免許証にある本籍は茨城。現住所はいま所轄で調べてる」

今泉の手帳を覗く。名前は「橋田良」と書くようだ。

「係長。いま現住所を調べてるということは、その中野パークヒルズ六〇五号は、橋田の住居ではないのですか」

「違うらしい。六〇五号の正式な賃借人も、目下確認中だ」

「死因は」

「防御創らしき、何者かと争ってできたと思われる擦過傷《さっか》、打撲痕が両前腕や首筋、胸部に数ヶ所あるものの、致命傷というほどの外傷はなく、死亡時刻も現時点では特定できていない。病死、突然死の可能性もないではないが、死後だいぶ時間が経っているわりに顔面には紅潮が見られる。薬物中毒死……最悪の場合、無理やり第三者に薬を飲まされての薬殺という可能性も考えられるため、現在、監察医務院で死因の特定を進めている。まあ、遅かれ早かれ大学病院に移すことにはなるだろうが」

監察医務院の担当医師は誰だろう。國奥なら、玲子が直接連絡をとった方が早そうだが。

西山が首を突っ込んでくる。

「要するに、現時点では偵察の様子見と……最悪、野方までいってはみたものの、結果は病死でした、殺人班はお帰りくださってけっこうです、ってなことになる可能性もあるわけですね」

今泉は表情を変えずに西山を見た。

「こっちに連絡をしてきたということは、監察医務院が事件性を疑うような所見を上げてきたんだろう。おそらく現場鑑識も、何かそれを裏付けるような資料を採取しているはずだ。とにかく至急、野方署に向かってくれ」

了解しました、という声が揃ったのは玲子と石倉だけだった。

あとの三人はバラバラに、はい、と低く漏らしただけだった。

その夜の、野方警察署。

二階デカ部屋の並びにある会議室に集合した捜査員は総勢二十二名。所轄側の十七名は、刑事課や生活安全課、地域課から掻き集められてきた混成部隊だ。まだ殺人事件と決まったわけではないので、陣容としては手薄な印象が否めない。

会議室上座には十係長の今泉、管理官の橋爪《はしづめ》警視、野方署長と刑事課長の四人が並んで座っている。玲子は最前列の右端。捜査一課主任として、今日初めてこのポジションに座る。

上座左端にいる今泉が立ち上がった。

「では、会議を始める」

当然、号令は玲子がかけることになる。

「……気をつけ」

だが、思ったより声が通らない。

「気をつけッ」

振り返り、もう一度声を張り上げてはみたけれど、会議室は変にざわつくばかりで、まだ全体の半数も椅子から立とうとしない。

「きをつけェーッ」

挙句、三回目は途中で声が引っくり返ってしまった。ざわつきに、さらに含み笑いが混じる。のろのろと立ち上がる捜査員の中には、これ見よがしに口を押さえ、笑いを堪《こら》えている者までいる。

玲子は、自分の顔が赤らむのを、どうにも止められなくなった。

警部補なのに、警視庁本部の、捜査一課の主任にまでなったというのに、女だというだけで、声が細くて通らないというだけで、まだ自分は、こんなあからさまな辱《はずかし》めを受けなければならないのか。警部補になれば、本部の主任にさえなればもう馬鹿にされない。そう思って、それだけを信じて、がんばってきたのに――。

だが、そのときだった。

「……起立だ。おい、早く立てよッ」

玲子の左後ろから怒声が響いた。

菊田巡査部長だった。

そのまま彼が続ける。

「気をつけッ、敬礼ッ」

まるで、和太鼓のような声だった。大きく、太く、強く響き、会議室全体の空気を痛いほど固く引き締める。お陰で礼も、定規で測ったようにぴしりと揃った。むしろ慌てて前に向き直ったため、玲子一人が半拍遅れてお辞儀をする恰好になった。

「休めッ」

着座の雑音に紛れて、玲子はこっそりと後ろにいった。

「あの……ありがと」

だが菊田は目も合わせず、いいえ、と短く返しただけだった。

すぐに今泉が報告を始める。

「本件、中野区新井四丁目△△、中野パークヒルズ六〇五号で発見された変死体事案について、現時点で分かっていることを報告する。まず遺体の身元、中野区東中野三丁目◎△の△、ブルーローズ二〇三号在住、橋田良、三十五歳、独身。コスモデザイン株式会社……コールセンターの設置などを手掛ける会社だそうだ……そこの、営業主任。以上は所持していたパスケース内にあった自動車運転免許証、社員証から判明、会社側にも確認済みだ。死亡時刻は三日前、十二月十五日土曜日、夜十時から、翌十六日午前三時の間と見られている」

主任の着任当夜ですねェ、と真後ろの西山が呟く。ちなみに玲子の左にいるのは石倉、堀井は西山の後ろに座っている。所轄捜査員との組分けは、この会議終了後になるだろう。

「発見は本日、十二月十八日火曜日、午前十時過ぎ。六〇五号のドア枠に男物の革靴、これの左片方がはさまり、半開きの状態になっているという隣室の住人からの報告を受け、管理人が同室の状況を確認にいき、遺体を発見、一一〇番通報した。遺体はリビングの中央……」

あらかじめ配られていた資料の二枚目を見る。六〇五号の間取りは2LDK。キッチンの奥にあるのがリビングダイニングだ。

「ソファセットのテーブル手前に、右膝を折る恰好で、うつ伏せになって倒れていた。防御創と見られる擦過傷、打撲痕が右前腕に四ヶ所、左に六ヶ所、首筋に二ヶ所、胸部に三ヶ所あるものの、どれも軽微なもので致命傷にはなっていない。当初は持病の悪化による突然死ではないかと見られたが、遺体が比較的若いこともあり、血液検査を行ったところ、致死量とまではいえないが、メチレン、ジオキシ、メタンフェタミン……」

今泉はところどころで区切って発音したが、「メチレンジオキシメタンフェタミン」はひと続きの名前だ。略して「MDMA」。俗に「エクスタシー」と呼ばれる、合成麻薬の主成分だ。

「……が、血中から検出された。他にも薬物反応が見られたため、これに関しては東邦《とうほう》大学法医学教室と科捜研が分析を急いでいる。また、橋田良がリビングで死亡していたにも拘わらず、たった一足残っていた革靴の左片方がドア口にはさまっていた、というのは留意しておくべき点だろう。これは橋田の死亡後に、何者かが同室から退出した可能性を示す重要な痕跡であり、その何者かが橋田の死に関する、なんらかの事情を知っているものと考えられる……こちらからは遺体に関して、現時点では以上だ。次、現場鑑識」

「はい」

左後ろの方で、青い活動服姿の男が立ち上がる。野方署刑事課の鑑識係員だろう。

「発見現場となりました六〇五号ですが、まず玄関から。玄関のタタキには男物の革靴、今の報告にもありました、隣室住人が玄関ドアにはさまっていたと証言した革靴です。これ一足のみがありました。しかし、足痕《そっこん》は七種類以上ありました。資料として有効なものは、マンション管理人のものを除くと五種類。一つは残っていた革靴と同型ですが、残り四種類のうち、三つは女物の、パンプス様《よう》の足痕でした。残りの一つが、サイズからすると、男物のスニーカーでしょう。もう二種類くらいあるにはあるんですが、重なったりこすれたりで、資料としてはほとんど使い物になりません」

橋爪管理官が鑑識係員を指差す。

「その、女物の靴のサイズは」

「三つともほぼ同じ、二十四センチ程度です。が、ご存じの通り、サイズ設定はメーカー側の癖がかなり出ますんで、同一人物の靴かどうかは分かりません。また、もう一足のスニーカーも遺体男性の革靴と同様、二十七センチ前後ですが、こちらも以前にスニーカーを履いてきたときの痕なのか、別人のものなのかは、現時点では断定できません」

男性の足痕二種類、女性の足痕三種類、計五種類——。六〇五号室に、橋田良以外の何者かが出入りしたことだけは間違いなさそうだ。問題は、現場に入った第三者の人数だ。一対一で、女が男に無理やり薬を飲ませるのは難しい。でも三対一なら、あるいは男を交えての四対一なら、それも可能だったに違いない。

「続きまして、室内です。玄関から真っ直ぐいって、リビングに抜けるまでの廊下ですが、ここでは管理人以外に、六種類の足痕が採取できました。一つはやはり、遺体男性の靴下様のもの。二つはストッキング様で、残り三つは裸足《はだし》。裸足のうち一つは遺体男性で、二つは女性……ただしこれも、一人の女性がストッキングを穿《は》いたり脱いだりした可能性が考えられるので、一概に四人の女性が現場内にいたとはいえません。室内での動線、個々の足痕の識別は今後の、本部鑑識との共同作業の上、報告することになります」

ということは、少なくとも女二人に橋田良、ということか。無理やり薬を飲ませるのが不可能な人数構成、でもない。

今泉が訊く。

「足痕の他には」

「指紋も、採取だけでまだ分析が終わっておりません。ただ、和室に関してですが……」

六〇五号の見取り図を大雑把に四分割すると、左上がリビングダイニング、左下がキッチンや洗面所、風呂場、トイレといった水周り、右上が和室、右下が洋室になる。鑑識係員がいうのは右上にくる六畳の和室で、その向こうはベランダ。このベランダには隣のリビングダイニングからも出入りできるようになっている。

「和室が、どうした」

「はい。この、ベランダ側の壁に突きつけるような形で、フロアベッドというんでしょうか、非常に簡易な、低いベッドが設置してあるんですが、ここには、女性のものと思われる長めの毛髪と、体毛が残留しておりました。また手前の六畳の洋室ですが、こちらにもベッドがあります。こちらは普通の高さのダブルベッドです。こちらにも毛髪、体毛が残っておりましたが、和室のと同一人物のものかは、まだ判明しておりません。また両方に、橋田のものと思われる男性の毛髪、体毛も残っていいました」

死んでいた男は一人。ベッドは二ヶ所。これは、どういうことだろう。

玲子は、今泉がこっちを向くのを待って手を挙げた。

「なんだ、姫川」

「はい。この、六〇五号室の賃借名義人は判明したのでしょうか。これまでの報告ですと……」

「それは、これから報告する」

今泉の手前にいる橋爪が、ハッ、と鼻で笑って玲子の方を向く。

「……あんまり慌てんなよ。お嬢ちゃん」

この橋爪は玲子と顔を合わせるたび、必ず何かしら嫌味をいう。

着任初日に挨拶をしたときは「名字が姫川で、名前が玲子とは笑わせるなぁ」と大声でいわれた。二日目の朝には「主任になったらもう、お茶は淹《い》れなくていいのか」といわれた。三日目は「お前はアレか、自分で自分を美人だとでも思ってるのか」と訊かれた。

そして今日は、会議中に「お嬢ちゃん」呼ばわりだ。

「申し訳ありません管理官。私の名前は姫川です」

「ああ、そうだったなお姫様。でも、お姫様ならお姫様らしく、もうちょっとおしとやかに、ゆったり構えてろよ。慌てるお姫はもらいが少ないじゃゃ、洒落にもならんぜ」

悔しいが、これ以上逆らっても勝てる見込みはない。ここは大人しく座るしかあるまい。

今泉が左のブロックを指差す。

「賃借名義人を当たったのは、どの組だ」

「はい」

二列目の捜査員が立ち上がった。

「現在、六〇五号の所有者はマツナガイチロウ、神奈川県在住の会社役員です。マツナガは十一年前に家賃収入目当てで六〇五号を購入し、あとはずっと不動産屋任せにしていたそうです。ところが、あのマンション自体、近所では『風俗マンション』とも、『愛人マンション』とも呼ばれる、いわくつきの物件でして」

風俗マンション？　と橋爪が訊き返す。

「はい。この物件では二重三重の又貸しが横行しておりまして、所有者と実際の居住者がなかなか一致しないのが、むしろ普通になっているようです。マツナガのような一般人が所有者でも、実際には無店舗型風俗の待機所になっていたり、ソープ嬢の寮になっていたりします。名義は企業でも住んでいるのはその社長の愛人だったり、もっと面倒なケースでは、得意先の社長の愛人だったり。ごく普通に居住している世帯もあるにはあるんですが、七割近くは、そういう……なんというんでしょう、複雑な背景といいますか、そんな住人が占めています。実際、六〇五号は住居の体《てい》をなしておらず、生活するにはあまりにも家財道具が少ない状態でした。まあ、ラブホテルの代わりくらいにはなるかな、と。状況としては、そんな感じです」

今泉が訊く。

「六〇五号のドアに靴がはさまっていると、管理人に報告した隣人というのは」

「六〇六号の、ハシモトアキコという四十代の独身女性ですが、管理人の話では……某民自《みんじ》党代議士の、愛人だということです。定かではありませんが……。ハシモトアキコは先週木曜からグアムに旅行にいっており、昨夜帰国。夜十時頃帰宅したときに、靴がはさまっていることには気づいていたらしいんですが、今日の朝になってもまだはさまっているので、不審に思って管理人に報告した、ということでした」

橋爪が右に左に首を捻る。

今泉が続けて訊く。

「その、所有者であるマツナガ何某《なにがし》と、橋田良の関係は」

「今のところ、接点と呼べるようなものは何も浮かんできていません」

「他に六〇五号に関する報告は」

「今のところは、以上です」

つまり、鑑識が採取した資料以外には、何も分かっていないということだ。

捜査会議終了後に、組分けが発表された。

「捜一、姫川主任は……野方署強行犯係、大塚巡査と。敷鑑《しきかん》一組」

はいッ、と切れのいい返事が聞こえ、振り返ると、後ろの方から若い男が人込みを縫って出てきた。玲子の前に立ち、勢いよくお辞儀をする。

「野方署刑事課、強行犯係の、大塚真二巡査です。よろしくお願いします」

よかった。年は同じか、ちょっと下くらいだ。

「よろしく。殺人班十係の姫川です」

すぐに携帯番号と名刺を交換した。玲子の名刺を見た大塚は「おお」と二回、同じ声を漏らした。どういう意味の「おお」なのかは、よく分からなかった。

大塚は中肉中背で、ちょっと舌が長そうな喋り方をする以外は、これといって特徴のない男だった。そこそこ元気はいいが、かといってお喋りな感じではない。顔つきは明るいけれど、決して浮ついてはいない。初っ端としては悪くない印象だ。

「大塚さん、ここ何年目?」

「まだ、一年と三ヶ月です」

「大卒入庁?」

「いえ、自分は高卒で」

十八歳で入庁したら、最初の異動は二十四歳くらい。そこから一年ちょっとだとしたら、今年二十五か六。やはり玲子より少し年下だ。

「そっか……」

辺りに目をやると、会議室下座のドアから、数人の総務係員が弁当の山を抱えて入ってくるのが見えた。このままここにいたら、あれと缶ビールを一本渡され、「まあ仲良くやりましょう」的なゆるい親睦会に巻き込まれることになる。それだけは、絶対にご免だった。

「大塚さん。あたしはこれから現場周辺を見に出ますけど、どうしますか。一緒にきますか」

大塚はパッと表情を明るくし、また勢いよく頭を下げた。

「ぜひ、ご一緒させてください。よろしくお願いします」

「うん。じゃあすぐ出よう」

カバンを取ろうと振り返ると、そこにいた石倉、菊田と目が合った。今のやり取り、聞いていたのだろうか。

「……別に、かまいませんよね、私がはずしても」

石倉が、慌てたように頷く。

「ええ、会議は終わりましたんで……かまわないと、思います」

菊田は微《かす》かに眉をひそめただけで、何もいわなかった。

玲子は一礼してその場を離れ、上座の今泉にひと声かけにいった。

「係長。私、ちょっと今夜のうちに現場周辺を見てきます。大塚巡査と」

今泉は、ちらりと会議室の奥を見た。

「弁当くらい、食っていったらどうだ」

「いえ。明日からうちは敷鑑になりますし、このままだと現場にいく機会がありませんので。今夜のうちに……それに、ちょうどマル害（被害者）の死亡時刻にも差し掛かりますし」

会議室の壁時計は、十時十分前を指している。

「そうか……まあ、初日だからな。あまり無理はするな」

「はい。了解しました」

上座中央にいる橋爪も何かいいたげな顔でこっちを見ていたが、いいタイミングで署長に肩を叩かれ、何やら話し始めた。これ幸い。玲子はその隙に会議室から抜け出した。

廊下に出ると、大塚はぴたりと玲子の左後ろについた。

振り返らずに訊く。

「大塚さんは、ずっと刑事課？」

「あ、あの……姫川主任。自分のことは、呼び捨てにしてください」

でも、そういわれて呼び捨てにするのも、なんだか恰好悪い。

「ああ……うん。そのうちね」

「自分、ここでの配置は、最初から強行犯係です」

「発見現場、ここからどれくらいのところ？」

「歩いたら、十分ちょっとの距離です」

距離と移動時間を的確に把握している人間は、信用に値する。

「微妙なところだけど……うん、タクシー使っちゃおう」

「はい」

署の前でタクシーを拾い、中野パークヒルズには五、六分で着いた。むろん、タクシー代は玲子が払った。

「へえ……けっこういいマンションじゃない」

目で数えると十一階建て。ワンフロア六世帯のようだから、比較的大きめのマンションといっていいだろう。面している道路は片側二車線、対向四車線の都道。この時間でもまだ交通量は多い。渡った向こう側は中学校。そこだけはぽっかりと暗闇が広がっているが、都道の少し先を見ればコンビニもある。ガソリンスタンドもファミリーレストランもある。夜十時過ぎだからといって、身の危険を感じるほどの暗さではない。

この街の、このマンションの一室で、橋田良は一体何をしていたのだろう。風俗マンション、愛人マンションと近隣住人に噂されるような建物だ。橋田の目的も、やはりセックスだったのだろうか。

「ねえ、大塚くん」

はい、と気合の入った返事を期待したのだが、聞こえたのは通りを行き過ぎる車のエンジン音だけだった。

「……大塚くん？」

振り返ると、大塚は都道の先、コンビニの方を背伸びをするようにして眺めていた。

「大塚くん、ちょっと」

肩を叩くと、ようやく気づいてこっちを向く。

「あ、すみません。……ちょっと……はい」

「ちょっと、何よ」

「いえ、別に。なんでもありません」

「なんでもないって感じじゃなかったけど。こーんなに首伸ばして。なに、コンビニいきたいの？　お腹空《なかす》いた？」

いえ、とかぶりを振りながら、それでも大塚はちらりと同じ方を見やった。

「……マル害が死亡したのって、さっきの報告だと、三日前ということでしたよね」

「そう。三日前の、ちょうど今頃から午前三時の間。それがどうかした？」

「いや、あの、確か……ちょっと待ってください」

大塚は内ポケットからメモ帳を取り出した。

「三日前……あ、やっぱり。新井五丁目、コンビニ前の路上で、通行人と乗用車の接触事故が起こってますね。発生時刻は、夜十一時四十分頃……ってまあ、それだけなんですけど」

玲子も、そのメモ帳を横から覗き込んだ。

「君はなに、その夜、泊まりかなんかだったの」

「いえ、三日前は通常勤務だったんで、夕方には寮に帰りました」

「なのに、なんでそんなのメモしてるの」

「なんで、って……管内で起こった事故とか、事件は、一応把握しておこうと思って……もちろん、全部じゃないですけど。でも入電とか、見聞きした範囲のものは、なるべく……っていうか、こうしておかないと、忘れちゃうんですよ、自分……はは」

「へえ。けっこうマメなのね」

それは、いいとして――。

橋田良の死亡時刻の前後に、何者かが近所で接触事故を起こしている。これは単なる偶然だろうか。本件と、何か関わっている可能性はないだろうか。たとえば、橋田を薬殺したか、その死に直面して慌てた何者かが、中野パークヒルズを出て車で逃走する途中に接触事故を起こした、ということは考えられないだろうか。何しろ、革靴がドア口にはさまっていることにも気づかないような慌てん坊だ。車の運転が乱雑になり、接触事故くらい起こしてもなんら不思議はない。

「……大塚くん。その事故、一応明日、交通捜査係に確認してみて。それでなくても、死亡当夜この辺に警察官が臨場していたんなら、何か本件に関わることを見聞きしてるかもしれない」

「了解しました。明朝早速、確認いたします」

大塚はやけに張り切った調子でいい、背筋を伸ばした。

「……なにも、今からそんなに張り切らなくたっていいわよ」

「いや、なんか、久々の本部捜査なんで。お役に立てるのが、なんか嬉しくて」

いいながら、また何かメモ帳に書き加える。その仕草が、なんとも微笑《ほほえ》ましい。

「役に立つかどうかは、まだ分かんないでしょ。実際、大学から司法解剖の結果が上がってきたら、死因はただの病死、事件性なしってなる可能性だって残ってるんだから。そうなったら、今の特捜は即解散。クスリの件だけおたくの生安に引き継いで、本部捜査員は引き揚げ、骨折り損のくたびれ儲け」

ドアロにはさまっていた靴にしたってそうだ。会議では、橋田の死亡後に何者かが現場から立ち去った可能性があるとの見方がされていたが、ドアロに靴がはさまってから、橋田が死亡した可能性だってないわけではない。

「……ま、それはいいとして。もうちょっと、周辺を歩いてみようか」

「はい」

事故を起こした何者かが中野パークヒルズ六〇五号に出入りしていたとしたら、その間はどこかに車を停めておかなければならなかったはず。現場に最も近いコインパーキングはどこか。あるいは路上駐車に適した場所は。そもそも中野パークヒルズに駐車場はあるのか、ないのか。監視カメラの有無は。


十二月十九日、水曜日。

今日から玲子の組が担当するのは敷鑑。橋田良の関係者に対する聞き込み捜査だ。その他の班員、石倉の組は六〇五号の賃借名義人の割り出し。西山組と堀井組は橋田の自宅を家宅捜索。菊田組はその他の所轄捜査員と共に地取《じど》り、現場周辺での聞き込み捜査を行う。

「姫川主任」

朝一番。玲子が会議室に顔を出すと、待ち構えていたように大塚が声をかけてきた。

「ああ、おはよう。昨夜は遅くまでご苦労さま」

「いえ……あ、はい。お疲れさまでした……いや、そうではなくて」

内緒話でもしたそうに、ふいに大塚が声をひそめる。

玲子は辺りに人の目、耳がないことを確認してから大塚に顔を寄せた。

「……なに」

「例の、接触事故のことですが」

「早いわね。もう調べがついたの」

「ええ、昨夜のうちに、上手いこと交通捜査の同期を捕まえられたんで。そいつに頼んで、調書を見せてもらいました……今、いいですか」

大塚。なかなか熱心でいいではないか。

幸い、周りにはまだ誰もきていない。

「いいわよ」

「はい。加害者は佐藤晃《さとうあきら》、四十二歳。三鷹《みたか》市在住の会社員で、中野には仕事できていたようです。

会社は代々木にある、関東ソーラーシステム。太陽光パネルの営業マンらしいです。事故を起こしたのも会社の営業車だということでした。被害者は深町依子《ふかまちよりこ》、二十八歳。目黒《めぐろ》区在住の、やはり会社員です。アーバントラベル・ジャパン。旅行代理店で、勤務は新宿支店だそうです。怪我《けが》自体は大したことなく、そもそも深町の方がつまずくか何かしてよろけたところに、たまたま佐藤の車が通り掛かって、左肘と左肩が運転席付近のフレームに接触し、深町が転倒。右手と右膝、右腰にかすり傷及び打撲を負った、ということでした。……なぜか、マル害が頑《かたく》なに被害届を出すことを拒んだようで、じゃああとは話し合いで、ということに落ち着いたらしいです」

「……そう」

ソーラーパネルの営業マンと、旅行代理店勤務の女、か。

「ま、とりあえず今日は橋田の会社を当たってみて、余裕があったら、それから広げていこう」

「はい。了解しました」

朝の会議は地取りの担当区域の確認程度で、九時頃には捜査員もそれぞれ野方署を出発した。

玲子たちが橋田の勤め先、赤坂《あかさか》にあるコスモデザイン本社に着いたのは十時五分前だった。

応対に出てきたのは、橋田の上司だという米原惣介《よねはらそうすけ》。年の頃は四十代半ばに見えた。

米原は橋田の突然の死にショックを受けながらも、玲子の質問には的確に答え、彼についてもいろいろ教えてくれた。

「無断欠勤なんかする奴じゃなかったんで、心配はしてたんですけどね。携帯鳴らしても、全然出ないし」

確かに、橋田の所有していた携帯電話には、ここ本社から何回も電話がかかってきていた。月曜の日中に七回、火曜には五回。おそらく火曜の夕方、橋田が死んだことを知らされるまで、社員の誰かがかけ続けていたのだろう。

「橋田さんの交友関係については、いかがでしょうか」

米原は首を捻り、記憶をたどるような間を置いた。

「……交友関係、ですか。会社の連中とはあんまり、プライベートな付き合いはなかったんじゃないかな。会社帰りに飲みにいったりすると、昔はけっこうヤンチャだった、みたいなこと、自分ではいってましたけど」

ヤンチャ。違法薬物――？

「たとえば、具体的に、どんなヤンチャを」

「何かな、なんていってたかな……喧嘩《けんか》とか、そんなことだったんじゃないですかね。よく覚えてませんけど。でも実際、私服なんか着てると、ああ、そっち系ね、みたいな感じはありました」

「そっち系、といいますと」

「ほら、なんていうんですか、ダブっとしたズボンを穿いて、キャップとかかぶって。こう、ドクロとか、そういういかがわしい感じのプリントが入った、Ｔシャツとかを着て」

なんとなく、イメージは摑めた。死亡時の橋田はスラックスにワイシャツ姿だったし、顔写真は免許証のものだけなので、今まで特に不良っぽさは感じていなかったが、もしいま米原が語ったような恰好をさせたら、確かに似合うだろうとは思う。黒いキャップをかぶせて、ふてぶてしい顔で「イェーイ」とやらせれば、それなりのワルに見えそうだ。

「一応確認させていただきたいんですが、普段会社にくるときは、男性社員の方はスーツと決まっているのでしょうか」

「ええ。男性社員はスーツ着用が基本です。夏場はノーネクタイ、という話もこのところは出てきてますが、何しろ私たちは営業職ですから、なかなか……お得意さまのところに、ノーネクタイというのは、まだちょっと失礼な気がしてしまって。ですので、一年通してスーツ、ネクタイといった恰好です」

「なるほど。それで、勤務は普通に、月曜から金曜ですか」

「はい。月金で、週休二日ですね。普通に」

ということは、橋田は金曜から中野パークヒルズ六〇五号にいたのだろうか。会社帰りに、スーツのままあの部屋に向かったのか。なんのために。これまでの流れから考えたら、当然女だろう。女と過ごすために、橋田は金曜の夜にあの部屋にいき、土曜の夜まで過ごし、そして死んだ。遺体は三日後、火曜日の午前中になってようやく発見された。

ふと、妙な疑問が浮かんだ。

「あの……では米原さんは、いつ、橋田さんの私服姿をご覧になったのですか」

「は？」

「橋田さんはあまり、会社の方とはプライベートのお付き合いがないんでしたよね。それなのに、いつ……つまり、そっち系の私服を着ている橋田さんと、お会いになったのですか」

米原は「ああ」と顔を上げた。

「それは、あれですよ。社員旅行のときですよ」

社員、旅行――。

ピンときたのか、大塚もちらりとこっちを見た。

米原が続ける。

「毎年六月なんですが、この社屋の前に、大型バスを呼びましてね。朝、そこに集合して出発するんです……まあ、そういうときってのは、個人個人のセンスが如実に出ますよね。私なんかはもう、ポロシャツにジャケット、スラックスですが、若い女の子なんかは、普段大人しそうな子でも、けっこう刺激的な恰好をしてきたりね。男もね、橋田みたいに、とっぽい感じだったり、ポロシャツはポロシャツでも、なんかこう、ブランド物のね、恰好いいのだったり……いろいろですよ」

米原のイケてないコーディネートも、セクハラ気味な物言いもこの際どうでもいい。

「あの、その社員旅行というのは、旅行代理店か何かに、企画を依頼されるのですか」

「あ、ええ……そうですね。どっかに、頼んでますね」

「それは、毎年ですか。毎年同じ代理店に、発注してるんですか」

「いや、それはどうかな。総務の人間に確認してみないと」

「お手数ですが、その代理店の名前、今すぐ調べていただくわけにはいきませんか」

「ええ、かまいませんけど」

一度席を離れ、戻ってきた米原は一枚のチラシを持っていた。

「この会社みたいですね……アーバントラベル・ジャパン」

なんと。いきなりの大当たりだ。しかも裏を見ると、ご丁寧にも「アーバントラベル・ジャパン新宿支店」とスタンプが押してある。


米原に紹介してもらい、総務主任にも話を聞いた。

「お忙しいところ、申し訳ございません。……いま米原さんから伺った、アーバントラベルという旅行会社についてなんですが、こちらの社の担当者というのは、決まった方がいらっしゃるんですか」

「ええ。もちろん」

「それは、深町依子さん、という方ではありませんか」

しかし、総務主任は即座に首を横に振った。

「いいえ、アンザイさんという方ですよ。企画も、添乗もその方で。ちょっと綺麗なね。垢抜けたお嬢さんです」

名刺ホルダーをめくり、まもなく見つかった一枚には「新宿支店　営業部　安西恵子《あんざいけいこ》」とあった。

「そうですか。安西さん……ちなみに、深町依子さんという方は、ご存じないですか」

「いえ、私は存じ上げませんね」

だが、アーバントラベルが何かしら事件に関係していることだけは間違いないように思えた。

玲子たちは早々に暇《いとま》を告げ、そのままアーバントラベル・ジャパン新宿支店に向かった。

「恐れ入ります。二、三、お伺いしたいことがあって参りました」

正面から店に入り、接客用カウンターにいた女性に身分証を提示する。あとで営業妨害だと騒がれても困るので、他の客やスタッフには見えないよう、こっそりとだ。

「……はい。どういった、ご用件でしょう」

「こちらに、安西さんという女性がいらっしゃると思うのですが」

「安西、なんという者でしょうか」

「コスモデザインという会社の社員旅行などを担当されていた、安西恵子さんです」

すると、なんだろう。にわかにその女性の頬が強張《こわば》った。

「安西、は……この秋に、退社いたしましたが」

「会社を、辞められた？　何かあったのですか」

「いえ、私は、詳しいことは、ちょっと……」

この秋ということは、コスモデザインの、今年六月の旅行まではいたということか。

「ということは、コスモデザインさんの担当は、今後別の方がされることになりますか」

「ええ、たぶん。そうなると思います」

「ひょっとしてそれは、深町依子さん、ですか」

これは的外れな質問だったか。彼女は一瞬、ぽかんとした表情になった。

「いえ、深町は広告担当ですので、お客さまを直接担当することはございません」

そう簡単に、話は一本に繋がらないということか。

「ちなみに今日、深町さんは」

「申し訳ございません。深町は本日、お休みをいただいております」

「それは、どういう？　体調不良か何かですか」

「確か、怪我をしたとか、なんとか……申し訳ございません。私では詳しいことが分かりかねますので、上の者に……」

深町依子の怪我は、会社を休むほどひどかったのか。被害届を出すまでもない、かすり傷と打撲傷ではなかったのか。


安西恵子の連絡先はアーバントラベルで教えてもらったが、深町依子については大塚がすでに調べてあったので、あえて訊くまでもなかった。

早速、住まいを訪ねてみた。

「……恐れ入ります。警視庁の者ですが」

目黒区東山《ひがしやま》一丁目にある小綺麗なマンション、二階の角部屋。ネームプレートには名字も名前もない。一人暮らしをする女性の、ごく常識的な感覚だろう。

「深町さん。いらっしゃいませんか」

インターホンでは反応がなかったので、直接ドアをノックし、何回か呼んだところで、ようやく返事があった。

《……今、開けます。お待ちください》

少ししてロックを解除する音が聞こえ、ほんの少しだけドアが開いた。チェーンは、まだかかったままだ。

隙間から見た限りだが、深町依子はぽっちゃりとした丸顔の、可愛らしい女性だった。玲子の一つ上、二十八歳ということだが、おそらく並んだら玲子より年下に見られるのではないか。

「恐れ入ります。警視庁の姫川と申します」

「大塚です」

二人同時に警察手帳を提示し、だがその数秒の間に、玲子はある違和感を覚えた。

深町依子は、決して玲子の方を見ようとしない――。

身分証も玲子より、大塚の方を注視していた。自己紹介している間も目を合わせようとはせず、むしろ視線は大塚の顔と、ネクタイの辺りを往復していた。

おかしい。普通、相手が警察官を名乗ろうと、女性は男性の訪問者を警戒するものだ。逆に女性の訪問者に対しては、そこまで強く警戒心は抱かない。当然だ。多くの女性は、力では男に敵《かな》わないと思っているし、密室に近い状況で男性と対峙すれば身の危険を感じる。そうであるからこそ警察は、女性被疑者の取調べには女性捜査員を同席させ、女性留置場には女性の看守を配置するのだ。

なのに、どういうことだろう。玲子の目に映る深町依子は、男性である大塚よりも、むしろ女性である玲子を警戒しているように見える。その視線は怯《おび》え、いや、恐怖に似たものすら孕《はら》んでいる。

「深町依子さん、ですね」

「……はい」

やはり、玲子の方は見ようとしない。

「ちょっとだけ、お話を聞かせてください。四日前の、十二月十五日、土曜の夜のことなんですが。深町さんは、中野区新井五丁目で、乗用車と接触して、お怪我をされていますよね」

「いえ……ですから、それは」

「ちょうど同じ夜に、あの近所のマンションで……」

と、そこまで玲子がいったときだった。

深町依子は、いきなりノブを思い切り引っ張ってドアを閉めようとした。だが幸い、玲子がとっさに足先をはさみ込んだためドアは閉まらなかった。もともと少ししか開いていなかったので、足もそんなに痛くはなかった。

むしろ驚いたのはその後の、依子の態度の変化だ。

「帰ってッ」

玲子の足がはさまっているにも拘わらず、それでもぐいぐい引っ張って、ドアを閉めようとする。しかも、左手だけで。右腕は、だらりと体の横に垂らしたままだ。その右腕は、そんなに重傷なのか。だったらなぜ、もっと事故処理のときにそのことを主張しなかったのだ。

主張できない事情が、何かあったのか。

「お願いします、帰ってくださいッ」

そう訴える目も、言葉も、常に大塚に向けられている。玲子の存在は、ドア口にはさまっている足先だけ。それ以外の部分は、彼女には透けて見えなくなっているかのようだ。

繰り返しノブを引っ張っているうちに、依子が着ている水色のニットの、左袖がはらりと捲《ま》くれた。

その、左手首には――。

「帰って、帰ってってばッ」

玲子は依子に見えるように、はっきりと頷いてみせた。

「分かりました、深町さん、帰ります。帰りますから、でもその前に、一つだけ教えてください。安西恵子さんとは……」

その一瞬だけ、依子は玲子の目を、直に見た。

怒り、あるいは嫌悪、それとも軽蔑か。

じわりと両目に、光るものが膨れ上がる。

「……帰って、お願いだから帰ってッ」

これ以上、この女性を追い詰めるのは危険だと、玲子は判断した。

「分かりました、帰ります。いま、足を抜きますから、ちょっと引っ張らないでください」

そういうと、一瞬だけ力はゆるんだが、玲子が足を引き抜くと間髪《かんはつ》を容《い》れず、ガシャンッ、と大きな音をたててドアは閉まった。

「失礼……いたしました。ごめんください……」

見ると、黒いパンプスの両サイドはこすれ、少し白っぽくなっていた。


しかし、よくドアに靴がはさまる事件だ。

「姫川主任、大丈夫ですか」

「うん。そんなに痛くはなかった。でも、もうダメだね、この靴。……もったいないの。まだ新しかったのに」

いったんマンションを離れ、一つ角を曲がったところで玲子は足を止めた。

「そりゃそうと、大塚くん。ちょっと、作戦を変更しようか」

「はあ……作戦、変更ですか」

腕時計を確かめると、正午を三十分ほど過ぎたところだった。

「まず、大塚くんは今の、深町依子の態度をどう思った」

えっ、といって、大塚はしばし考え込んだ。

「……ちょっと、ヒステリックというか、かなりの、警察嫌いなのかな、と」

「そっか。あたしは、それとは違うふうに思った。あたしはね、彼女が嫌っているのは、警察じゃないと思う」

「そう、なんですか？」

「うん……彼女が嫌ったのはむしろ、あたしなんじゃないかな」

また、えっ、といって黙り込む。

「彼女、あたしのことはほとんど見ようとしなかった。あからさまに目を背けてた。逆に、喋るときは決まって大塚くんの方を見てた。お願い、帰ってっていったときも、すがるような、助けを求めるような目で、あなたを見てた。この女を連れて、早くここから消えて……そういっているように、あたしには見えた」

「そう、でしたでしょうか」

なんだ。気づいていなかったのか。

「彼女があたしを見たのは、安西恵子の名前を出したときだけだった。殺意……っていったら言い過ぎかもしれないけど、それに近い嫌悪感のこもった目だった。これ、どう思う？」

首を傾げながら、大塚はアスファルトの地面に視線を落とす。

「安西恵子と結びつけられたくない、何かがあるんですかね」

「うん、いい線だと思う。それと、これは単なる勘なんだけど、安西恵子とあたしって、どっか似たところがあるのかもしれない。安西恵子を連想させるような何かが、あたしにあった……だから彼女は、あたしを見るのも嫌だった。早く目の前から消えてほしい、そう思った。だからあなたに、助けを求めるような視線を送った……まあ、単に年頃が近かったってだけかもしれないけど」

安西恵子も、深町依子と同じ二十八歳であることは分かっている。

「だから、ちょっと時間を置いて……そうね。どっかでお昼を食べて、それから大塚くんはもう一回、深町依子を訪ねてみて。今度は、君一人で」

「えっ、自分、一人でですか」

「そう。次はとりあえず、あたしはいない方がいいと思う。少し離れたところから見てるから、大塚くん一人でいってみて。で、ちゃんとそのことを彼女に伝えて。一人できました、あの女はいません、って。できるだけ優しく、親身になって、相談に乗りますから、みたいな姿勢で……それで、どう反応が変わるか。まずはそこを見極めよう」

まだ大塚は半信半疑のようだったが、それでも一応「はい」と頷いた。

結果からいうと、その日の午後、大塚は深町依子と話をすることができなかった。

「すみません。ただ、帰ってくださいいって……繰り返し、いわれただけでした。ちょっと、涙声だったかもしれないです」

「そう。ちゃんと、優しく話し掛けた？」

「はい、それはもう。最大限に」

「だったらいい。今日はこれくらいにしておこうか」

翌日も、そのまた翌日も、大塚には依子を訪ねさせた。よほど怪我がひどかったのか、依子はその週いっぱい仕事を休み、自宅にこもりっぱなしだった。

その間には、橋田良の司法解剖、鑑識の指紋解析、足痕解析の結果も上がってきた。

橋田良の死因は、やはり薬物の乱用によって引き起こされた心不全であろうとの見方が濃厚だった。というのは、橋田の血中からはＭＤＭＡの他に、「バイアグラ」の名で勃起不全の治療薬として知られる「シルデナフィル」の成分が検出されたからだ。そもそも橋田が使用したＭＤＭＡは混ぜ物の多い粗悪品であり、それとシルデナフィルがどのような作用機序《さようきじょ》を経て心不全を引き起こしたのか。それを解明するには今しばらく時間がかかるらしいが、橋田が違法薬物を用いて多幸感を得ながら、なお長時間のセックスをしようとしていたことだけは間違いないと見られた。

つまり、橋田は自分の意思で薬を服用し、死亡したのは単なる医薬事故の結果、という可能性が高くなったわけだ。ＭＤＭＡとバイアグラの併用というのは、少なくとも他殺の方法としてはあまり合理的ではない。

だがそうなると、遺体発見現場に未使用のＭＤＭＡやバイアグラがないこと、仮に現物は使い切ったにしても、それを包んでいたであろうＰＴＰ包装シートも、ピルケースも何も残っていないというのはおかしい。

そこで重大な意味を持ってくるのが、指紋と足痕である。

鑑識結果からいうと、六〇五号室内で採取された四種類の女性の足痕、二つのストッキング様と、二つの裸足、これらは同一の、二人の女性の足痕であるとの結論に至った。また六人分採取できた指紋のうち、二人分は女性のものであるとの見解が示された。加えて、足痕と指紋によって割り出された動線は、一方の女性がほぼすべての部屋に出入りしているのに対し、もう一方の女性は主に奥の和室とリビングに出入りしていたことを示している、とのことだった。

特捜の見解はこうだ。

六〇五号に出入りした二人の女が、残りの薬物を処分して現場から姿を消した——。

また地取り班を仕切っていた菊田は、中野パークヒルズの防犯ビデオに若い二人連れの女性が映っていたことを報告してきた。二人がエレベーターに乗ったのは橋田が死亡する前日、十四日の午後八時十三分。降りたのは六〇五号がある六階。だがそののち、その二人の女性はエレベーターを利用していない。同じ六階に映像のような女性が居住している事実はなく、いまなお六階にいるということも確認できないという。もっとも考えやすいのは、その後に非常階段を使ってマンションから出たという可能性だ。念のため特捜は、二十日から現場に本部鑑識を入れ、非常階段を中心に足痕その他の採取を進めている。

さすがにここまで話が煮詰まってくると、玲子もネタを割らないわけにはいかなくなってくる。ただし深町依子について、いきなり会議で報告するのは避けたかった。玲子は依子を、ある面では被害者であろうと見ていたからだ。

「……係長、お話があります」

玲子は二十一日の会議終了後、今泉にだけ状況を報告した。場所は同じ階にある調室。今泉は数秒顔をしかめたものの、いきなり玲子の独断専行を咎《とが》めることはしなかった。

「つまりお前は、橋田とその、安西恵子という女が共謀して、深町依子という女性を六〇五号に監禁、姦淫を強要したと見ているわけか」

「その通りです。遺体にあった防御創は、橋田が深町依子を暴行しようとした際抵抗され、ついたものと考えられます。また、安西恵子がそのような状況を作り出すことで橋田から報酬を得ていたとしたら、安西恵子による管理売春ということもいえるかと」

今泉が首を傾げる。

「しかし、深町依子を被害者とする根拠はなんだ。三人で薬物を用い、乱交パーティをしていたという可能性だってあるだろう」

「むろん、その可能性もゼロではありませんが」

「深町依子の、お前に対する態度か」

「それもあります。加えて……ほんの一瞬見えただけですが、深町依子の左手首には、紐状の何かで緊縛を受けていたような痕《あと》がありました。擦過傷と、内出血を伴った圧迫痕と思われます。たぶん深町依子は、フロアベッドのある奥の和室に監禁されていたのだと思います。照合する手段は、毛髪、指紋、足痕、いくらでもあります。それは、安西恵子も同じですが」

「だからといって、いきなりの指紋採取は難しいぞ」

それは、確かにそうだが。

「……どうするつもりだ。それだけの材料では、任同《にんどう》（任意同行）は許可できんぞ」

「分かってます。とりあえず、安西に話を聞きます」

「深町の方はどうする」

そう。それが問題だ。

「深町依子は……大塚巡査に、任せようと思います」

今泉は、太い眉毛を段違いにして玲子を見た。

「大塚に任せるって……奴、一人にか。そういうわけにはいかんだろう」

巡査は、公安委員会規則においては「司法巡査」と定義され、巡査部長以上の「司法警察員」とは明確に区別されている。具体的には逮捕状の請求や取調べをする資格が、司法巡査にはない。捜査が進めば、いずれは巡査部長以上の者にバトンタッチせざるを得なくなる。

「はい。ですから、組替えをしてください。明日からは大塚と、石倉デカ長を組ませてください。で、石倉デカ長と組んでいた……あれ、誰でしたっけ」

「高坂《こうさか》か。野方署強行班の」

「はい、私が彼と組みます。それで、安西を当たります。あくまでも参考人としての、事情聴取という形で」

今泉は腕を組み、しばし考えてから頷いた。

「……分かった。石倉には俺からいうか、お前が直接いうか」

「私が、いいます」

「そうか。じゃあそうしてくれ。それと」

人差し指をピンと立てて、玲子に向ける。

「……今後、報告はもう少し早い段階でしろ。お前はもうデカ長でも、所轄の捜査員でもない。警視庁本部の、捜一の、主任警部補なんだからな。組織捜査を否定するような独断専行は、この俺が許さない」

厳しく、重い口調だったが、今泉にいわれると、不思議と玲子はすんなり受け入れることができた。

「はい、分かりました。肝に銘じておきます……申し訳ありませんでした」

なぜだろう。自分でも拍子抜けするくらい、反発する気持ちが湧いてこない。


石倉と高坂には、その夜のうちに玲子から話をした。意外なことに、石倉はこの組替えを喜んで受け入れてくれた。

「ええ。実は私も、大塚巡査のことはちょっと気になっていました。見てくれは地味ですが、鍛えたら、いいデカになるんじゃないかと……そう、思って見ていたんです」

しゅわっと、頬の辺りで何かが弾けた——。

それは今まで玲子が味わったことのない、不思議な感覚だった。

年齢も性別も、経験も階級も違う石倉と、同じ見解に至った。ちょっとした偶然かもしれないが、でもそのことが、なんだかやけに嬉しかった。この人となら、これからも一緒にやっていける。そんな気がした。

「そう。石倉さんがそういうんなら、間違いないと思う。よろしく……面倒見てあげてください」

「了解しました」

大塚には翌朝伝えた。少し驚いた顔をされたが、でもすぐに「はい」と、気持ちの入った返事をくれた。

「これは、うちの係長にも石倉にもいってある。深町依子は……大塚くん、あなたが落とすのよ。焦らなくていい。じっくりと、丁寧に、優しく……君ならできる。彼女の気持ち、傷つけないように開かせることが、君ならきっとできるから」

「いや、そんな、自信はないですけど……でも、がんばります。主任の期待に応えられるよう、精一杯……」

もう一度「がんばります」と付け加えた、あのときの大塚の顔を、玲子は今もよく覚えている。

その日の午前十時。アーバントラベルで教えてもらった安西恵子の住まい、高円寺《こうえんじ》にあるアパートを訪ねてみたが、残念ながら留守だった。

高坂が口を尖らせていう。

「土曜ですからね。遊びにいっちゃったんですかね」

「かもしれませんね……ちょっと、待ってみましょうか」

あるときは二人で、あるときは一人ずつ交代をしながら見張っていると、午後二時過ぎになって安西恵子は帰ってきた。アーバントラベルに残っていた履歴書で顔は確認していたが、確かに目鼻立ちの整った、垢抜けた雰囲気の女だった。見覚えのある、チャコールグレーのウールコートを着ている。ちょうどいま玲子が着ているのと、よく似てもいる。

部屋は一階の一〇五号室。ドア前に立ち止まったところで声をかけた。

「安西、恵子さんですね。警視庁の者です」

身分証を提示すると、恵子は訝《いぶか》るように目を細めながら、玲子と高坂を見比べた。

「……はあ。何かご用ですか」

不愉快を隠そうともしない、蓮《はす》っ葉《ぱ》な口調と表情だ。

「先日、コスモデザインという会社の、橋田良さんという方がお亡くなりになりました。安西さんは、その橋田さんという男性、ご存じですよね」

表情に変化はない。意識的に感情を表に出すまいとしているのが、手に取るように分かる。

「ええ。前にいた会社で取引があったんで、知ってますけど」

「個人的なお付き合いは」

「ハァ？　付き合ってたかってこと？」

「そうだったんですか？」

「ち、違いますよ。何いってんですか」

怒った顔をしながら、鍵を持っていた手をポケットに入れる。

「橋田さんについて、少しだけお話を聞かせていただけますか」

「なんもないですよ。ただの、取引先の社員ってだけです」

「でも添乗員として、社員旅行にも同行されたりしていたんですよね」

「それが仕事ですから。でもそれだけですよ」

「そのときの印象でもけっこうですので、少し思い出して、お聞かせください」

近くの喫茶店にでも、と玲子は誘ったが、恵子は話が長くなるのを嫌ったか、そこの公園でいいでしょ、といって自ら歩き始めた。

午後二時過ぎといっても冬場の公園。着いてみると子供たちは元気に遊んでいたが、付き添っている母親たちはみな背中を丸め、寒そうにしていた。

恵子は砂場から少し離れたベンチに腰掛けた。玲子は目で、高坂に少し離れているよう促した。

バッグを膝に置き、恵子の隣に座る。

「……さっきのお話ですけど。橋田さんとは、あくまでも仕事上だけのお付き合いだったんですか」

「そうですよ。そもそも、あなたは何が知りたいんですか」

「私が知りたいのは、そりゃあもう、いろいろです。橋田さんがお亡くなりになったと聞いても、なぜあなたは表情一つ変えなかったのかな、とか」

にわかに、恵子の表情が曇る。

「……そうは、見えなかったかもしれないけど、でも……あたしなりに、驚いてはいましたよ、そりゃ。知ってる人が死んだって、聞かされたんですから」

「そうですか。じゃあやっぱり、橋田さんが亡くなったことはご存じなかったわけですね」

「知りませんよ。もう、会社も変わっちゃったし……知るはずないじゃないですか」

「十四日の夜八時頃から、十五日の深夜にかけて、安西さんはどちらにいらっしゃいましたか」

明らかに、表情が強張るのが分かった。

「な……なんですか、それ」

「ごめんなさい。警察は、どなたにも一応、こういうことを伺うんです。もし事件現場の近くにいらしたのだとしたら、何かご存じかもしれないでしょう?」

「あたしは……」

中野になんていってません、とボロを出してくれるのを期待したが、さすがに恵子もそこまで馬鹿ではなかった。

「……カレシの、部屋にいました。横浜の」

「深町依子さんと、ご一緒ではなかった？」

しかし、驚きは簡単に表情に出てしまう性格のようだ。

「なんで、依子……知りませんよ」

「そうですか。おかしいですね……私は、深町さんともお話ししましたし、この写真に写っているのも、てっきり安西さんなのだとばかり思っていたのですが」

バッグから、防犯ビデオの一場面を切り出した写真を出す。だが、まだ恵子には見せない。

「顔立ちもよく似てるし、髪型もそっくり。何しろ、いま着ていらっしゃるのと、そっくり同じようなコートを着ているんですよね」

恵子の唇が震え始めたのは、決して寒さのせいだけではないだろう。

「ほら、やっぱりそっくり」

わざと恵子の顔の横に並べてみる。本当は斜め上からのカットなので、顔が似ているかどうかまでは判断できないのだが。

サッ、と恵子が手を伸べ、玲子の持っている写真を奪おうとする。だが玲子は手を動かさず、あえて恵子に写真を摑ませてから、逆に彼女の手首を押さえにかかった。

「……離しなさい。たとえこんな写真一枚でも、他人から力ずくで奪ったら強盗よ。強盗罪と、麻薬及び向精神薬取締法違反、あるいは強姦罪、監禁罪……どの罪が一番重いか、あなたは知ってる？」

「な、何よそれッ」

強気に言い放ったわりに、顔は泣きそうになっている。玲子が力をゆるめると、慌てて手を引っ込め、胸に抱きしめる。

玲子はカバンから、証拠品保管用のビニール袋を出した。だいぶ折れ曲がってはしまったが、今の写真を丁寧に収める。

「……ちょっと、何してるの」

「私が私の所持品をどう保管しようと、私の自由でしょう」

「なに、待ってよ。ちょっとあんた、それで何するつもりよ」

もちろん、あとで指紋を採取して照合するつもりだ。

「あら、私が今の写真で何かしたら、安西さんには、何か困ることでもあるんですか？　別に何もないでしょう。あなたが十四日の夜に横浜にいたのなら、なんの問題もないはずでしょう……むろん、そうでないことがあとになって発覚したら、大変なことになりますけどね」

「ちょっと待ってよ……」

恵子は両拳で自分の腿《もも》を叩き、悔しげに頭をひと振りした。

「……あたしが、何したっていうのよ」

「分かりません。あなたが何をしたのか、教えていただかないことには、私には何一つ分かりません」

大きく息をつき、肩を落とす。玲子にはもう、恵子は完全に落ちているようにしか見えなかった。

再度息をつき、舌打ちをし、髪を掻き、グシャグシャに掻き回してから、そのまま頭を抱え——恵子はうな垂れた。

「ただ……橋田が、依子と姦《や》りたいっていうから、ちょっと協力してやっただけじゃない」

「協力？」

「そうよ。あのマンションに依子を連れてったのはあたし。でもそれだけよ」

「深町依子さんは橋田に行為を迫られ、あなたの目の前で、それに同意したの？」

「最初は、そりゃ、ちょっとは嫌がったけど、そんなの……クスリが効いてきたあとは、依子だってけっこう楽しんでた。本当だってばッ」

橋田の遺体には決して少なくない数の打撲痕、擦過傷が残っていた。深町依子の抵抗が「ちょっと」だったはずがない。また恵子は今、自分から「クスリ」といった。玲子は確かにさっき「麻薬及び向精神薬取締法違反」という言葉を使ったが、今回の件に違法薬物が関係しているなどとは一度もいっていない。これは重要な「秘密の暴露」にあたる。

「……今の話だと、あなたが深町さんをマンションに連れていき、クスリを飲ませ、橋田良との性行為を成立させたように聞こえたけど、それで間違いない？」

「クスリは、橋田が飲ませようっていって、あたしはそれを手伝っただけよ。あくまでもあたしは、手伝っただけ」

「どうしてそんなこと手伝ったの？　橋田からお金でももらった？」

恵子の表情が、一瞬にして固まる。金をもらったといったら罪は重くなるのか、軽くなるのか、頭の中で計算しているようだった。でも、そこはあまり深く考えても意味がない。どちらにせよ、情状酌量の材料にはなり得ない。

ふいに恵子は肩の力を抜き、玲子の方に顔を向けた。

「……タバコ、吸ってもいい？」

「どうぞ」

バッグから黒いパッケージのタバコを出し、一本銜《くわ》える。ライターはプラスチックの安物。慣れた手つきでスイッチを押し、左手で囲いながら火を点ける。

一服吐き出しただけで、だいぶ恵子は気分が落ち着いたようだった。その分、表情にふてぶてしさも戻りつつある。

「……ただ、傷つけたかっただけだよ。依子を」

低く、冷たい声色——。

この女の、本性を見た気がした。

「同い年でさ、出たのも似たようなレベルの私大でさ。こっちはプランニングだ添乗だって、クソ安い給料でこき使われてんのに、あの子は内勤で、ちょこちょこっと広告の仕事してるだけで。なのに、深町さんって可愛いよね、みたいに、あちこちでいわれていい気になってさ……あんた、あたしの今の仕事知ってる？」

「いいえ。これから伺おうと思ってました」

フッ、と強く鼻息を噴く。

「……デリヘル。もう、何年も前から小遣い稼ぎでやってたんだけどね。普段持ってるもんだって、あたしの方が全然高くていいのにさ、なんかあの子は、服が可愛いとかバッグが可愛いとか、よくいわれんだよね……そんなにいいかね、あの子が。背だってスタイルだって顔だって、大して変わんないじゃん。それいったら、あたしだってけっこうモテんだよ。たいていの客はリピートであたしを指名してくるし」

もう一服深く吸い、なのに、やけに不味《まず》そうに吐き出す。

「……橋田だってそうだよ。あたしと寝たあとで、必ずいうんだ。あの、前に会社から一緒に出てきた子、可愛いよね、って……ほんの一、二回会社の近くにきただけで、ちゃっかり目ぇつけやがって。あたしより、あの子の方がいいのって訊くと、妬《や》いてんの、とか逆に訊くし。オマケに、君はそういうキャラじゃないでしょ、とかほざきやがって……だから、ハメさしてやったんだよ。キャラじゃねえんだって。女なんてみんな一緒なんだって。クスリきめて姦ったら、どんな女だって一緒だろって。依子だって涎垂らしてヨガってただろって。でも、それ訊く前に、あいつ……死んじゃった」

最後のひと言。それを口にしたときだけ、恵子の声はやけに寂しげだった。それもまた、この女の本性なのだと思う。

「橋田良が死んでいることには、いつ気づいたの」

それには、ちょっと首を捻る。

「何時頃だったかは、忘れたけど、土曜の夜遅く。そりゃ、あたしもびっくりはしたけど、でも、ヤバい、なんとかしなきゃって思う方が先だった。たまたま、橋田のピルケースはテーブルに出てたから、それだけ持ってフケた……たぶん、依子はまだ寝てたと思う。金曜の夜から、ずっと姦られっぱなしだったからね。もうぐったりだったんじゃないかな。……そのあとのことは、あたしはなんも知らない」

その後に目を覚ました深町依子も、おそらく慌てて部屋を抜け出したのだろう。橋田の靴を蹴飛ばしたことにも気づかないくらい。そして、ワンブロック先のコンビニエンスストア前で乗用車と接触し、警察沙汰になった。ひょっとして依子が病院にいきたがらなかったのは、血液検査を受け、違法薬物の成分が検出されることを怖れたからなのかもしれない。実際は輸血を必要とするような大怪我でなければ血液検査は行わないし、薬物検査もしないのだが。

最後のひと口を吸って、恵子がタバコを地面に落とす。ちゃんと灰皿に捨てなさい、と玲子はいおうとしたが、その前に、恵子がこっちに顔を向けた。

「ねえ……あたし、刑務所いかなきゃいけなくなるの?」

おそらくそうなるだろう。強姦は親告罪だが、複数で犯行に及んだとなると、その限りではなくなる。麻薬及び向精神薬取締法違反に関しても、単純に使用しただけならば初犯ということで執行猶予が付く可能性があるが、強姦目的で使用したとなると話は別だ。さらには逮捕・監禁致傷罪の疑いもある。まず実刑は免れないだろう。

だが、その判断を下すのはあくまでも司法の仕事だ。今、玲子がいうべきことではない。

「さあ。それは、あたしには分からない。……あたしはただ、あなたのやったことを司法の場で明らかにするため、警察官として最良の方法をとるだけ。深町依子さんが受けた苦痛に見合うだけの罰を、あなたに科すことができるよう……徹底的に調べ上げるだけよ」

そう。玲子は裏にどんな事情があろうと、強姦だけは絶対に赦さない。個人的に、赦すことができない。

その相手が女であろうと、これっぽっちも容赦するつもりはない。

同じ日、大塚は深町依子の話を聞くことに成功していた。奇《く》しくも玲子たちと同様、公園のベンチに座っての聴取だったという。

「……ひどいです。赦せないですよ」

恵子は久しぶりに食事でもしようと依子を誘い出し、その後、中野に引っ越したからそこで飲み直そう、と中野パークヒルズ六〇五号に依子を連れ込んだ。部屋に生活感があまりないこと、橋田良をカレシと紹介されたことには驚いたが、出された酒を拒否するほど二人を警戒してはいなかった。だがそれが、間違いの元だった。地獄の始まりだった——。

大塚にそこまで話しても、依子は警察での供述はしたくないといったらしい。

「……そっとしておいてくださいと、そう、繰り返し、いわれました……すみません。それ以上、自分にはもう、何もいうことができなくて……せっかく、そこまで話してくれたのに、ただ、そうですか、と……相槌を打つだけで、終わってしまいました……すみません」

無理もない、と思う。これは大塚のせいでも、ましてや依子のせいでもない。本当は、玲子にとっての佐田倫子のような、まさに命懸けで立ち直らせようとしてくれる人が、依子にも必要なのだと思う。でも今回、玲子自身はその任に値しない。依子に対して、玲子は初回に相当キツい当たり方をしてしまっている。立ち直りの手助け以前に、玲子では顔を出すだけで、彼女を情緒不安定にさせてしまう恐れがある。

やはりこの件に関して、自分は安西恵子の捜査に専念しよう。深町依子は、大塚と石倉に任せよう。あるいはこういった事案の専門部署である、捜査一課性犯捜査係に事案を引き継ぐべきだろう。

とにかく、これは自分の出る幕ではない――。

改めて、玲子はそう思った。


案の定、安西恵子は集団準強姦罪、ＭＤＭＡの使用罪、逮捕・監禁致傷罪により、六年九月の実刑判決を受け、服役することになった。服役態度がよくないのだろうか、五年経った今でも安西恵子が仮釈放されたという話は聞かない。

そして今も、玲子はあの事件を思い返すと、なんともやりきれない気持ちになる。できることなら、もう一度あの捜査を一からやり直したい。深町依子への最初の面接から、大塚と一緒に、もう一度――。

石倉が、しみじみという。

「……でも、奴はよくやりましたよ。本当に、丁寧に丁寧に、じっくりと腰を据えて、あの寒い中、何時間も、あのマンションのドアの前で、彼女が出てきてくれるのを、待っていました。なんというか、私はあの一件で、大塚に惚れ込んでしまったようなところがあります」

うん、と玲子も頷いてみせた。

それと、と石倉が続ける。

「主任は知ってましたか。大塚の葬儀に、あの深町依子がきていたこと」

「えっ、知らない。今、初めて聞いた」

むろん、玲子もその葬儀には参列していた。右耳に包帯をして。

「ですよね……私も、三回忌のときに初めて、大塚のお母さんから伺ったんです。祥月命日《しょうつきめいにち》と、お盆、お彼岸、必ずお参りにきてくれる女性がいる。たぶん、深町さんという方だと思う、って」

まったく知らなかった。気づきもしなかった。

「付き合い、あったのかな。あの事件のあとも」

「どう、なんですかね。でも、そうでなければ、墓参りになんてきませんよね。……まあ、大塚の殉職は当時、新聞にも出ましたから。それを偶然目にして、ということも、あり得なくはないんですが」

と、ふいに玲子はそこで、さっきからずっと今泉が黙っていることが気になった。

「あれ、今泉さん。もしかして、そのこと知ってたんですか」

「ん？　そのことって、なんだ」

「大塚と深町依子のことです。その後も関係があったかどうか、知ってたんじゃないですか？」

すると今泉は、慌てたように手を横に振った。

「知らないよ。知るわけないだろう。お前らが知らないのに」

いや、それはどうだろう。

知ってたのではないだろうか。この人だけは――。

彼女のいたカフェ

The Cafe in Which She Was

Index

Honda Tetsuya

今でこそ「ブックカフェ」といえば通じるが、当時はまだ数も少なく、親に「書店にできる喫茶スペースで働く」と説明してもなかなか理解してもらえなかった。私自身、本は紙でできているもの、喫茶はコーヒーやタバコのニオイを発する場所、それを隣合わせにして本にニオイはつかないのか、と懸念していた。ただ、自分が高卒だったこと、バブル崩壊後で、特に女子の就職事情は厳しかったこと、一方では「書店」と「喫茶」という「優雅＋優雅」な組み合わせに魅力を感じたことから、私はここで働いてみようと決心した。

採用に際しては、店長の面接が一度あっただけだ。

「他に何か、質問はありませんか」

「いえ、特に」

場所は池袋だから、家からは自転車で通える。疑問だったニオイも、空調で外には漏れないようにしてあるから大丈夫ということだった。タバコに関しては、そもそも全席禁煙だという。

「では、賀地未冬《かじみふゆ》さん。早速ですが、来週月曜からこられますか」

「はい、私はいつでも大丈夫です」

「喫茶部のオープニングスタッフとして入ってもらうことになりますが、配置に関しては、一定期間が過ぎたら見直す方針だし、あなたが希望すれば正社員になることも、書店の売り場担当になることも可能ですから。がんばってください」

「はい、ありがとうございます」

アルバイトは、高二と高三の夏休みにビル清掃をやったことがあるくらいで、飲食関係はまったくの未経験だった。でも、学校の文化祭で模擬店はやったことがあった。焼きソバと、バナナチョコレート。そのときにドリンクも出していたので、つまりはあの延長線上だろうと、自分なりにイメージはできていた。

もちろん、業務用コーヒーマシンの使い方、洋食器の扱い方、お客さまへの言葉遣いなど、教わることはいろいろあった。特に、飲み物はお客さまの右側から出し、軽食などのお皿は左から出すと習ったときは、けっこうなカルチャーショックだった。

その後、自分が外食をするときは注意して見るようになった。ファミレスよりちょっと高級なお店では、必ずそのように出されていることが確認できた。まあ、当時はそんなお店なんて、年に一回いくかいかないかだったが。

カフェとしては、決して大きな方ではない。十人掛けの楕円テーブルが一つと、四人掛けの角テーブルが二つだけ。実際には十人ちょっとで満員。そんな規模の店舗だが、それでも日々、様々なお客さまが訪れる。

一番多いのは、やはり購入した本をコーヒーや紅茶と共にゆっくり楽しみたいという方だろう。わくわくした様子で小説を読み始める人、気ままにファッション誌をめくる人、辞書も引かずに洋書を読む人。本当に、過ごし方は様々だ。

ただし、本を買わずにカフェに入ってくるお客さまも、少なからずいる。

ここ池袋店は都内でも指折りの大型書店。地下から数えると全部で十のフロアがあり、四階の隅にあるこのカフェ以外は、当たり前だがすべてが本の売り場になっている。これだけ広いと正直、探し疲れてしまうこともあるのだろう。本を買わずに入ってくるお客さまは、たいてい困った顔をしているか、半分怒ったような顔をしている。

「いらっしゃいませ」

「アイスコーヒー」

そして、こういったお客さまは冷たい物を注文する場合が多い。お冷《ひや》も一気飲みだったりする。ケーキなどは食べない。本がないのだから長居もしない。本当に、クールダウンだけしたらすぐに売り場へと戻っていく。ある意味、非常に潔いタイプだ。

そんな中で、私はある女性客を特別に意識するようになった。彼女は「ゆったり派」に属するお客さまだが、他の方とはかなり雰囲気が違った。

「いらっしゃいませ。ご注文は、お決まりですか」

「……コーヒー。ブレンドを、一つ」

最初に感じたのは、落ち着いた、上品な喋り方をする人だな、ということだ。

「かしこまりました」

あの頃、彼女の髪はまだセミロングだった。黒く、すごく艶々《つやつや》していたのを覚えている。年はたぶん、私のちょっと上。だから、二十歳とかそれくらい。来店時間がまちまちというのと、服装がいつもカジュアルだったことから、おそらく大学生だろうと思っていた。

「お待たせいたしました。ブレンドコーヒーです」

飲み物を持っていく頃には、たいてい買ってきた本に夢中になっている。小説や雑誌ではない。横書きの、おそらくは学術書の類だ。ただ、詳しい分野までは分からなかった。紙のカバーも掛かっていたし、あまりお客さまの読んでいるページを覗き見るわけにもいかない。ものすごく興味はあったけれど、しばらく彼女の読書傾向は謎のままだった。

私はカウンターの中から、真剣な眼差《まなざ》しで行を追う彼女の横顔を、飽きもせずに眺めていた。他にお客さまもおらず、スタッフも私一人というときは、なんだか彼女を独占している気分にさえなった。

くっきりとした二重瞼の、綺麗な目をした人だった。なだらかな鼻梁《びりょう》、唇から顎へのラインが、まるで一枚の絵のような、完璧なバランスをもっていた。わりと背が高い上に、とても姿勢がいいので、他のお客さまがいても顔はよく見えた。ある意味、非常に目立つ人だった。

同僚の内田茜《うちだあかね》も注目していたようだ。

「あの人、よくくるね。なんか、モデルさんみたい」

「うん。でも、読んでるのは難しそうな本だったよ」

「なに、未冬ちゃん、チェックしたの？」

「んん、たまたま見えちゃっただけ」

「ふぅん……そういえば、なんか頭よさそうだもんね」

確かに。弁護士とか、会計士とか、資格の要《い》る仕事が似合いそうだった。

彼女は長ければ三、四時間、ぶっ通しで本を読み続けた。それもずっと同じ姿勢で、同じ真剣な眼差しで。凄《すさ》まじい集中力だった。あれくらい真剣に打ち込めば、彼女ならなんにでもなれるんじゃないか。本気でそう思った。

でもしばらくすると、そうでもないところも見えてきた。

その日も彼女は、念力でも発しそうな目で買い込んだ本を読んでいたのだが、

「……ん？」

私がカウンターの後ろにある棚にカップをしまうため、ほんの数秒目を離した、その間に——なんと、落ちていた。

「あらら」

大胆にも、大きな楕円テーブルの端っこに突っ伏して寝ている。左手の親指は、今まで読んでいた

のであろうページにはさまったままだ。カップはその、閉じかけた本のすぐ隣にある。起きたとき、ハッとした彼女が本ごとカップを払い除《の》ける場面が脳裏に浮かんだ。カップを割られるのも嫌だが、本や彼女の服が汚れるのはもっと嫌だった。

私は店内を見回し、そっとカウンターから出た。幸い他にお客さまはいなかった。スタッフも私だけ。抜き足差し足というのではないけれど、私はできるだけ静かに、彼女に近づいていった。

そして、彼女の左横に立った。

まずカップを取り上げて、二十センチくらい先、ほとんど向かいの席くらいまで離して置いた。とりあえずこれで、起き抜けの破損事故はなくなったと思っていい。

さて、次はどうしようか。店内で寝てしまったお客さまへの対応なんて教わってない。まあ、目一杯機転を利かせて対処するとしたら、お客さま、お加減でも悪くされましたか、とかなんとかいって、自然に起こすのがよいのだろう。

でも、私はあえてそれをしなかった。

なぜって。

ふーっ、と息を吐いて、こっちを向いたときの彼女の寝顔が、あまりにも可愛かったから。ふわっとしたニットの右袖を枕に、気持ちよさそうに目を閉じている。こんなに頭のよさそうな美人でも、眠ってるときって、こんなに無防備な顔になるんだと思ったら、急に、守ってあげたいような気持ちになってしまったから。

そうはいっても、私にできることは限られている。余計な音はたてないこと。他のお客さまが入ってこないか見張っていること。せいぜいそんなものだ。そもそも、他に人がいるところでうたた寝なんて彼女だってしたくはないだろうし、お店としてもあまり歓迎できるものではない。

でも、もうちょっとだけ――。

きっと勉強で疲れているんでしょう。あとちょっとだけ、彼女に安らぎの時間を提供したかった。いや、そうではなかったかもしれない。私自身が、ただ彼女を間近で眺めていたかっただけなのかもしれない。最初の頃よりだいぶ長くなった、でも変わらず艶やかな黒髪を独り占めしていたい――。

そういうことだったのかもしれない。

その後も彼女は、たまに私がいるときに居眠りをした。

最初のように、テーブルに突っ伏してというのはさすがになかったが、本を読んでいる目がいつのまにかトロンとし始め、やがて、こっくん、と頭が落ちる。でも、ああ落ちる、落ちる、と思って見ていても、墜落寸前で持ち直すときもある。

ちぇっ、落ちなかったか――。

私自身、彼女の寝顔を見るのを楽しみにしているところがあった。頭脳明晰《めいせき》、かどうか実際は分からないけれど、美人でスタイルもよくて、お洒落な感じのお姉さんが、ふとした気の緩みから見せてしまう、天使の寝顔――いや、天使は違うか。どちらかというとお姫さまだ。誰にも見せたくない、眠れるカフェのプリンセス。

　そこまで思って、私はごく当たり前の疑問に行き当たった。

　このことを、他のスタッフは知っているのだろうか。

　私は、三人いる喫茶部スタッフのうち、やはり仲のいい内田茜に訊いてみた。

「ねえねえ、あの、よく難しそうな本読んでる、モデルみたいな人。あの人ってさぁ……」

「うん、最近あんま見ないよね」

「え？」

　そういえば、最近はそうだったかもしれない。茜といるとき、彼女はあまりきていなかったかもしれない。

　もう一人のスタッフ、正社員の菅原貴子《すがわらたかこ》さんにも訊いてみた。

「あの、変なこと訊くようですけど……よく、大テーブルの奥の席に座って、けっこう長い時間本読んでる、背の高い女性のお客さま、いらっしゃるじゃないですか」

「ん？　そんな人いたかしら」

「ほら、けっこう美人で、こう、ちょっと難しそうな顔して、でもピンと背筋伸ばして、教科書を読むみたいにして……」

「ああ、メガネ掛けた人？」

「いえ、メガネは、掛けてませんけど」

「さあ……だったら、あたしは知らないかな。あたし、あんまり個々のお客さまには興味ないから」

確かに。菅原さんは売り場との掛け持ちだったし、彼女自身、カフェのシフトに入るのを、ちょっと休憩みたいに思っているところがあった。フルタイムでやっている私たちみたいに、お客さまのことまでは把握しようもなかったのだろう。

とすると、あの可愛い寝顔を知っているのは私だけか。それはそれで、ちょっと嬉しいけど——。

そしてある日、ついに怖れていた事態が起こった。

「アッ」

短い悲鳴と、カチャン、という冷たい音を同時に耳にし、私は反射的に振り返った。見ると、墜落時の事故かどうかは分からないが、まんまと彼女がお冷のグラスを倒していた。

私は即座に、未使用のダスターを箱ごと持って駆けつけた。ダスターというのは、要は業務用の台拭きのことだ。見た目はピンクのチェックになっていて、けっこう可愛い。

「大丈夫ですか、お客さま」

彼女は左手でコップを持ち、右手で辺りにあったものをどけていた。どうやら、コップそのものは割れなかったようだ。

「あの……ごめんなさい、メニュー、濡らしちゃって」

「それはかまいません。お洋服とか、ご本にはかかりませんでしたか」

「ええ、私のは……あ、ちょっと本が」

「失礼いたします」

箱から出した新しいダスターを、まずテーブルの水溜りにかぶせた。これで被害が広がるのは防げるだろう。次は本。幸いレジで掛ける紙カバーが濡れたくらいで、それを剝がすと、中のＰＰ加工を施した本体カバーは無事だった。「ＰＰ」は「ポリプロピレン」の略。あのツルツルテカした、濡れや汚れに強い表面加工のことだ。

「中のページは、大丈夫でしたでしょうか」

私が差し出した本を、彼女は丁寧に両手で受け取った。そのとき初めて、私は本のタイトルを意識して読んだ。

【刑事訴訟法　第三版】

やはり、弁護士になるつもりなのだろうか。あるいは検事とか。

表紙からパラパラッとめくり、彼女は小さく頷いた。

「中身は、大丈夫です。それにもう、大体読んじゃったし」

「えっ、こんな難しそうな本、もう読んじゃったんですか」

いってから、自分で自分の口を塞ぎたくなった。

「……申し訳ありません。余計なことを、申し上げました」

そのとき彼女が浮かべた笑みを、私は今でもはっきりと覚えている。本を読んでいるときの顔とも、もちろん居眠りをしているときのそれとも違う。何か、芯の強さというか、揺るぎない意思の強さのようなものを、私はその笑みに見た気がした。

「ここだと、すごく集中して読めるんです。……私こそ、いつも長居しちゃってごめんなさい。ご迷惑かな、とは、思ってるんですけど」

私は思いきり首を横に振った。

「そんなことありません。どうぞ……ごゆっくり、なさってください」

実際、迷惑だなんてちっとも思っていなかった。長くいるとき、彼女は三杯から四杯、ちゃんとコーヒーをオーダーしてくれる。たまにはカフェオレとか、紅茶を飲むこともある。

「じゃあ、お言葉に甘えて、もうちょっとだけ……あと、ブレンドコーヒーを、もう一杯」

「はい、かしこまりました」

その日は、それが五杯目だった。


でも、そんなふうに彼女が頻繁に来店してくれたのは、一年にも満たない期間だったのかもしれない。

ある日ふと、私はひと月以上彼女を見ていないことに気づいた。時期は確か、十月とか十一月くらいだったと思う。

やはり、そのときも茜に訊いた。

「ねえ、あの背の高い綺麗な人。最近、あんまりこないよね」

「そう？　あたしは……ああ、そういえばあたしも、全然見てないか」

そうなってみて初めて、自分がいかに彼女の来店を楽しみにしていたか、心の拠《よ》り所にしていたか、気づかされた気がした。いったん気がつくと、もう気になって仕方がない。

こんなこと、たぶん、今まではなかった――。

そう思った途端、いつもはせまく見えていた店内が、やけに広く、寒々しく感じられた。半分以上席が埋まるような忙しい時間帯でも、どことなく寂しく、空虚に感じられてならない。逆に暇な時間帯は、彼女が入ってくるのではないか、すぐその辺りを歩いているのではないかと、店の外が気になってしょうがなかった。

休憩時間など、暇を見つけては一つ上、五階の、法律関係の書籍が置いてある売り場を歩いてみたりした。スッと手を伸ばし、棚の上の方にある本を易々《やすやす》と抜き出す彼女を、勝手に想像したりもした。

いや――。

私は別に、同性愛者ではない。確かにカレシはなかなかできなかったけれど、でも好きになるのは、いつも普通に男性だった。それも、かなり男っぽい方の。体もガッチリしてる方が好きだったし、いわゆるイケメンよりも、多少不細工でもいいから野性味のある男性に惹《ひ》かれた。書籍販売でいったら七階、理工学系のフロアにいる岡部《おかべ》さんとか。名前は知らないけど、たまにくる某出版社の営業の人とか、けっこうタイプだった。

だから、決してそういう目で彼女を見ていたわけではない。いうなれば、彼女に抱《いだ》いていたのは

「憧れ」だ。ただ座っているだけでその場が華やぐような。知的で上品で、なおしっかりとした意思を持っていそうな。それでいて、ちょっとおっちょこちょいなところも好きだった。居眠りもそう。一度なんて、会計は二千何百円かなのに、千円札を一枚出したきり、平然としているときがあった。

「あの、お客さま、お会計は、二千と……」

「あーっ、ごめんなさい。五千円札出したつもりだった」

そんなときの、ばつの悪そうな顔も好きだった。年上なのは分かっていたけど、すごく頭がいいんだろうとも思っていたけど、でもだからこそ、ちょっとヌケたところを見つけると嬉しくなった。完璧そうで、実はそうでもない。いや、ちょっとヌケてるところまで含めて、彼女は完璧だった。

もう、カフェにはきてくれないのかな。試験に合格して、もう勉強しなくてよくなっちゃったのかな。そんなふうに考えると、寂しくて堪《たま》らなくなった。

それからというもの、私は池袋の街で、長身で綺麗な黒髪の女性を見かけると、彼女ではないかと期待するようになってしまった。実は法律関係は別の書店の方が充実していると分かり、そっちによくいくようになったのかも——などと推理を巡らせ、よその書店を覗いたこともあった。私はファッションには疎いので、彼女がどんなブランドの服を着ていたかは分からないのだが、ちょっとそれっぽい服、彼女をイメージさせるような服が揃っている店を見つけると、自分には合わないと思いながらも入ってみるようになった。

ただ、そんな記憶の中にしかいない憧れの存在を、いつまでも追い続けられるものではない。もう彼女は、うちの店にはこない。池袋にもいない。いつしか私は、自身にそう言い聞かせるようになっていった。

私も、彼女から卒業しなきゃ――。

そう考え、私は喫茶以外の仕事がしたいと、店長に申し出た。

勤め始めて三年。彼女を見なくなって、一年ちょっとが過ぎた頃だった。

契約社員として本の売り場に立つようになり、さらに三年して正社員になると、今度は異動で池袋店を離れなければいけなくなった。

最初の異動先は大阪店。ここに二年。次は新店舗を出すことになった福岡に、準備スタッフとして半年。その後は新潟店に三年いた。

嬉しかったのは、池袋店時代に何度か会ったことがある出版社の営業マンと、新潟で再会できたことだ。

「あれ、賀地さんって確か、前に、池袋店のカフェにいらっしゃいませんでしたっけ？」

「え、覚えててくださったんですか？　感激です。光栄です」

そこで初めて名刺交換をし、彼の名前を知った。美坂太一《みさかたいち》。名字はともかく、彼の体格のよさをそのまま表わしたような名前に、私はいたく感動した。その再会をきっかけに、彼が新潟にきたときは二人で食事にいくようにもなった。

実をいうと、彼は池袋店時代の私を、ちょっと気に入ってくれていたようだった。

「あの頃って賀地さん、まだ十代だったでしょう。俺が二十五かそれくらい。最初は、可愛いけどまだ子供だな、って思ってた。……ゴメン、でもそれって別に悪い意味じゃなくて、女性ってすごいな、って思ってて。賀地さん、見る見る綺麗に、大人っぽくなってったもんな。髪伸ばして、それだけで、ぐっと女っぽくなって……でもあのあと、俺が池袋担当じゃなくなっちゃったから、あのカフェにもいかなくなっちゃって。休みの日に、ぶらっと寄ってみたりはしたんだけどね、なかなか会えなくて……でもよかったよ。またこうやって会えて。社員になって、新潟にきてるなんて全然知らなかったし」

大人っぽく、女っぽく、か——。

もしそれが本当だとしたら、それはあの、彼女のお陰かもしれない。そんなに意識したつもりはないけれど、彼女のようになりたい、知的で上品な大人の女性になりたい、そんな願望が、自然とそのように導いてくれたのではないかと思う。

彼とは、ごく自然と付き合うようになった。私ももう三十。当然結婚だって意識していた。当面は遠距離恋愛になるけれど、彼もそれでいいといってくれた。

そうなると、よいことは続くもので、

「賀地さん。急なんですが、あなたに異動の内示が出ました」

なんと、古巣の池袋店勤務を命じられた。もちろん、私は二つ返事でそれを受けた。これで彼とも普通に会えるようになるし、ちょっと体調を崩している母親の面倒を見ることもできる。

私は半日で引っ越しの準備を終え、その翌週から池袋店に出勤した。

「六年前まで池袋店にいまして、大阪、福岡、新潟と勤めて参りましたが、またここに戻ってきました。賀地未冬です。よろしくお願いします」

棚のレイアウトなど、多少は変わった部分もあったけれど、全体としては懐かしさで一杯の池袋店だった。今度の配置は二階の趣味・実用書フロア。しかもチーフに抜擢《ばってき》された。なので、喫茶のシフトにも入りたいという当初の希望は叶《かな》わなかったが、それでも私は張りきって売り場に立った。

ただチーフともなると、ぺーぺー時代とは違うものも求められるようになる。

「賀地さん、ちょっといいかな」

「はい、なんでしょう」

副店長に呼ばれ、私はバックヤードに連れていかれた。何か失敗したかな、まさかデータの入れ間違いで、十冊を百冊で注文しちゃったりしたのかな、などと案じてみたが、そうではなかった。

「これね……さっき警察がきて、見かけたら知らせてくれっていわれたんだけど」

そういって、副店長が私に示したのは二枚の似顔絵だった。二枚とも口角の下がった、暗い目をした男の顔だが、一枚はメガネなし、もう一枚はメガネありのバージョンになっている。髪は、両方とも耳が隠れるくらいのボブ。若干、気味の悪い感じがしないでもない。

「この人が、何か」

「見たことある？」

「いえ、今のところ、私は心当たりないですけど」

というか、私はこっちに戻ってきてまだひと月も経っていない。

副店長は「だよね」と頷いた。

「この男、どうもこの界隈で女性を物色して、一人になったところで猥褻《わいせつ》行為に及ぶらしいんだよね」

「わ……猥褻って」

そういう言葉を、よく知りもしない男性から聞かされること自体に抵抗を覚えた。しかも、こんな人のいない業務員用の裏通路で。

しかし、私ももう三十一歳。しかもこのフロアのチーフだ。やだ怖い、で終わらせるわけにもいかない。

「その、猥褻行為というのは、具体的には」

「いや、私もそこまで詳しくは聞かなかったけど、たぶん、抱きついたり、お尻とか胸を触ったりするんじゃないの」

通りすがりにお尻を撫でられるのと、抱きつかれて胸を掴まれるのとではまったく意味が違う。さらに一人になったところを襲われるのだとしたら、それ以上の危害を加えられる可能性だってある。

「分かりました。見かけたら、もちろん警察に知らせますけど……でもこれ、うちの女の子にも全員、コピーして配った方がいいですよね。見つけて通報するのは当然ですけど、うちの子が被害に遭ったりしたら、それも大変ですから」

「うん、そうだね。各フロアには、コピーして回すつもりだったけど、少なくとも女性には、一人ずつ配った方がいいね。……だったらあれか、携帯しやすいように、半分の大きさにした方がいいか」

その日の夕方には、女性店員全員にコピーが回ったようだった。

中には、見たことがあると言い出す子もいた。

「立ち読みしてるんですけど、でも、ずっとページを見てるんじゃないんですよ。ちらちら、周りを見回してるっていうか……あれって、ターゲットにする女性を物色してたってことなんじゃないですかね」

「それって間違いなくこの顔？　こんな感じだった？」

「……気が、するんですよね。こう、どよーんと暗いオーラを発してるっていうか」

残念ながら、暗いオーラは似顔絵には描かれていないし、多くの人は見ることができないと思う。

「とにかく、ひろみちゃんも気をつけてね。徒歩通勤で、しかも一人暮らしなんでしょう？　暗い道とか、本当に注意してね」

気がつく範囲で、私は若い女の子たちに注意して回った。そもそも、こういった繁華街で危険なのはこの男ばかりではない。これをいい機会と捉《とら》え、常日頃から身を守る注意を怠らないよう、自らを戒めるくらいでちょうどいい。

いや、危険なのは若い子ばかりではない。私だって、まだまだそういう被害に遭う範疇《はんちゅう》にいると思う。実際、彼にもいわれていた。

「みーちゃんが使ってる、あの陸橋下の駐輪場。あそこってなんか暗いし、夜中なんて特に、治安悪そうじゃない？　別のところにした方がよくない？　俺、なんか心配だよ」

恥ずかしながら、彼には「未冬ちゃん」から変化して、いつの頃からか「みーちゃん」と呼ばれるようになっていた。それはさて置き、私の使っている駐輪場が暗くて雰囲気が悪いのは事実だった。ただ、中途半端な時期に異動してきてしまったため、他に年間利用できる駐輪場が空いていなかったこと、空いていてもそこより利用料が倍もしたことから、仕方なくそこを使っていた。

そして、例の似顔絵が配られてから、十日ほど経ったある夜。

「……じゃ、お疲れさまでした。失礼します」

私は、深夜零時近くになって店を出た。

まずは店の真ん前にある明治《めいじ》通りを、西武デパート側に渡る。この辺りはまだ、終電近くなっても賑やかなものだ。駅に向かう人も、もう一軒飲みにいこうという人も大勢通りに出ている。池袋駅東口を境に人の流れる向きは変わり、そこから私は人波に逆らうように歩かなければならなくなるが、それでも通りはネオンだの街灯だので明るいし、身の危険を感じるようなことはなかった。

その、ちょうど東口前を通り過ぎようとしたときだ。

「……あっ」

私は思わず声を漏らし、一瞬、そこに立ち竦《すく》んでしまった。

そう、あの人がいたのだ。

といっても、似顔絵の痴漢男ではない。池袋店のカフェに私がいた頃、よくきてくれたあの人だ。憧れて憧れて、憧れ続けていたのに、急に会えなくなったことが寂しくて、でもそれがカフェ以外の業務に飛び込むきっかけにもなった、あの、眠れるカフェのプリンセス——彼女が、すぐそこを歩いていったのだ。

もちろん、見間違いかもと自分の目を疑ってもみた。でも、あの艶やかな黒髪、背恰好、ぴんと背筋を伸ばした歩き方、もうすべてが彼女にしか見えなくなっていた。

幸い、その人が歩いていくのは私が借りている駐輪場の方だった。それもあり、私はなんの躊躇《ちゅうちょ》もなくその背中を追い始めた。どこかで曲がってくれたら、横顔くらい確かめられるかもしれない。あの真剣に本の行を追っていた、強い光を放つ眼差しに出会えるかもしれない。私が憧れてやまなかった、あの人にもう一度——。

しかし、彼女の歩《ほ》は思いのほか速かった。もちろん走れば追いつけるのだろうけど、もし人違いだったらと考えると、それもしづらかった。

彼女はパルコを過ぎたところで左に折れ、線路沿いの道を歩き始めた。一瞬顔が見えるかと思ったけれど、彼女だと、確信を持てるほどはっきりとは見られなかった。

さらに彼女は歩き続け、徐々に寂れた方へと進んでいく。途中にある公園には、ホームレスらしき一団が地面に座り込んで酒を飲んでいる。ここもけっこう苦手なエリアだけど、そこを過ぎれば釣具屋、ボーリング場、コンビニがあって、少し賑やかになる。問題は、そこから先だ。

急に店舗が一つもなくなり、左は陸橋の高架下、右はマンションの背中という寂しい通りになる。街灯も少なく、彼がまさに心配していた、治安の悪そうな風景になる。

なぜだろう。そこに差し掛かると、彼女は少し歩くスピードを落とした。私もなんとなく、合わせるように歩を緩めてしまった。会いたいのなら、今こそが追いつくチャンスだ。こっちが男ならともかく、同じ女なのだから、声をかけたって変な誤解をされることはまずない。そう分かってはいるのに、反して足はいうことを聞かない。

少しずつ、私の自転車が置いてある場所が近づいてくる。ひょっとして、彼女も同じ駐輪場の利用者なのだろうか。だったらいいな、また会う機会が増えるかもしれない――。

そんなことを考えた直後だった。

彼女が、急に全力疾走を始めた。

「待ちなさいッ」

まるで聞き覚えのない、闇を切り裂くようなひと声だった。

なに、一体、何があったの――。

私も、なんとなく小走りで彼女を追いかけた。すると彼女は、懐《ふところ》から何かを取り出し、それはたぶん棒状のもので、

「止まりなさいッ」

彼女はそれを、前方に向かって思いきり投げつけた。

その黒っぽい棒が、ブーメランのように回転しながら前方に飛んでいく。そうなって私は、ようやく状況を把握した。

彼女の前方には男がいる。しかもこっちに背を向け、逃げるように走っていく。左横には駐輪場があり、そこにも一人、うずくまっている人がいる。そっちはたぶん女性だ。

彼女の投げた棒は見事、その走る男の足に絡まり、

「ンガッ」

転ばせるまでには至らなかったが、しかし充分に歩は乱した。

そこに全力疾走、追いついた彼女が、

「止まれってェッ」

ドンッと両手で男を突き飛ばす。男は今度こそつんのめり、見事アスファルトの地面に、ヘッドスライディングするように倒れ込んだ。すぐさま彼女が男の背中に膝を落とす。いや、体重をかけ、膝で串刺しみたいにして動きを封じる。

彼女が、また何か腰の辺りから抜き出す。

それって、手錠——？

「十月二十九……三十日、零時十三分。強制わいせつの現行犯で逮捕しますッ」

いつのまにか捻《ねじ》り上げていた男の右手首に手錠を巻き、すぐさまもう一方の手首にもガッチリとはめ込む。

そこまでして、彼女はクルリとこっちを振り返った。

間違いない。彼女こそ、あの人に違いなかったが、

「そこのあなたッ」

いきなり大声でいわれ、一瞬自分のことだとは思わず、私は「えっ」と漏らしただけで、固まってしまった。

「あなたよあなた。携帯、持ってるでしょ。一一〇番してください。あたし、ちょっと手が離せないから、代わりに通報して、警察官呼んでッ」

あ、はい、わ、分かりました——。

ほんの一、二分で制服姿の警察官が三人、あとからサイレンを鳴らしたパトカーが二台到着し、あっというまに辺りは物々しい事件現場となってしまった。

逮捕されたのは、なんとあの似顔絵にそっくりな男。そして駐輪場でうずくまっていたのが、被害に遭った女性ということらしかった。うな垂れた犯人はパトカーに連れ込まれ、被害女性ももう一台のパトカーで事情を聞かれているようだった。まさに「警察二十四時」的な状況。駐輪場周辺の風景が、いつもとはまったく違う眺めになっていた。

しかし、それよりもっと驚くべきは、この再会だろう。

「先ほどは通報のご協力、ありがとうございました。ちょっとお話を伺いたいので、もう少し待っててください」

まだ鼻息を荒くしている彼女にいわれ、私は「はい」と頷いて返し、ちょっと離れた街灯の下で大人しく待っていた。

それからしばらくは彼女のことを目で追っていたが、なぜだろう、手柄を立てたはずの彼女と、上司らしき年配の男性が急に、喧嘩っぽく言い合いを始めた。

「なんでお前はいつもいつも、こういう汚いやり方をするんだッ」

「き、汚いってなんですか。手配の似顔絵に似た男を見つけて、追尾したら犯行に及んだ。それでゲンタイするのは当たり前でしょう。何いってんですか」

「たまたま歩いていたら偶然マルヒを発見し、たまたま特殊警棒を持っていたから投げて転ばせ、たまたま上手くいったから逮捕したっていうのか。フザケるなッ。お前が勝手に動き回って、こそこそ聞き込みしてたのくらい、こっちだって知ってんだッ」

「こそこそなんてしてませんよ。聞き込みは堂々としました」

「それが汚いっていってんだよ。これはセイアンの案件だろう。キョウコウハンのお前がなんで手出しするんだッ」

「だから、聞き込みは関係ないんですよ。今日、たまたま見かけたから追尾しただけだっていってるじゃないですか」

「聞き込みで集めた情報を元に網を張り、それに掛かったから追尾したんだろうがッ」

「んもォ、分かんない人だなァ。だいたいね、目の前で手柄横取りされたからって、大の男がギャーギャー喚くんじゃないわよッ」

「喚いてるのはキサマだ馬鹿がッ」

違う、こんなんじゃない。あんなふうに目を吊り上げて怒鳴るなんて、私の憧れた彼女じゃない――。

でも、一段落して私のところにきてくれたときには、もう不思議なくらい、彼女は落ち着いていた。

「すみません、お待たせいたしました。お陰さまで、連続強制わいせつ犯を逮捕することができました……あ、申し遅れました。私、警視庁の姫川と申します」

彼女は身分証を提示しながらいい、でもすぐに、こくっと首を傾げた。

「あら、あなた……確か本屋さんの、喫茶店にいらした方じゃない？　もう、ずいぶん前のことかもしれないけど」

それを聞いた瞬間は、本当に、心臓が止まりそうになった。

「お、覚えてて、くださったんですか……」

「じゃあ、やっぱりそうなのね？」

ふわりと広がったその笑みを、私はよく覚えていた。かつて彼女が私に見せてくれた、強い意思を秘めた笑み。私が憧れてやまなかった、あの笑みだ。

「懐かしい……その節は、ずいぶん長居させてもらっちゃって、すみませんでした。それと、ときどき私、あそこで居眠りしちゃってたんですよね。それも謝ろうと思ってて、でも恥ずかしくて、なかなか言い出せなかったんだけど」

「あ、いえ……そんなこと、全然。大丈夫です」

一度お辞儀をしてから、彼女は続けた。

「でもね、私、あなたがいるあのカフェ、大好きだったんです。すごく集中して本が読めたし、うとうとしちゃったのも、たぶんあなたがいてくれたから、安心して、っていうことだったと思うの……店員さんにしてみたら、迷惑な話でしょうけど」

私は、首を横に振るので精一杯だった。

どうやら、こっちの一方的な想いだけじゃなかった。

彼女もちゃんと、私を意識してくれていた。

私たちは、実はちゃんと、通じ合っていた——。

少し息を整えてから、ようやく私は口を開いた。

「あの、でも……驚きました。まさか、刑事さんになっていらっしゃるとは、思わなかったので……てっきり私は、法律関係の……弁護士とか、そういうお仕事を目指していらっしゃるんだとばかり、思っていたので……」

すると彼女は、パスケースのようなものをポケットから出し、一枚名刺を抜いて渡してくれた。

【警視庁池袋警察署　刑事課強行犯捜査係　担当係長　警部補　姫川玲子】とある。

「確かに、あの頃はよく、刑法とかの本をあそこで買って、読んでましたね。お陰さまで、あのあとすぐ警察官になれました。でも池袋にきたのって、実は今年の初めなんですよ。あなたは、まだあのお店にいらっしゃるの？」

私も慌てて名刺を差し出した。

「申し遅れました。賀地といいます。私もつい最近、池袋に戻ってきたんです」

「へえ、チーフ……出世されたんですね」

「いえ、単に、勤続年数が長いってだけで……」

ただ、こんなに長く続けられたのも、結局は彼女のお陰なのかもしれない、と思う。いつかどこかで、まさにこんなふうに再会できたらという気持ちは、どこかに持ち続けていたから。

彼女が、私の手の中にある名刺を指差す。

「何かあったら、その番号にご連絡ください。いつでも、なんでもご相談に乗りますから……今ならきっと、私もお役に立てると思うんです。何かして、あの頃の恩返ししなくちゃね」

そんな、恩返しなんて。もったいないです。

インデックス

Index

Index

Honda Tetsuya

都内屈指の繁華街、池袋を震撼させた連続殺人事件、通称「ブルーマーダー事件」は二月二十六日、木野《きの》一政《かずまさ》の緊急逮捕によって一応の収束を見るに至った。またその翌日、池袋四丁目で起こった立て籠もり事案とその解決によって、図らずも「ブルーマーダー事件」の共犯と見られる茅場《かやば》元《はじめ》、岩渕《いわぶち》時生《ときお》の両名も逮捕することができた。

ただしこれは、あくまでも「一応の収束」でしかなかった。

犯人グループを逮捕することによって、警察が一連の犯行に終止符を打ったことは間違いない。しかし、では被害者は結局何人だったのか、誰がどこで、どうやって殺害されたのか、そういった点の多くはまだ解明されていない。そんな状況は木野の逮捕から一ヶ月半が経った現在でも、ほとんど変わっていない。

調べが進まない最大の要因は主犯、木野一政の健康問題にある。木野は胃癌を患っていたのだ。しかも、すでに末期。警察としては勾留《こうりゅう》の執行停止手続をし、木野を入院させざるを得なかった。むろん、二十四時間体制の監視をつけた上での措置だ。

四月十七日火曜日。玲子は木野の入院先である平岩《ひらいわ》外科で、院長から話を聞いていた。

「……正直、ここまでもったこと自体が超人的というか、奇跡というほかないでしょう。本人はまだ大丈夫だといっていますが、担当医の立場からしますと、もう、とてもではありませんが、取調べを許可できる状態ではありません」

場所は院長室。玲子の隣には、木野の担当取調官である勝俣健作がいる。さっきからずっと、腕を組んだまま黙っている。というか、完全にやる気を失《な》くしている。

成り行き上致し方なく、玲子が応対を引き受けることになる。

「承知いたしました。ではまた、折を見て病状を伺いには参りますが、今日のところは、これでお暇いたします」

院長も、眉をひそめて頷く。

「木野さんが、重大な事件の容疑者であることは、我々も重々、承知しておるのですが……お役に立てず、大変申し訳なく思っております」

現状、木野が殺害を認めているのが十四名、うち遺体が確認できているのは六名。この一ヶ月半で起訴できたのはわずか一件、送検が二件。木野はさらに、その他にも二十名以上の殺害をほのめかしており、ただし、それらのほとんどは名前も知らない人物だったとしている。

「……では、失礼いたします」

玲子は半分眠ったような勝俣を促し、共に院長室を辞した。

まだ多くの外来患者が順番待ちをしているロビーを通り、玄関を出ると、まもなく勝俣は内ポケットをまさぐり始めた。どうせタバコだろう。

「まったく。あれだけやらかしといて、私は末期癌です、お先にさようならじゃ……ホトケも浮かばれねえが、こっちもえれぇ骨折り損だな」

できることなら死ぬまで同調したくない相手ではあるが、これに関しては玲子も、百パーセント勝俣の言い分に同意せざるを得ない。

木野はまもなく死ぬだろう。おそらく公判に持ち込める案件など一つもあるまい。結局玲子たちにできるのは、共犯の茅場と岩渕の供述から被害者を可能な限り割り出し、彼らの死体遺棄容疑を一つでも多く立件することくらいである。彼らの殺人幇助《ほうじょ》に関しては、正犯である木野の犯行が立証できない以上、極めて困難といわざるを得ない。

「ほんと、どうしたらいいんでしょうね」

思わずついた溜め息が、たまたま勝俣の吐いた煙と重なってしまった。妙に息が合っているように感じ、虫唾《むしず》が走った。激しい怖気《おぞけ》にも襲われた。

一刻も早く、この状況を解消しなければ。

「……勝俣さん、これからどうするんですか。私は特捜に帰りますけど」

現状「ブルーマーダー事件」の捜査は池袋署に設置された特別捜査本部に集約され、玲子はそこに所属する形をとっている。それは勝俣も同じだが、この男が組織捜査の枠内にないことはすでに周知の事実。木野の取調べが続行不能となった今、勝俣が特捜本部に大人しく帰るとは思えない。

「……俺は、ちょいと別件の捜査に出る」

やっぱり。

「それ、ブルーマーダー絡みですか」

「んなこたぁオメェにゃ教えねえよ」

たぶん、本当に別件なのだろう。

「そうですか、分かりました。では私は、ここで失礼いたします」

玲子はほんの形だけ頭を下げ、勝俣に背を向けていこうとした。だが、すぐに「姫川」と呼び止められた。呼ばれたら、さすがに無視するわけにもいかない。こんな畜生でも、一応は先輩刑事だ。

「……はい、まだ何か」

振り返ると、勝俣はいつもの、片頬だけの歪んだ笑みを浮かべていた。

「オメェ、こそこそあと尾《つ》けてきて、人のネタ横取りしようとなんて……」

「しませんッ」

誰が、頼まれたってそんなことするもんですか。


池袋警察署。特別捜査本部の設置された講堂。

「ただいま戻りました」

夕方四時。当たり前だが、この時間に戻っている捜査員は少ない。上座にいるのも池袋署刑事課長の東尾警視だけだ。

「ご苦労。どうだった、木野は」

玲子は小さくかぶりを振ってみせた。

「もう、完全に無理っぽいです。木野自身は任意でも調べに応じるといってるらしいんですが、院長からストップがかかって。あと一件くらいは、なんとか形にしたかったんですけどね」

東尾が、苦りきった顔で頷く。

「信じられんよな。あんな屈強な肉体を持った男が、末期癌に侵されていたなんて」

「ええ。院長も、それに関しては超人的だといってました。木野は毎月二回、おおむね十日と二十五日前後に通院していて、抗がん剤や放射線治療もきちんと受けていたんですが、そんな状態でどうやって、あの肉体を維持していたんだろうと……ほんと、不思議でしょうがないらしいです」

いいながら玲子は、講堂内を改めて見回した。

「……ところで課長。茅場の調べは、どうなってますか」

二人いる共犯者のうち、茅場の方が岩渕よりも木野との付き合いは長い。それだけに、多くの犯行に関与していたと見られている。現在はこの池袋署に身柄を移し、連日調べが続いている。

「ああ、それなんだがな」

東尾は、手元にあったファイルから書類を一枚抜き出し、玲子に向けた。

「……なんですか」

何やら個人名が列挙してある。備考欄に所属組織名がある者、住所に電話番号、家族構成まできっちり書いてある者、名前以外まったく記載がない者、情報密度は様々だ。目で数えた感じでは、ざっと四十人分くらいありそうだ。

東尾も、ちょっと前屈みになってリストを覗き込む。

「茅場と岩渕の供述、それから、敷鑑から浮かんできた行方不明者、組対《そたい》（組織犯罪対策部）四課が挙げてきた行方不明者を、リストにしてみたんだが」

なるほど。最後の方には、名前すらない「中国人女性」「二十代男性」というのまで載っている。誰かの巻き添えを喰って殺されたのだとしたら、気の毒としかいいようがない。

「これが、何か」

「勝俣班は、あと数日でこの特捜から引き揚げになる。お前も、木野の調べができないとなったら手が空くだろう。以後はこっちの、行方不明者の確認に当たってくれ」

あと五歳若かったら「えーっ」と声に出したいところだ。

「……あの、ちょっといいですか。仮にこれを調べたとして、最終的な落とし処《どころ》って、どの辺になるんでしょうか」

「被害者が特定できて、茅場か岩渕の供述が得られたら、死体遺棄事件として立件……というところだろうな。むろんどっちかが、俺が殺したとうたえば話は別だが」

「はあ」

つまらない。あまりにもつまらな過ぎる。

ただでさえ木野の死体処理方法は独特で、しかもそれによって二人の仲間が罪に問われる事態を警戒しているのだろう、木野は死体遺棄に関して、これまで決定的な供述を避けてきた。これら行方不明者が木野に殺害されたことが、仮に状況的に間違いなしとなったとして、さらに共犯の二人がそれらの遺棄を認めたとしても、おそらく起訴まで持っていくのは至難の業だ。証拠があまりにもなさ過ぎるし、現状、それを新たに発見できる見込みもない。

東尾が、小首を傾げて玲子を見る。

「……あまり、気が進まなそうだな」

当たり前だ。

「ええ。さすがにちょっと、自信ないですね」

というか、全然ない。

東尾の首が逆向きに傾ぐ。

「かといって、これだけの大事件だ。挙がってきちまったもんは、調べないわけにもいかんだろう」

「だからって、起訴の見込みがないものを調べたって……大体、なんで組対はわざわざ、こんなものを調べてよこしたんですか。要は、最近姿が見えないヤクザ者ってことでしょう？　そんなの、組から逃げて田舎に引っ込んでるだけかもしれないじゃないですか」

「いくら組対だって、そんなものはこっちに喰わせないだろう」

「分かりませんよ。連中、捜一に対する嫌がらせだったら、なんだってやりますからね」

特に玲子は、今のところ捜査一課員ではないものの、組対四課からは徹底的に睨まれている。

なんだろう。ふいに東尾が顔を起こした。

「……あ、そうだ。お前が戻ったら、署長室にくるよういわれてたの、忘れてた」

はて。

「署長がですか？　私になんの用でしょう」

「知らないよ。とにかくいってみてくれ。早くいかないと、帰られちまうぞ」

壁の時計を見ると、四時二十分。いくらなんでも、まだ帰らないだろう。


急いで一階に下り、署長室のドアをノックした。

「はい」

「失礼いたします。刑事課強行犯係、姫川です」

「どうぞ、入ってください」

ドア口で一礼すると、署長の山井《やまのい》警視正はデスクから立ち、片手で玲子に応接セットのソファを勧めた。

「連日、調べで大変そうだね。まあ掛けなさい」

「はい。失礼いたします」

座れというくらいだから、ふた言三言で済む話ではないのだろう。

山井がデスク手前、いわゆる議長席に座ったので、玲子はその手前左側に座った。

「いや、わざわざきてもらったのはね、他でもない、君に、内々に辞令が出ていてね」

おっ、とは思ったが早合点は禁物だ。「ブルーマーダー事件」の捜査において、加点と減点の両方があったであろうことは玲子も承知している。

「はあ……内々辞とは、どこの部署に、でしょうか」

「そりゃもちろん、本部だよ。刑事部捜査一課だ」

よし、早合点ではなかった——。

いや、待て。所轄の刑事課から本部の捜査一課への異動といったら、百人中百人が「栄転」というほどの喜ばしい人事だ。しかしそれにしては、山井の表情が優れない。

「捜一、ですか。はい、ありがとうございます」

「うん。おめでとう……と、いいたいところだが」

ほらきた。やっぱりワケありだ。

「他にも、何か」

「うん。まあいろいろ、諸々《もろもろ》周辺事情もあってね。スッキリ本部に異動、というわけにもいかないんだ」

ということは。

「ひょっとして……併任、ですか」

「そういうことになる、かな」

「それというのは、ここと？」

「そう。本署刑事課強行犯捜査係と、刑事部捜査一課の併任という形になる。具体的にいうと、現状のまま特捜本部での捜査は継続してもらいつつ、六日にいっぺんは本署当番に入ってもらうことになる」

本署当番、いわゆる宿直。本部捜査に本署当番が加われば、当然のことながら勤務状況は今よりも数段厳しくなる。

「……あの、それっていわゆる、懲罰人事ですか」

「いやいや、捜査一課への異動は栄転でしょう」

「っていうか、軽く労働基準法に違反してませんか。本部捜査ってだけでキホン休みなしなのに、その上泊まりまでこなせって」

しかも、池袋署の本署当番はたった五分の仮眠をとる暇もないくらい過酷な勤務だ。その当番が明けて特捜に戻って、碌《ろく》に休みもなく捜査を続けて、四日経ったらまた当番なんて——。

山井も多少は気の毒と思ったのだろう。眉をひそめ、形だけの渋面を作ってみせる。

「しかしまあ、今の特捜に一定の目処《めど》がついて、その他の条件も整えば、いずれは正式に捜査一課への異動となるんだろうし、それまでの、ほんのいっときの暫定措置と思えば、辛抱のし甲斐もあるだろう」

言うは易《やす》しだが、実際に辛抱するのは玲子自身だ。


特捜に戻り、溜め込んでいた調書を仕上げていたら携帯に電話がかかってきた。見ると、ディスプレイには懐かしい名前が表示されている。

玲子は廊下に出つつ、ディスプレイの通話バーに触れた。

「……はい、姫川です」

『俺だ。今泉だ』

玲子のかつての上司、元捜査一課殺人班十係長、今泉春男《はるお》。現在は一つ昇任して警視となり、捜査一課第五強行犯捜査管理官に就任したことは新聞発表で知った。その日のうちに祝電代わりのメールは打ったが、直《じか》に話をするのは数ヶ月ぶりになる。

「お久しぶりです。それと、管理官ご就任おめでとうございます」

『ああ、メール、返せなくて悪かったな。こっちも、なんだかんだバタバタしてたもんで』

「いえ、メールがあまりお得意でないことは、よく存じておりますので」

『そう、尖った声でいうな……その様子じゃ、もう耳に入ってるようだな』

まず間違いなく、その話だろうと思っていた。

「ええ……やはり、今回の内々辞、管理官のご意向と、解釈してよろしいのでしょうか」

『まあ、な。お前みたいなトンパチを一課に引っ張ろうなんて物好きは、警視庁広しといえど、そう多くはいないはずだ』

「トンパチ」の意味が分からなかったが、今はさて置く。

「管理官が私を引き上げてくださることは、大変嬉しく思っておりますし、感謝もしています。でもだからって、池袋署と併任って、ちょっとひどくないですか。ただでさえ難事件を抱えてるのに、泊まりにも入れって……そんなこととしてたら私、一課に戻る前に死んじゃいますよ」

ふふ、と漏らすような笑い声は懐かしいが、今は同時に腹立たしくもある。

『それまでにくたばるようなら、お前もそこまでの器ってことだ。そうでなくとも、お前を引き戻すことに賛成しない人間は少なからずいる。正規の手順を踏んでいたら、そんな椅子はあっというまに埋められちまう。ただし、敵ばかりでもない。一定の条件をクリアすれば、晴れてお前を一課に迎え入れることはできる。俺にできる根回しはすべてした。あとは、お前が這い上がってくるだけだ』

誰に泣きついても、この罰ゲームは回避できないということか。

「……分かりました。とにかく、今の特捜を併任で乗り切れば、私は一課に戻れるということですね」

『おそらく。確約とまではいえんが、可能性は高いと思ってもらっていい』

なんだ。まだ、可能性レベルの話なのか。

翌日。さらに怖ろしい出来事が起こった。

「玲子ちゃーんッ」

なんと「ブルーマーダー事件」の特捜に、あの井岡博満《ひろみつ》が現われたのだ。しかも玲子と同じ、刑事部捜査一課殺人犯捜査十一係への併任配置だという。ちなみに本籍は三鷹署。

「……認めない。あたしは、絶対に認めないわよ」

「分かります。この夢のようなコラボレーション。ワシもにわかには信じ難いです。でも、これこそが現実。これぞまさに愛の奇跡。あれでんな、きっと人事二課っちゅうのは、赤い投げ縄を持ったカウボーイなんですな。その赤い投げ縄をピューンと放って、ワシと玲子ちゃんを上手いこと一つの輪っかに入れて、キュキュキュッとその輪をちっさくして……そらもう、くっ付かへんわけにはいきませんて」

その輪っかで括るのは、井岡の首だけでいいと思う。

「ちょっと、触んないでよ」

気安く腕を組もうとするな。しかもこんな、大勢の捜査員がいる前で。

「好きやなぁ、その怒ったふり」

「ふりじゃないし」

「照れ隠し」

「照れてないし。心底嫌なだけ」

「愛してます、玲子ちゃん」

「……断る。名前で呼ぶことも『ちゃん』付けも、あたしの半径三メートル以内に立ち入ることも禁ずる」

「でも、密着するのはオッケー？」

これも本部復帰への試練なのか。あるいは何かの罠《わな》か。

挙句《あげく》の果てに、特捜幹部は何をとち狂ったか、玲子に井岡と組めと命じてきた。しかもご丁寧に本署当番の日程まですり合わせ、二人いっぺんに捜査を抜けられるよう調整するという。まったく、ふざけるのもたいがいにしてもらいたい。

署を出たところで、井岡がぬるりと顔を覗き込んでくる。

「……玲子ちゃん、なんや元気おまへんな」

「いいの、気にしないで。ちょっと人生に絶望してるだけだから」

半分以上は組対のでっち上げに違いない行方不明者リスト。それを当たるのは、捜一への異動という人参《にんじん》を鼻先にぶら下げられた半端者、二人。これで腐るな、やる気を出せという方が無理というものだ。

それでも、やるしかない。他に選択肢はないのだ。

「……じゃあ、井岡くん。とりあえず、これからいこうか」

歩きながら玲子が指差したのは、下から七番目の【皆藤吉冨《かいとうよしとみ》（六十二）】。肩書きは【三代目星野《ほしの》一家総長】となっている。

「さっすが、玲子ちゃん。そっからいきますか」

「さすがって、なに。井岡くん、皆藤吉冨、知ってるの」

「いや、全然知りませんけど。なんでそっからですの？」

疲れる。本部復帰までに、ほんとに死んじゃいそう。

「なんでって……」

指をリストのトップまですべらせる。最初に書かれている名前は【相川洋二《あいかわようじ》】。

「これ、途中までは五十音順のインデックスになってるでしょう？　でもそれは、この三十七番目、渡辺隆三《わたなべりゆうぞう》まで。その次が、なぜか皆藤吉冨。あとの六人は氏名不詳。だからよ」

つまり、なんとなく目に留まったから。別の言い方をすれば、ただの当てずっぽう。あとから理由をつけるとすれば、最後に無理やり捻じ込んできた感ありありで、そこに組対四課の悪意を嗅ぎとったから、ということもできる。

「いや、さすがですわ。日下主任やったら、確実に先頭の相川洋二から当たると思いますわ」

日下守警部補。玲子の、かつての同僚にして天敵。彼は今も捜査一課殺人班にいる。

「でしょ？　人と同じことしてたら、人より先にはいけないのよ」

「分かります。それでこそ、ワシが愛した玲子主任です」

「まだ正式には、主任に戻れてないけどね」

「でもワシは愛してます」

「……どうでもいいや」

星野一家の本部事務所は北区滝野川。皆藤吉富の自宅は同じ北区の上十条《かみじゅうじょう》二丁目にある。

「とりあえず、自宅にいくから」

「えっ、でも……ヤクザの親分宅でっせ。大丈夫でっか」

「ちゃんとアポとってあるから大丈夫よ。それに、何もガサ入れようってんじゃない。ご主人がご不在のようですが、何かお心当たりはありませんか、って訊きにいってあげるんだから。実際拒否されなかったたし。敵視される覚えなんてないわよ」

ふぅん、と井岡が口を尖らせる。

「誰が、そのアポの電話に出ましたん?」

「奥さん。はいぃ、皆藤の家内でございますぅ、って。嫌らっしい声出す女よ」

「……どっちかぁいうと、主任の方が敵意丸出しですな」

最寄の十条駅は池袋から埼京線でふた駅。移動時間は二十分とかからなかった。

午前十時半。着いてみると、上十条二丁目はどうということのない住宅街だったが、それが逆に、皆藤邸の佇《たたず》まいを異様なものに見せていた。

周囲は二階家ばかりだが、皆藤邸は四階建て相当、真四角のコンクリート造り。角地《かどち》にあり、南向きの一辺にはガレージであろうシャッターが、東向きには玄関がある。ただし、開口部はそれだけ。一階から二階にかけては窓が一つも見当たらない。半分より上、おおむね三階、四階の高さになって、ようやく普通の引き違い窓や出窓がいくつか見受けられる。それでもたぶん、一般的な家屋よりは格段に少ない。

「なんか……見てるだけで気が滅入《めい》る建物ね」

「洗濯もんは、どないするんでしょうな」

玄関に回り、頑丈そうな門扉《もんぴ》の横に設置されているインターホンのボタンを押した。カメラ付きのようなので、あらかじめ警察手帳を用意しておく。

数秒して応答があった。

《はい、どちらさまでしょうか》

お手伝いさんだろうか。やや高めの、嫌味のない声だった。

身分証を顔の横に並べて提示する。

「恐れ入ります。今朝ほどご連絡差し上げました、警視庁の姫川と申します。奥さまの、留美子《るみこ》さまはご在宅でしょうか」

《はい、ただいま……お開けいたします》

そう聞こえた途端、ガションと、ロックの外れる音がし、ハンドルを握ると下に押し下げることができた。玄関ドアはそこから三メートルほど先。トンネルのような通路の奥にある。

玲子たちが足を踏み入れると、パッとトンネル内に照明が灯《とも》る。足元は大理石風の石畳。石の一枚一枚は異様に鋭く角張っている。転んだら確実に怪我をするだろう。

ドア前に至り、まもなくそれが開く。

「……どうぞ、お上がりくださいませ」

出迎えたのは、ちょっと不健康に見えるくらい痩せた中年女性だった。皆藤留美子でないことは声で分かっている。着衣は水色のニットにグレーのスカート。エプロンこそしていないが、おそらく家政婦だろう。

「おはようございます。失礼いたします」

玄関内は、窓がない建物というイメージに反してとても明るかった。普通に大豪邸、といった雰囲気だ。間接照明をふんだんに使い、自然な明るさを見事に演出している。極めてアンチ・エコな住宅といっていい。

「こちらへどうぞ」

用意されたスリッパを履き、女性に続いて廊下を進む。途中に大きな掃き出し窓があり、ちょっとした中庭が見えたが、そこが本当に屋外かどうかは分からない。ひょっとしたら、あれも自然光に見せかけた照明で照らしているだけかもしれない。

二度角を曲がって、ようやくリビングのような部屋に着いた。ここもとても明るい。曇りガラスの向こうは白い光に充《み》ちている。

右手に黒い革張りのソファセットがあり、そこに一人、和服の女性が立っていた。

「……お待ちしておりました。皆藤の家内の、留美子です」

まあ、ほぼイメージ通りだ。銀座にある高級クラブのママとか、そんな雰囲気の女だ。適度に派手な若草色の着物が、ある意味よく似合っている。ただし、年は若そうに見える。まだ四十そこそこではないか。

「お電話差し上げました、警視庁の姫川です」

「井岡ですー」

留美子は特に表情は浮かべず、ただ「どうぞ」と玲子たちにソファを勧めた。

「失礼いたします」

ご立派なお宅ですね、とか、お着物も素敵、とか。なんで警察官がヤクザの女房におべっかを使わなければならないのか、と自分でも疑問に思いつつ、でもさっきの女性がお茶を持ってくるまではそんな無駄話をして過ごした。

出された緑茶の味は、悔しいことに絶品だった。いい茶葉を、よほど丁寧に淹れているのだろう。爽やかな苦みが、ふわりとした甘みに転ずる瞬間が舌に楽しい。でも、飲むのはひと口だけ。早速本題に入る。

「……あの、本日お伺いしましたのは」

留美子は「はい」と小さく頷き、目を伏せた。

「ご主人、皆藤吉富さんの行方が分からなくなっているのではないかという指摘が、警視庁内の他部署からありまして。それについてまず、ご家族の方に確認させていただこうと思い、お訪ねいたしました。……いかがでしょう。その点は、間違いございませんか」

今一度、同じように頷く。

「間違い、ございません。今年に入ってすぐ、一月の十日に、皆藤の行方は分からなくなりました。……あの、このようなことを警察の方に申し上げるのも、どうかとは思いますが、皆藤は一家の総長です。一般の、会社社長とは普段の行動も、時間の使い方も同じではありません。正直……よそに泊まって戻ってこないことがひと晩、ふた晩あったところで、私も特に不思議には思いません。ですので、変だなと思ったのは、お恥ずかしい限りですが、三日ほど経ってからでした」

「よそ」とはつまり、愛人宅ということだろう。皆藤吉富は六十二歳。いまだそっちの方も健在ということか。

「では、行方が分からなくなっているというのは、どのようにしてお知りになったのですか」

「クラモチに確認いたしまして、判明いたしました」

「クラモチさん、というのは」

「秘書の、クラモチマサユキです」

ああ、倉持真之《くらもちまさゆき》か。その男なら知っている。要は星野一家の若衆だ。今朝確認した資料では「総長室長」という肩書きになっていたはず。

「倉持さんは、なんと」

「十日の夜に、少し一人になりたいからといって、会社からタクシーに乗って、どこかに出かけたそうです。つまり、それっきり……もちろん、普段は運転手付きの車で、どこにでも倉持が同行するのですが、聞くと、それまでにもたまに、同じようなことはあったと……周りの者はずいぶん、倉持を追及したようですが、でも私は……とてもそのような気持ちにはなれませんでした。あの人の……皆藤の気性は、よく分かっておりますから」

玲子はできるだけ、柔らかく首を傾げてみせた。

「ご主人の気性、というのは」

「自分の考えを、くどくどは話さない人でした。私にも、もちろん倉持にも。たぶん、長い付き合いの幹部たちにも……いいんだ、とにかくこうするんだと、理由は特に説明せず、結論だけを伝えるようなところがあって。でもそれが、あの人の魅力であり、力の源でもありました。結果的にはそれで上手くいっておりましたし、下の者にも慕われておりました。良くも悪くも、ワンマンというか……常に、自分の意見をブレずに押し通すのが、あの人の流儀でした」

留美子が、少し遠い目で曇りガラスの方を見やる。

「最初の頃は、私も妻として聞いておくべきだと思い、つい根掘り葉掘り、いろいろ訊きましたが、度が過ぎると、いつも叱られました……でも今となっては、叱られてももっと訊いておくべきだったのでは、と思っています。こんなことになるくらいだったら」

こんなこと、とはどういうことだろう。

「奥さまは、ご主人の所在不明について、どのようにお考えですか」

「最初は、皆目分かりませんでしたけれども、でも……例の無差別殺人、世間でいうところの『ブルーマーダー事件』ですか。あれに巻き込まれたのだと、今は確信しております。実際、去年の十月には、一家の若い者も二人、行方不明になっておりますし。それ以外、考えられませんでしょう」

確かに、星野一家の若衆も二人、去年から所在が分からなくなっている。木野に消されたとの見方が濃厚だが、それに関する決定的な供述は得られていない。

「ご主人の行方が分からなくなったのに、なぜ警察に届けなかったのですか」

留美子が、フッと鼻で笑う。

「それは……できませんでしょう」

まあ、無理もないか。仮に届を出したら、警察は捜索の手掛かりになるものを押さえるという名目で、家宅捜索を行うに決まっている。そこで何か違法行為を示す証拠でも出てきたら、藪蛇もいいところだ。

でも、いま自分が頼めば、ちょっとくらいは見せてくれるのではないか。

「奥さま。ご主人の安否が分からないという、不安なご心中はお察しいたします。ですが……でしたらなおさら、我々にも何かお手伝いさせてはいただけませんでしょうか」

「お手伝い……？」

「ええ。せめてご主人の自室だけでも、拝見できませんでしょうか。奥さまは毎日見ておられて、不審に思われないことでも、我々が見たら、何か分かることがあるかもしれませんから」

留美子はしばし考えていたが、自宅に覚醒剤や銃器の類があるはずがないと思ったのだろう。仕方なくといったふうに、玲子に頷いてみせた。あるいは、失踪からすでに三ヶ月。どこかの時点で綺麗に掃除をしたのかもしれない。

「……どうぞ、こちらです」

案内されたのは同じ階、廊下の奥の方にある、これまた風変わりな一室だった。

天井が二階くらいまで高く抜けていて、壁は何やら鼠色の布で覆われている。ここは正真正銘、見せかけの窓すら一つもない。

あとから入ってきた井岡が、背後で「ほへぇ」と声を漏らす。

「これはまた、立派なオーディオルームですな」

いわれてみれば、そうだ。オーディオルームだ。右手の壁が棚になっており、様々な機材やCD、レコードジャケットが並んでいる。

「……皆藤は、ジャズがとても好きでした。とにかくいいから、お前も聴けと、若い頃はずいぶん付き合わされましたが、私はさっぱり……それだったら私は、まだ演歌の方が我慢できます」

ほう、ジャズですか、と話を合わせつつ、周囲に目を配る。部屋の中央、オーディオセットの真正面には、シアターソファというのだろうか、オットマン付きの、高そうなリクライニングソファが置かれている。その傍らにはガラステーブル。ブランデーでも飲みながら、お気に入りのジャズに聴き入る老紳士の姿が目に浮かぶ。

「では、ご主人はここで、いつもお一人で?」

いいながら、ソファの方に進む。

「ええ……お客さまは、さきほどの部屋か、また別のところにお招きしますから。ここへは、もっぱら一人で。私も最近は、お酒の支度をしにくるくらいでした。他に、家族もおりませんし」

ガラステーブルの上には、卓上ライターと彫刻を施したタバコ入れ、白い大理石の灰皿がある。灰皿は、むろん綺麗に洗われている。

「拝見しても?」

「どうぞ」

部屋の感じからすると葉巻ぐらい吹かしてほしいところだが、タバコ入れの中身はキャスター・スーパーマイルド、案外庶民的な銘柄だった。その横にある小物トレイには、ロレックスの腕時計、目薬のボトル、万年筆らしき太いペンが二本と虫眼鏡、ソーラーパワーの電卓。それから、小さなデジタル機器。歩数計か?

なんだろう。さっきから背後で、ギイギイ変な音がする。

「……総長はけっこう、健康志向でいらしたんですなァ」

振り返ると、出入り口右手、壁際に設置されたぶら下がり健康器で、井岡が逆上がりをしようとしていた。

「ちょっと、よしなさい……鉄棒じゃないんだからッ」

まだまだいけまっせ、といっている井岡を引きずり下ろしにいく。

「いい加減にしてよ……邪魔するんだったら、今すぐ帰って」

すみません、と頭を下げながら留美子のところに戻る。

「このお部屋は、ご主人がいなくなられてから……？」

「ええ、そのままにしております。まあ、掃除だけは、お手伝いさんがしておりますけど」

他も見て回ったが、むろんこの程度で手掛かりなど摑めるはずもない。

「……ありがとうございました。ちなみに、秘書の倉持さんは、今日は」

「ええ。お電話いただいてから、連絡をいたしまして。すぐにくるようにはいっておいたんですが」

そうこうしているうちに、当の本人がやってきた。

「……すみません、遅くなりました。秘書をさせていただいております、倉持です」

一応名刺をもらった。社名は「城北《じょうほく》永和《えいわ》不動産」となっている。着ているのも普通のダークスーツで、暴力団員というよりはむしろ、中堅演歌歌手といった雰囲気の男だ。

彼にも皆藤の失踪前後の話を聞いたが、これといって留美子の話と喰い違う部分はなかった。

ただ、ときおり意味ありげな黙り方をするので、玲子から訊いてみた。

「他にも、何かお気づきになったことはありませんか」

「あ、いえ……気づいたというほどのことは」

すると、留美子が促すように顎で示す。

「お話ししなさいよ。そういう昔の話は、あたしよりあんたらの方が詳しいんだから」

意識してのことかどうかは知らないが、留美子の、玲子たちに対する態度と倉持へのそれは明らかに違っていた。姐さんの顔というか、そんなものを垣間見た気がした。

倉持が恐縮したように頷く。

「ええ……まあ、その……社長がお一人で出られるときというのは、たいがいは、その……別れた奥さまとの間にできた、お嬢さまにお会いになるときで……というか、お孫さんですね。そういうアレですので、私もご一緒するのは控えていたのですが。後日、確認したところによると、その夜は、先方にはお伺いしていないと、いうことでしたので、その途中で……ひょっとしたら、不測の事態に遭われたのかと、そのように、我々は見ておりますが」

なるほど。そういう事情か。

「ということは、これまでも関係者の方で、皆藤さんを捜してはみたんですね？」

「そりゃもちろん……社長の身に何かあれば、第一には、私の責任ですから……もちろん、命懸けで、今も捜しております」

どこかの山中にでも埋められていれば、今頃ちっちゃな白骨死体になっているのだろうが。

その後数日にわたり、玲子たちは皆藤吉冨の人柄について知るため、関係各所に聞き込みをして回った。といっても、最初にいったのは自宅療養中の下井《しもい》警部補のところだ。元捜査四課のベテラン刑事。彼なら皆藤についてもよく知っていると思ったのだ。

「皆藤吉冨か……いい男だったがな。奴も、木野に殺《や》られちまってたか」

右手、右鎖骨と、左足首にはギプス。額のガーゼはもう取れているが、縫った痕は生々しく残っている。これも全部、木野にやられた傷だ。1DKのマンションのリビング。一人暮らしなので何かと苦労は多そうだが、なんとかやっていると下井はいう。

お茶は井岡に淹れさせ、玲子は聴取に専念した。

「下井さんから見て、どういう男でしたか。皆藤吉冨は」

「侠気《おとこぎ》のある、立派な親分……なんて、今どきは警察官がいうもんじゃねえんだろうが、でも、本当にいい男だったぜ。口数は少なかったが、でもその分、ひと言ひと言に重みがあった。面倒見もよかったし、曲がったことはしねえし」

「でも、ヤクザなんですよね？」

フッ、と笑いを漏らす。

「まあな。それをいわれちまったら、返す言葉はねえさ。シャブだって扱ってたし、チャカだって売るほど持ってた。でもよ、その辺りの線引きは、決して一本真っ直ぐにできるもんじゃねえ。それくらい、オメェさんなら分かるだろう。なあ、姫川よ」

どういう意味だ。まさか、牧田のことに引っ掛けて嫌味をいっているのか。下井に限って、それはないと思いたいが――。

ここは、気づかなかったことにしておこう。

「……でも、そんなにいい親分さんを、木野が殺しますかね」

なんの気なしに口にしてみて、だが自分で疑問に思った。

そもそもは、木野が殺したくらいだから皆藤もきっと小狡《こずる》いことをしていたはず、という意味だった。しかし、その逆だってあるのではないか。本当にいい親分だったら、木野が殺すことはなかったのではないか。皆藤が行方不明になった本当の理由は、木野に殺されたからではないのではないか――。

下井が首を傾げる。

「そんなこたぁ、木野に訊けば済むこったろう」

「そうもいかないから、下井さんに訊いてるんじゃないですか」

「俺に訊かれたって分かんねえさ。奴とはもう何年も碌に話してなかった。それなのに、再会した途端、このザマだ」

確かに下井の怪我は気の毒だが、逆に殺されずに済んだ、ともいえるのだ。

そう、木野はあえて下井を殺さなかった。それは木野が、心の底ではまだ下井のことを尊敬していたからに違いないと、玲子は思っている。

どうだろう。皆藤が本当に尊敬に値する任侠《にんきょう》であれば、木野は殺しはしなかったのではないか。

「……じゃあ、誰かいないですかね。皆藤吉冨のことをよく知ってる人物、誰か心当たりはないですか」

「そりゃ、舎弟頭のヤマダとか、若頭のウチノとか」

「できればそういう、直接の関係者以外で。もうちょっと、一般の方で」

「一般の方ァ？　近所の寿司屋とかか」

「常連だったんですか」

「ああ。奴は、近所付き合いはマメにしてたからな。地域の皆さんにも、まあまあよく思われてた方だと思うぜ」

ほう、それは面白い。

それからは虱潰《しらみつぶ》しに、皆藤邸周辺にある商店を回った。米屋、酒屋、タバコ屋、コンビニ、弁当屋にパン屋、不動産屋。下井のいっていた寿司屋、その隣の小料理屋、揚げたてメンチカツが美味《おい》しい肉屋でも話を聞いた。

だが一番面白い話が聞けたのは、皆藤がこの町に越してきてから二十数年、月にいっぺんは必ずきていたという理髪店だった。

「……玲子主任。ほんまに、ワシが刈られなあきませんか」

「当たり前でしょ。あたしはいつもの美容院以外はやだもん」

「ワシだって、このつむじの辺りが案外、曲《くせ》もんでして。慣れた人でないと、ピンピンに立ってまうんですわ」

「だったら五分刈りにでもしてもらいなさい」

というわけで、交渉成立。井岡を客として差し出して、その間に玲子がご主人に話を聞いた。

いや、最初はむしろ訊かれる側だった。

「やっぱり吉冨さんも、あの池袋ので、殺られちゃったの?」

「いえ、それはまだ分からないです。分からないので、こうやってお話を伺って回ってるんです」

「あっそう……今年の正月に、切りにきたっきりだから、心配してたんだけどさ。やっぱりね、そういう、アレなんかねぇ……」

そこからちょいちょい軌道修正をして、ようやく話を皆藤の人となりに繋げていった。

「いや、最初はね、そういう筋の人だなんて、全然気づかなかったですよ。ちょっと気風《きっぷ》のいい、粋な人だな、くらいで」

店には店主の家族もおり、一緒に働いている。

「あれ、うちの娘なんだけど、吉冨さんのお嬢さんとは同級でね。……なあヒカリ、お前、マリちゃんとは仲良かったよな」

はい、と応えたのは玲子のちょっと下、二十代後半くらいの女性だった。最近は店主に代わって、皆藤の散髪を担当することも多くなっていたという。

彼女、ヒカリにも話を聞いてみた。

「吉冨さんは、ほんと優しい、あったかい感じの方ですよ。離婚して、マリちゃんと別れて暮らすようになってからも、二ヶ月に一回は会ってたみたいですし。養育費も、できるだけ払うんだって、不自由はさせたくないって、いつもいってました」

そのお金の出所は――今は、考えないでおく。

「その、マリさんのお子さんでしょうか。皆藤さんには、お孫さんがいらっしゃるって」

「ええ、そうみたいですね。十代の頃は、やっぱりマリちゃんだって……ね、反抗期じゃないけど、そういうお父さん、受け入れ難い部分、あったと思うんですよ。それは吉冨さんも分かってるから、その頃は距離を置いてたみたいですけど。でも、お孫さんはね、やっぱりどうしても会いたかったみたいで。相手の方に頭下げて、半年にいっぺんでもいいから、顔見るだけでもいいからって、頼み込んだって……そうしたら相手の男性も、いい方だったんですね。また会えるようになったんだって、吉冨さん、すごく喜んでました」

父親がヤクザの親分。確かに、娘の心境は複雑だろう。それが、どんなにできた、自分には優しい人であろうと。

すると、それまで笑みを浮かべていたヒカリが、ふいに表情を曇らせた。

「あ、でも……」

「はい、なんでしょう」

小さく「ええ」と頷く。

「去年の、秋頃からだったと思うんですけど。吉冨さん、ちょっと様子が変っていうか、塞ぎ込む感じっていうか……とにかく、元気がなくなっちゃって」

去年の秋といえば、星野一家の若衆二人が消えた時期と重なる。

「それって、具体的にはどんな様子でしたか」

「なんか、話しかけても、聞こえてないみたいな、反応がまるでなくて。寝てるんじゃないんですよ。目はちゃんと開けてるんですけど、ぼーっとしちゃってるっていうか」

自分もいつ消されるか分からない、という恐怖が心労となっていた、ということだろうか。

「秋頃から、ずっとですか」

「そう、ですね。多少の波はありましたけど、前みたいな感じでは、なくなってたように思います。うちのお父さんなんかは、ボケちゃったんじゃないか、とかいうんですけど」

俺はそんなこといってねえぞ、と店主は口をはさんだが、ヒカリは無視して続けた。

「でも私は、それともちょっと違うんじゃないかと思うんです。実は、二回くらい……吉冨さん、ここで涙を流したことがあって」

床屋で、涙？

「何かお話ししていて、ということですか」

「いえ、何も話してなくても、急に、ぽろぽろぽろって。まあ、カットしてる最中ですから、首から下はクロスも掛かってますから、すぐには手が使えなかったっていうのも、あるのかもしれないですけど、それにしても吉冨さん、それを拭おうともしないで……なんか、涙を流してることに、自分でも気づいてないみたいな。そんなふうに、私には見えました」

精神的に相当参っていた、というのは間違いなさそうだ。

そこで出入り口のドアが開いた。客がきたなら聴取はいったん終わりか、と思ったが、幸い入ってきたのは宅配便業者で、荷物を受け取るとすぐ、ヒカリは戻ってきてくれた。

「……でも、マリちゃんとはね、前よりも全然上手くいってたんですよ。去年なんて、父の日に万歩計もらったんだ、なんて嬉しそうに」

あの、オーディオルームのテーブルにあった歩数計のことだろうか。

「運転手付きの車ばっかり乗ってないで、少しずつでも毎日歩けっていわれて、もらったんだって……宝物みたいに、その万歩計を見せてくれて。でもほら、今の奥さんって、年が、私やマリちゃんとひと回りも違わない、若い人でしょ。こういうの、見つかるとうるさいから、いつもポケットの中に入れて、肌身離さず持ってるんだって」

歩数計を、肌身離さず？

「その万歩計は、今年の一月も持ってましたか」

「いや、それは……どうだったかな」

するると急に、奥さんが「持ってたわよ」と割り込んできた。

「あんときは、あたしがお会計したんだけど、財布を取り出すときに、ぽろっと落としちゃってね。吉冨さん、ぼんやりしてて、それにも気づかないで。あたしが、ほら大事なもの落としましたよ、っていって手渡したら、急に正気に戻ったみたいに、大丈夫かな、壊れなかったかな、なんて、慌ててボタンを押して確かめたりして。まあ、そんときは壊れてなかったみたいですけどね」

落ち着いて話ができたのはそこまでで、あとは客が続けてきてしまい、みんな忙しくなってしまった。


店を出ると、井岡はしきりに自分の頭を撫で回した。

「なんや、短《みじか》過ぎませんか」

「そんなことないよ。よく似合ってる」

「……って主任、さっきから全然見てくれへんやないですか」

井岡の髪形なんぞこの際どうでもいい。問題は皆藤吉冨の、最後の日の行動だ。

「そらそうと、主任。ワシ、さっき聞いててて思ったんですけど」

もう、うるさいな。

「……何よ」

「皆藤、ひょっとして、うつになってたんと、ちゃいますやろか」

うつ。鬱病の、うつか？

「何それ。どういうこと」

「いやね、うつの症状には、よくあるんですわ。なんもしてへんのに、急に涙がぽろぽろこぼれるのって。自分でも知らない間に、別に悲しくもないのに、なんや知らんけど涙が出る、みたいな。そう考えると、皆藤が秋からぼーっとしてたぁいうのも、全部うつだったんとちゃうやろかぁ、と」

なるほど。それなら、辻褄《つじつま》も合ってくる。

「井岡くん。それ、ちゃんと調べてみよう」

久々に、ちょっとだけ井岡のことを見直した、かもしれない。


精神科のある都内の病院を一軒一軒当たり、途中で一日本署当番がはさまったものの、四日目には皆藤吉冨を診察していたという順恵会《じゅんけいかい》病院に行き当たり、話が聞けた。

「ええ。皆藤さんは確かに、鬱病を患っていました」

去年から今年初めにかけての、皆藤の病状について詳しく教えてもらい、鬱病に関するレクチャーもある程度は受けた。それから特捜に戻り、日付についても確認した上で、玲子たちは再び皆藤留美子に連絡をとった。

『……明日の午後でしたら、うちにおりますが』

「では、二時頃にお伺いしてもよろしいでしょうか」

『はい。けっこうです』

「倉持さんにも、ご同席いただけますか」

『分かりました。そのようにいたします』

翌日。皆藤邸を訪ねると、まず通されたのはこの前と同じリビングだった。留美子はソファに座っており、倉持はそのすぐ横に立っていた。

玲子は、部屋に入るなり切り出した。

「申し訳ありませんが、この前の、ご主人のオーディオルームに、もう一度ご案内いただけますか」

留美子がゆっくりと立ち上がる。

「ええ、かまいませんけど」

心持ち、声がこの前より硬い。留美子なりに、何か感じとっているのだろうか。

移動して、四人で例のオーディオルームに入る。玲子と井岡は中央のシアターソファまで進んだが、二人はまだドア口からいくらも中には入ってこない。

振り返り、まず留美子に訊く。

「奥さま。初めに一つ、確認させてください。ご主人、皆藤吉冨さんは、去年から今年にかけて、鬱病を患っていたのではありませんか」

留美子はなんの反応も示さなかった。しかしそれが、何よりの答えでもある。

「そこは、お認めいただいてもよろしいんじゃないでしょうか。私どもは、順恵会病院の中村《なかむら》先生に、お話を伺ってきたのですから」

それでも留美子は、ふっと短く息を吐いただけで、表情は崩さない。

「……ええ。確かに、中村先生には診《み》ていただいておりました」

「症状が出始めたのは夏の終わり頃で、暮れには、それでも少し症状が上向いてきていたそうですね」

ほんの一瞬だが、留美子が奥歯を噛み締めるのが見えた。

「……中村先生がそう仰《おっしゃ》ったのなら、そうなんでしょう」

そこも認めたくない、ということか。

玲子は倉持に目を向けた。

「なんでも一人で決めてきた一家の総長が、鬱病で無気力状態に陥ったのでは、さぞや組織の運営も滞ったでしょう……ねえ、倉持総長室長」

倉持もこっちを睨んだまま、ずっと視線を動かさずにいる。

「それは……社長のお加減が悪ければ、むろん、下の者は困ります」

「ですよね」

玲子は留美子に視線を戻した。

「……皆藤さんは、お気の毒だったな、と思います。いわゆるワンマンなリーダーで、それに対する信頼も厚くて……ただ不幸なことに、時代は皆藤さんの思うようには動いていかなかった。指定団体に対する警察の取り締まりも、世間の目も、年を追うごとに厳しくなっていく。昔のように俠気だけを売り物にはしていられない世の中になってしまった。さらには外国人、半グレ集団の台頭。昔ながらの商売は日に日に難しくなっていく」

ここからは、中村医師から聞いた話と、玲子の推論になる。

「それでも、皆藤さんは周りから昔ながらの親分であることを求められた。ご自身もそうありたいと願っておられたのでしょう。しかし、それが逆にご自身を追い詰めた。いわば、社会が課した皆藤吉富という役割に、ご自身が対応しきれなくなっていた。皆藤吉富とはこうあるべきと頭で考えてはいても、心と体がついていかない。無理をして何か行動を起こし、しかしそれが上手くいかないと、余計に自分を追い込んでしまう。心と体をさらに酷使し、それでもまだ駄目だと、自分を責めてしまう……鬱病とは、主にそういうものだそうですね。生真面目で、精神的に強いと思われている方ほど、これに陥り易い」

そろそろ、本題に入ろうか。

「ちなみに鬱病というのは、症状が最も重いときというのは、本当に何一つする気がなくなってしまって、逆に危険はないんですってね。むしろ危ないのは、治りかけの時期。何かしてみようかなと、意欲を持ち始める回復期の方が、かえって事故は起こりやすい」

留美子が冷笑を浮かべ、「は？」と小首を傾げる。

「何が仰りたいんですか、刑事さん」

「たとえば……自殺です」

確証はないが、ドア脇にあるぶら下がり健康器に目を向ける。

「本当にひどいときは、自殺すらする気にならない。でもちょっと気力が戻ってきて、何かやってみて、でも上手くいかなくて……その、また駄目だった、まだ自分は治ってないんだ、と思った瞬間が一番危ない。下手に気力はあるから、一気に最悪の選択に突っ走ってしまう」

「ちょっと、なんの根拠があってッ」

声を荒らげた留美子に、玲子はわざと芝居っぽく、人差し指を一本立ててみせた。

「一つは、日付です。『ブルーマーダー事件』の主犯である木野一政は、確かに多くの人間を殺害しています。しかし、一月十日だけは、無理なんです……彼、実は胃癌を患ってましてね。その日は夕方から病院に入って、翌々日の午前中まで、短期の入院をしていたんです。少なくとも一月十日の夜に、木野一政は皆藤さんを殺すことも、拉致《らち》することもできなかったわけです」

そこで玲子は、バッグから白手袋を出して両手にはめた。

「留美子さん。ちょっとこっちにお願いできますか」

部屋の中央まで呼び寄せ、テーブルの上を指差す。

「そこにあるデジタル歩数計、拝見してもよろしいですか」

「……ええ、どうぞ」

一礼してから、黒い、丸みを帯びた長方形のそれを手にとる。

「これ、なんだかご存じですか」

「だから……歩数計なんでしょ」

「誰がご購入されたかは」

「皆藤じゃないんですか。それとも、あんた？」

倉持を振り返るが、彼もかぶりを振る。どうやら、本当に留美子は知らないらしい。

「これはですね、皆藤さんのお嬢さん、新田真利子《にったまりこ》さんからプレゼントされたものなんです。皆藤さんはこれを、去年の父の日から、肌身離さず持っていたという証言があります。ちょっと、一緒に見てもらっていいですか」

何度かボタンを押すと、履歴をさかのぼることができた。最近の歩数計はなかなかハイテクで、過去一年くらいのデータは楽に残せるようになっている。むろん去年の父の日、六月十八日に皆藤が何歩歩いたかも、これで分かる。

「……ほら、本当に毎日、肌身離さず持っていたことが分かりますでしょう。じゃあ、最後のデータは、どうなっているでしょうか」

今年の一月まで戻す。

「……うん、一月十日まで、ちゃんとデータが残ってますね。つまり、皆藤さんはこの日、会社からどこかに回ったのではなくて、少なくとも一度は、ここに帰ってきたことになる。これがここに残っているということが、一つそれを示していますよね。そして、この歩数計をはずしてここに置き、以後は、自分の意思では出かけていない……そういうことでは、ないのでしょうか」

玲子が歩数計を差し出すと、隣にいた井岡は慌ててポケットをまさぐり始めた。証拠保存用のポリ袋くらい、前もって用意しておけないものだろうか。

改めて、留美子に向き直る。

「現時点では、これは私の推論ですが……皆藤さんはここに帰ってきて、歩数計をはずし、だが何かのきっかけで、死にたくなってしまった。ひょっとしたら、使ったのは銃器かもしれないし、薬物かもしれませんが、あのぶら下がり健康器も、ちょっとそれっぽいなと、私は思いました。そして、亡くなられた皆藤さんを発見したのは……あなた、留美子さんか、お手伝いさんのどちらかですね」

留美子は一切、玲子から視線をはずさない。その好戦的な態度自体が、自分の罪を認めることになっているとは気づかないのか。

「しかしあなたは、それを認めることができなかった。皆藤吉富ともあろう者が、鬱病を患って自殺を図ったなんて、妻として許せなかった。星野一家という組織にとっても、それは大きなマイナスになると考えた。だから、皆藤さんは失踪したことにし、それを『ブルーマーダー』の犯行に見せかけた。見せかけたというか、噂に便乗し、濡《ぬ》れ衣《ぎぬ》を着せた」

室内を見回してみる。

「でも本当は、皆藤吉富さんは、今もまだこの家のどこかにいる。そうでなければ、何者かの手によって運び出されたことになる。だとすると、女性だけじゃ難しいですよね。男の人の協力も……」

いいながら、玲子は振り返った。

すぐ後ろでは、ようやく見つけたのか、井岡がポリ袋の口を広げ、歩数計を中に入れようとしていた。

しかしそれが、袋の口からこぼれ、

「あ、しもた」

歩数計は床に落ち、井岡は慌てて拾おうとしゃがみ込んだ。

そのときだ。

井岡の向こうから、眉間《みけん》に皺《しわ》を寄せた倉持が、つかつかと歩いてくるのが見えた。何か腰に構えている。ギラリと光る、鋭利な——。

「井岡、危ないッ」

「へ？」

その瞬間、信じられないことが起こった。

玲子の声に反応した井岡、その右手が、図らずも歩数計を弾き飛ばし、そのまま床を転がったそれは、こっちに向かってくる倉持の足の下にすべり込み、

「……んのッ」

倉持は、バナナの皮ですっ転ぶ喜劇役者の如く、見事なまでに大きく左足を宙に振り上げ、後ろ向

きにドターンと、後頭部から倒れ込んだ。

「どいてッ」

玲子はとっさに右足を振り出した。

「ひっ」

瞬時に首をすくめて避《よ》ける井岡。その先には、まだ匕首《あいくち》を握ったままの、倉持の右手がある。

バシンッ、といい音が鳴り、玲子の右足が倉持の右手首を蹴り払った。一緒に弾かれた匕首は、その勢いのまま部屋の隅まで転がっていった。

「井岡、確保ッ」

「はひッ」

半ば昏倒《こんとう》している倉持の拘束は井岡に任せ、玲子は匕首を拾いにいった。これを保存する大きさの袋はさすがに持っていないので、バッグからハンドタオルを出し、それに包んだ。

部屋の中央では、井岡も倉持の両手首に手錠をはめ、確保を完了していた。テーブルの傍らでは、留美子が呆然《ぼうぜん》とその様を見ていた。

玲子もそこまで戻る。

「皆藤留美子さん。今ここで起こったことと、皆藤吉冨さんの所在が不明であることの因果関係についてお伺いしたいので、警察署までご同行いただけますか」

留美子は決して頷かなかったが、玲子が手で促すと、それには大人しく従った。

はっきりいって今回、死体遺棄事案の端緒が摑めたのも、倉持を銃刀法違反で現行犯逮捕できたのも、それによって留美子を任意で引っ張れたのも、すべては単なる偶然である。だが、偶然を引き寄せる力も、それをきっちりものにするのも実力のうちだと、玲子は思っている。そしておそらく、これによってまた一歩、玲子の本部復帰は早まるはずである。では井岡は？　それは、玲子の知ったことではない。

倉持と留美子を、管区の王子《おうじ》警察署に送り出し、ひと息つく。

「お疲れ、井岡くん」

「はい、お疲れさまでしたぁ。いやしかし、さすがですわ。皆藤に着目した点といい、玲子主任、やっぱり持ってますわ。もうワシ、惚れ直しましたもん」

そうでしょう。匕首ごと倉持の右手首を蹴り抜いたあれは、自分でも会心の一撃だったと思う。

ただし、気になる部分もないではない。

「でもさ……なんか、気分的には複雑だよね」

「へ？　何がでっか」

玲子は、コンクリートの塊《かたま》りの如き皆藤邸を振り返った。

「なんていうか、今となっては、この家の家相こそが、すべてを表わしてたようにも思えてくるじゃない」

井岡は眉を段違いにし、首を傾げた。まるっきりピンとはきていないらしい。

「だからさ……皆藤は、そりゃヤクザの親分ってところは褒められたもんじゃないけど、でも、自分の役割を一所懸命、やり抜こうとしてたわけでしょ。ところが逆に、その真面目さゆえに自分自身を追い込んでしまい、自滅していった。……そういうのってさ、いってみたら、誰にだって起こり得ることじゃない。あたしだって姫川班が終わってから、ここまで必死こいて、本部復帰に向けて仕事してきたよ。今だってその意欲は変わらない。でもその意欲が、ふとした瞬間に、自分に牙を剝《む》くんだとしたら……それってやっぱり、怖いことだよ」

気づかぬうちに、自分はこうあるべきという型に自分を押し込めてしまう。その型は次第に厚みを増し、硬さを増し、自身でも容易には脱ぐことのできない、重たい鋼《はがね》の鎧《よろい》になってしまう。さらに怖ろしいのは、そうなった状態が自分にも、第三者にも認識できないということだ。鋼の鎧は、そもそも自分の頭の中にしか存在しないのだ。

目標を持ち、それを達成しようとする。それ自体は素晴らしいことであり、人とはそうあるべきだと、玲子自身も思ってきた。しかしその意欲が知らず知らずのうちに、自分の精神や肉体を壊死《えし》させる危険性があるのだとしたら、人は一体、何を道標《みちしるべ》にして日々を生きればよいのだろう。がんばらないのは駄目、でもがんばり過ぎても駄目。ではその線引きは、どうやって見極めたらよいのだろう。誰なら見極められるというのだろう。

隣で「うーん」と井岡が首を捻る。

「ワシは、玲子主任とご一緒できるんでしたら、本部でも所轄でも、なんやったら人事でも鑑識でも、エエんですけどねぇ」

だからといって、こういう人間を人生の手本になどしたくはない。

これはちょっと、しばらく引きずりそうな問題だ。

お裾分け

Share

Index

Honda Tetsuya

なんだか大事《おおごと》になってしまったなと、半ば他人事《ひとごと》のように思いながら玲子は聞いていた。

池袋警察署、署長室の応接セット。玲子の正面にいるのは副署長の潮田《しおた》警視だ。

「まあ……我々としても、姫川係長の本部異動は喜ばしいことだと、思っております」

右向かいにいる山井署長が頷き、あとを引き受ける。

「私がいうまでもありませんが、姫川係長はもちろん、飛び抜けて優秀な捜査員です。本署管内で発生した、いわゆる『ブルーマーダー事件』では、その解決に大きく貢献し、のちの追捜査にあっては、別件の死体遺棄事件まで挙げてみせた。その実績と捜査能力には、まったく疑問をはさむ余地がない。

……しかし、ですな。今泉管理官」

玲子の右隣にいる今泉が「はい」と低く答える。

「何か、ございましたか」

「今回の人事に対する、多少の疑問は……やはり、否めません」

「と、申しますと」

「姫川係長。本署にはどれくらいになりますか」

いきなりこっちに振ってくるとは思わなかった。

今日は、十月の八日だ。

「あ、はい……一年八ヶ月、です」

「その前の、本部捜査一課には」

「四年と二ヶ月、でしたでしょうか」

「今泉管理官」

「はい」

山井が一つ、咳払いをはさむ。

「……通常、本部といえども配置五年を経れば異動になる。次に本部に配置されるとしたら、それはなんらかの昇任をしたのち、ということになる。例外的に『余人をもって替え難い』というのであれば、いわゆる『居座り昇任』ですか……本部配置のまま昇任というケースも、あるにはあるようですが」

おそらく勝俣がこれなのだろう。まあ、あの男の場合は「余人をもって替え難い」というより、上層部も何かしら弱みを握られているから下手に動かせない、といった方が事実に近いのだろうが。

「しかし、今泉管理官。姫川係長に関しては、このケースにすら当たらない。ご存じとは思いますが、姫川係長は前回の警部試験において、筆記で不合格になっている。統括警部補のラインにすら達していない」

実に耳の痛い話である。

複数警部補制を採《と》っている警視庁では、警部と警部補の間に「五級職警部補」という特殊な階級を設けている。具体的には、警部試験に合格はしなかったが、それに近い成績を収めた者がこれに任じられる。しかし現状、玲子はこれにも届かなかった。本部捜査と本署当番を休みなく繰り返す日々に体力も思考力も奪われていた、などと言い訳をしてみたところで始まらない。とにかく玲子は、いまだ「ヒラ警部補」のままなのだ。

山井が続ける。

「姫川係長を担当警部補のまま、再び本部に配置するというのは、どうなんでしょう。少々無理があるように思うのですが」

また「はい」と今泉が深く頭を下げる。

「確かに、この人事は異例ではありますが、そこは、本部人事ですので……何卒《なにとぞ》、ご理解いただきたく存じます」

この「ご理解いただきたく」も、今日すでに三回目か四回目だ。

山井が唸りながら首を傾げる。

「姫川係長が本署に配属された当時、私はまだここにおりませんでしたが、かなり突発的な異動だったと、聞いております」

「……はい。確かに」

「そして今回も、通常ではあまり考えられない形で、本部に復帰する……先ほども申しましたが、姫川係長の実務能力に疑問をはさむ余地はない。いや、だからこそ私は申し上げたい。姫川係長は本署にとっても重要な人材です。できれば任期いっぱい勤めてほしい。しかしそれは叶わないだろうから、おそらく次の昇任までになるだろうと、個人的には思っておりました。先の、捜査一課との併任という措置も、姫川係長が昇任するまでの暫定的なものと、私は理解しておりました。いわば、姫川係長のために『統括主任』というポストをまず確保しておくと……しかし、実際には昇任という手続きを経ないまま、いきなり本部に連れ帰るという。これにはどうも、私は納得がいかない」

これに関しては、山井の言い分が百パーセント正しい。だから今泉も一切の反論をしない。というかできない。

「それにつきましては、大変申し訳なく思っております。しかし、これは人事二課を通した正式な決定でありますので、何卒……ご理解いただきたく存じます」

とはいえ、玲子が警部試験である程度の成績を収めていればなんの問題もなかっただけに、今の今泉の姿は見るに忍びないものがある。これではまるで、万引きをした娘のために店員に頭を下げ続ける父親のようだ。

ただ、試験に関してだけいえば、玲子自身、少々当てがはずれたところがある。

決して声を大にしていえることではないが、一部には「名前さえ書けば通す」という、合格ありきの昇任試験というのが、ある。実際、玲子もそれらしいことを何度か耳にしている。今回、今泉からそうはっきりといわれたわけではないが、漠然と、自分はそうなるのだろうと、玲子は思い込んでいた。でなければ、昇任もなしに本部と併任という措置自体、本来はおかしいのだ。

だがたぶん、どこかで行き違いが起こった。少なくとも五級職にくらいは合格させる手筈《てはず》だったのに、何かの手違いで玲子は完全不合格になってしまった。それでも今泉が、何かしらの手を使って無理やり玲子を本部に捻じ込んだ。そういうことではないかと、今のところは解釈している。

終始、山井の顔は渋いままだったが、これ以上いっても意味はないと思ったのだろう。最終的には頷いてくれた。

「まあ、潮田副署長が申し上げた通り、本部への異動は、基本的には誇るべきことです。我々も……そうですね。笑顔で、姫川係長を送り出すこととしましょう」

ありがとうございますと、玲子は今泉と合わせて頭を下げた。

そのまま異例の四者会談は終了し、

「では、失礼いたします……」

玲子は今泉と共に署長室を出た。

丁重にドアを閉め、廊下を歩き始めてから今泉に訊く。

「あの、管理官……本当に私は、このまま本部に戻ってもいいんでしょうか」

今泉が、こっちを向いて眉をひそめる。

「今さら何をいってる。もう荷物だってまとめたんだろう。一課長も本部でお前の申告待ちをしてる。いいからついてこい」

「……はい。すみません」

二人で池袋署の玄関を出たのが、ちょうど夕方の四時。

秋と呼ぶには、まだだいぶ夕風が温かい。

一つ先の角まで歩き、そこで玲子は足を止めた。

やはり、本部に戻る前に、いうべきことはいっておきたい。

「……管理官。このたびは、どうも……大変な、ご迷惑をお掛けしました。申し訳ありませんでした」

敬礼よりも深く頭を下げる。半身になった、今泉の足元だけが一メートル先に見えている。

「よせ、姫川。こんなところで」

「……はい」

頭を上げ、しかしまだ真っ直ぐには今泉を見られない。

「すみません……でも、署内よりは」

「そもそも、今回のこれは、俺一人の意向でも、根回しでもない」

ようやくそれで、玲子は今泉の目を見た。

「管理官じゃなかったら、一体、誰が……」

「お前の本部復帰を最も強く望んでいたのは、俺よりも……むしろ、和田さんだ」

元捜査一課長、和田徹《とおる》警視正。二年前に起こった暴力団構成員刺殺事件、それにまつわる諸々の責任をとって鳥取県警に異動。和田はそのまま、この春に定年で退官を迎えたと聞いている。

あの和田さんが、自分のために——。

そう思うだけで、玲子の胸に込み上げてくるものがあった。

今泉が続ける。

「お前の本部復帰は、いわば、和田さんの置き土産だ。和田さんは、あの事件でお前を守りきれなかったことを、何より悔やんでいた。和田さんが誰に働きかけ、交換条件に何を呑《の》んだのか、それは俺にも分からん。俺はただ、和田さんの指示に従って動いただけだ。実際は、何もしていないも同然だ」

今泉の大きな右手が、玲子の肩を摑む。

「姫川。お前は……本当に、愛されていたんだぞ」

こんな自分を、あの、和田さんが——。

今すぐ、この場に崩れてしまいたかった。土下座をして謝りたかった。二年前、後先考えず我《が》を通した結果、玲子は多くの人を傷つけ、失い、自身も警視庁本部を任期途中で追われることになった。

本来であれば、本部に復帰したいなどと口にできる立場ではない。だがそれしか、立ち直る方法が考えつかなかった。もう一度、捜査一課に戻って姫川班を再結成する。そう宣言することでしか、自分自身を支えられなかった。

しかしそれすらも、和田の力添えなしではなし得なかった――。

あの事件で一番傷ついたのは他でもない、和田だ。自分はこの期に及んで、また和田に傷を負わせてしまったのか。犠牲を強いてしまったのか。

「あたし……和田さんに、なんていったら……」

ぐっと、今泉の手に力がこもる。

「決まってるだろう。もう一度やるだけだ。周りになんといわれようと、もう一度やってみせろ。それ以外に、和田さんに返せるものなんてありはしない」

それでいいのか。甘えてしまって、本当にいいのか。いいはずはない。だがやはり、和田の恩に報いる方法は、それしかない。

「ありがとう……ございます。あたし、もう二度と、同じ過ちは、犯しません……」

日が陰ったせいか、ふいに風が冷たく感じられた。

それでも今泉の手は、やはり温かかった。

一課長申告以外に儀式めいたものは何一つないまま、その翌朝から玲子は小金井《こがねい》署に設けられた特捜本部に入ることになった。

五階に上がり、「貫井南町《ぬくいみなみちょう》資産家強盗殺人事件特別捜査本部」と貼り紙のある講堂に入る。中にはすでに四十人近くの捜査員が集まっていた。

「おはようございます」

まず玲子が目を向けたのは、ずらりと並んだ会議テーブルの最前列。目当ての人は一番奥、窓際の席にいた。

向こうも玲子に気づいて立ち上がる。

元捜査一課強行犯捜査二係、別名「現場資料班」で主任を務めていた林広巳《はやしひろみ》警部補だ。いったん所轄に出たのちに一つ昇任し、統括主任として殺人犯捜査第十一係に配属されたことは、今年の夏頃に聞いて知っていた。

十係時代、玲子はだいぶ彼の世話になった。見た目は村役場にでもいそうな、いかにも「事務屋」的な風貌だが、その記憶力と分析力は警視庁随一といわれている。そんな林を、玲子は今泉の次に尊敬してきた。そしてこれからは、彼こそが玲子の直属上司になる。

「林さん、ご無沙汰しております。お元気でしたか」

「いやぁ、全然元気じゃないよ。何しろ資料畑が長かったでしょう、私の場合。それがこの年になって、久しぶりの捜査畑だもの。それも殺人犯捜査ってさ、ちょっと酷だよ……あ」

林がひょいと、背伸びをするように玲子の背後を覗く。

「きたきた」

玲子も倣《なら》って振り返る。すると、ちょうど講堂に一人、ダークスーツを着た男が入ってきたところだった。おそらくあれが殺人班十一係長、山内篤弘《やまうちあつひろ》警部だ。

林が、早歩きで彼の方に近づいていく。玲子もすぐあとに続いた。

林の一礼に合わせ、玲子もその男に頭を下げる。

「おはようございます、係長。今し方……」

玲子は自分から一歩前に出た。

「本日より、刑事部捜査第一課、殺人犯捜査第十一係勤務を命じられました、姫川玲子警部補です。よろしくお願いいたします」

十五度に敬礼し、すぐに体を起こす。

山内は小柄な男だった。髪がだいぶ薄くなっているのと、目が少し垂れ気味なところから、一見するととても優しそうな印象を受ける。

しかし、中身がそうとは限らない。

「ああ、姫川主任ね。山内です。……ま、がんばって」

「はい、ありがとうございます」

それだけのやり取りで山内は上座デスクの向こうにいってしまい、中央の席に腰を下ろした。以後はこっちに目を向けもしない。事実上、無視とほぼ変わらないリアクションだったが、また林が動き始めたので、玲子はもう一度山内に頭を下げ、慌てて林を追いかけた。

ふた川に並べられた会議テーブルの、窓側のブロック。林が手招きをすると、はい、と応じて三人の捜査員が立ち上がった。四十代くらいの、ちょっとやさぐれた感じの男性と、それよりは年上っぽい女性、もう一人は玲子と同年代の、長身の男性だ。

林が三人を並ばせる。

「紹介しとくよ。今回、うちからこの特捜にきてるのは、私とこの三人。それもあって、君には早くきてほしかったわけだが……とりあえず、一番ベテランからいっとくか。ヒノトシミ巡査部長。こちらが新しく担当主任になる、姫川玲子警部補だ」

係員名簿は今泉にもらっていたので、すぐ思い当たった。日野利美《ひのとしみ》、五十三歳。玲子以外では唯一の女性捜査員になる。決して美人ではないのだが、なんといったらいいだろう。昭和っぽい、熟女の色気のようなものは感じる。

「日野です。よろしくお願いします」

「姫川です。こちらこそ、よろしくお願いします」

「そっちが、中松信哉《なかまつしんや》巡査部長」

やさぐれ男。年は四十七歳と書いてあったか。

「中松です」

「姫川です」

「で彼が、小幡浩一《おばたこういち》巡査部長。うちでは三番目に若いかな」

小幡は確か三十二歳、玲子の一つ下だ。なかなかの美男子ではあるが、やや線が細い。頭は良さそうだが、逞《たくま》しさはない。しかも、若干目付きが悪い。正直、第一印象はよろしくない。

「……小幡です」

「姫川です。よろしく」

改めて、林が玲子に向き直る。

「事実上、これが新生姫川班のメンバーってことになるかな」

「え、いや……そんな」

やだ。こんなオバちゃんとやさぐれと、目付きの悪い若造なんて。

「ここは、林さんが統括なんですから、林班ですよ」

「いやいや、私はもう駄目だよ。ここもさ、係長に頼んで、早くデスクに引っ込めてくれっていってたの。それも、君に早くきてもらいたかった理由の一つなんだけどね」

正直、頼られれば悪い気はしない。新しい部下たちの舐《な》めきった視線は決して愉快ではないが、それも、早くこいつらを手懐けてやろうという気持ちに置き換えれば、一つ奮起の材料にはなる。

ただし、決定的に我慢ならないことはある。

「玲子しゅにぃーんッ」

そう聞こえ、一瞬にして体の隅々まで悪寒が広がった。

井岡、なぜ貴様が、こんなところにまで――。

「ちょいすんません、すんません、通ります、はい失礼いたしますぅ……ハイ、ハァーイ、玲子主任、井岡博満、ただいま応援に参上いたしましたぁ。やっぱあれでしょう、ワシがおらんと、玲子ちゃんも本領が発揮できひんでしょう」

怖くて振り返れないが、かといって、林を始めとする四人のメンバーの顔色が変わっていくのも、見ていてつらい。

「……林さん、とりあえず、これまでの資料を」

「ん、ああ、そうだね」

「玲子主任ッ」

「できれば、補足説明もしていただけると」

「ああ、もちろん……」

「玲子主任、玲子主任。んもぉ、玲子ちゃんてばァ」

アアーッ、うるさいッ。


特捜本部設置からすでに四日が経っているが、林から受け取った資料とその補足説明でおおむね事案の内容は分かった。朝の会議の内容も、充分に理解できた。

「一応、お約束だから訊いておくわ。なんであんたがここにいるの。しれっと隣に座り込んでるけど」

「そんなん聞かなくても、もう分かりますやん。……愛ですって」

マル害は山地啓三《やまじけいぞう》、七十四歳。添付されているスナップ写真を見る限り、恰幅《かっぷく》のいい、人の好さそうな老人だ。

殺害現場は小金井市貫井南町一丁目◎◎の自宅。敷地面積が四百坪もある大豪邸だ。遺体発見は六日前、十月三日の朝七時頃、通報は七時十二分。死亡時刻は前夜の十一時から午前二時の間。第一発見者は身の回りの世話をしていた家政婦、馬場典子《ばばのりこ》、五十一歳。マル害の妻は三年前に他界、一人息子とは別居。息子は横浜でレストランを経営、自宅は横浜市緑区《みどり》。馬場典子も通いのため、マル害に同居人はいなかった。

「あんたの併任は解除したって、今泉さんからは聞いたけど」

「はい。例の、死体遺棄事件のあと、すぐでしたわ」

マル害は包丁状の刃物で滅多刺しに遭っている。馬場典子によると、台所にあった包丁が使われたり紛失したりした形跡はない。そのため、犯人は凶器を用意して山地宅に侵入、犯行に及んだと考えられる。敷地への侵入は東側の外塀を乗り越えて。建物へは北側中央に設けられた内玄関から。内玄関のドアはバール状のもので抉じ開けられていた。殺害に使われた刃物、侵入に使われた道具、共に現場からは発見されていない。

「併任解けたのに、なんでここにくるの」

「ワシ、三鷹署員ですもん。特捜ができてお隣さんが応援にくるのは、当然ですやん」

山地宅は平屋造り。十畳の和室が一つ、八畳が四つ、六畳が一つ。洋間は八畳と六畳が一つずつ。その他にダイニングキッチンと広々とした玄関ホール、納戸が大小三つ、浴室と洗面所、トイレが二つずつある。マル害は寝室にしていた十畳の和室で死亡していた。襲われたのも同室と見られている。

「じゃあなんでもっと早くこなかったのよ。今日で設置五日目よ」

「さあ、なんででしょう。ワシにも分かりません」

死体検案書によると、死因は出血性ショック死。刺創《しそう》、切創《せっそう》は顔面に三ヶ所、頸部《けいぶ》が二ヶ所、胸部に六ヶ所、両腕部に十七ヶ所、腹部に八ヶ所、背部に三ヶ所。計三十九ヶ所。下半身に痣《あざ》や擦過傷はあるものの、刃物による外傷はなし。マル害は襲われながら室内を逃げ惑い、出血によって徐々に体力を失い、死に至ったものと見られている。心臓をひと突きとか、そういう殺し方ではない。何十回も刃物を振るわれ、三十九もの刺創、切創を負い、頸部や腹部、背部の動脈から大量出血を招き、それが死因となった。現場写真で見る限り、布団も壁も畳も血だらけだ。

「最初からきてれば他の捜査員と組んでたでしょうに。よりによって、なんであたしの初日に……」

「そう。まさに玲子主任と組むために派遣されたといって、過言でないわけです」

七十四歳の老人を仕留めるのに、三十九の刃物傷。極めて素人臭い殺害方法だ。少なくとも暴力に通じた人間のすることではない。だがこの事件の特筆すべき点は、その殺害方法ではない。むしろ山地啓三という男の経済状況、あるいは資産の管理方法にある。

山地宅には、これまでの現場検証で総額三億二千万円あまりの現金があったことが分かっている。

それらは段ボール箱に詰められ、いくつかの部屋に分割して保管されていた。一部は廊下にも置かれていた。これについては馬場典子にも確認をとったが、全体で一体いくらの現金があったかは、彼女にも分からないという。つまり、逆をいったら、いくら盗まれたかも分からないわけだ。

「井岡くんさ……あんたひょっとして、人事の誰かの弱みかなんか握ってるわけ？」

「は？　なんですの、それ」

ここからは、これまでの捜査報告書にざっと目を通した玲子の推論になる。

馬場典子からの通報を受け、臨場した小金井署刑組《けいそ》課（刑事組織犯罪対策課）捜査員は、多額の現金が現場内に残されている状況を把握した時点で、事案を強盗殺人と考えたはずである。これは誰であっても、玲子ですらそう考える。犯人は山地宅に多額の現金があることを知っている人間、家庭内の事情に詳しい関係者、知人である可能性が高い。この段階では馬場典子本人はもとより、その関係者も捜査範囲にあったはずだ。

「あたしもう、井岡くんと組むの嫌なんだけど」

「はあ……すでに気持ちとして、単なる捜査のパートナーとは見れへんようになっている、ということですな。分かります」

しかし一昨日の十月七日、日曜日辺りの報告から雲行きが怪しくなってくる。

マル害、山地啓三は極端に人付き合いを嫌う人間だった。町内はむろん、隣近所とも交流は一切なし。山地家は代々続く大地主の家系で、現在の資産総額は百二十億円を超えるという。市内に多くの物件を所有し、収入は百パーセント不動産から得ていた。マル害は七十四年の人生で、たったの一度も勤めに出たことがなく、また事業を手掛けたこともなかったという。そのため交友関係は皆無に等しい。

だとしても、だ。不動産業者、契約を交わした賃借人、金融機関、弁護士や会計士などとは付き合いがあっただろうと思うのだが、そういった関係者も月に一人、二人訪れる程度で、それも玄関左手にある八畳の洋間に通し、用が済んだらすぐに追い返すような有り様だったという。

「仕事以外では顔を見るのもイヤ」

「玲子主任、いつになくストレートですやん……要するに、目当てはワシの体ということで」

初動捜査の段階では、地取りよりも鑑取り（関係者への聴取）の人員を厚くしていたはずである。ところが、その肝心の関係者というのが少な過ぎた。馬場典子から得た情報をもとに付き合いのあった人物をリストアップして当たったのだと思うが、それらは三日足らずで当たり尽くしてしまった。しかもそのほとんどの人物にアリバイがあった。家庭内の事情に詳しい者による犯行、という線が徐々に細くなっていく。こういった状況が今後も続けば、初動捜査の方針そのものに問題があった、という話にもなりかねない。

しかし今朝になって、有力な情報が新たにあがってきた。

報告したのは、あの目付きの悪い小幡巡査部長だった。

「マル害は、馬場典子が家事を済ませて帰宅したのち、一人で出かけることがあったことは、先の地取り班の報告にありましたが、その行き先と思われる店の一つが判明しましたので、報告します」

一人で出かけていた、という地取り班の報告とは——。

六月初め、夜十一時頃、東八《とうはち》道路の方に歩いていくのを見た。

九月半ば、夜十時頃、同じ東八道路だが、小金井南中西《みなみなかにし》交差点で信号待ちをしているのを見た。

この二件のことか。いずれも軽装だったと付け加えられている。

「マル害が信号待ちのときに向いていた方向から、東八道路を東に向かったと思われ、また徒歩であったことからさほど遠くではないと考え、周囲を聞き込みしたところ、前原町《まえはらちょう》四丁目、十一の△にある、『ともこ』という店の常連であったことが分かりました」

小幡。目付きは悪いが、そこそこやるようだ。

上座にいる山内が訊く。

「どんな店だ」

「いわゆるスナックです。ママと、アルバイトの女性が一人いるだけの、小さな店です。カウンターに五人、小さなテーブルが二つですから、十人も座ればいっぱいという規模です。ただしこの近所に、五年ほど前に外国人向けの日本語学校ができておりまして。お袋の味、というのでもないんでしょうが、案外、ママの手料理目当てに外国人留学生が来店することが多かったようです。実際、昨夜アルバイトで入っていた女性もフィリピン人でした。まあ、彼女は留学生ではないといっていましたが」

彼女のビザ云々《うんぬん》も、ここの生活安全課に確認させた方がいいだろう。

小幡が続ける。

「マル害はこの店に、多いときで週に二、三回。少なくとも週に一度はきていたようです。むろん客は外国人だけでなく、近隣住人や、会社も多少はありますので、客筋は様々のようです。周囲に似たような店がないというのも好条件なのでしょう。一軒家を改造して作った構えのわりに、繁盛している様子でした」

山内は、小幡の顔をじっと見ながら聞いている。

「それと、来店したときの、マル害の様子ですが……人付き合いが苦手というこれまでの報告に反して、この店にいるときは、かなり陽気に振舞っていたようです。ママを『ともちゃん、ともちゃん』と呼び、ボトルも切らさず常に入れていた。それと……これが実に、問題発言なのですが……マル害は酔うと、よく金の話をしたそうです。俺の家には現金がいっぱいある、廊下にまではみ出している、夜トイレにいくときなんか、暗くて札束につまずいてしまうこともある、と……ひょっとすると、マル害はママに気があって、彼女の気を惹きたいがための発言だったのかもしれませんが、それが他の客の耳にも入っていた可能性は、高いと考えられます」

小金井署の刑組課長が訊く。

「ママの氏名は」

「失礼いたしました。タベナルミ、四十八歳。田んぼの『田』に部署の『部』、成功の『成』に果実の『実』で、田部成実。自宅は店の二階ですので、住所は同じ。独身の一人暮らしです」

山内が頷く。

「田部成実に、顧客を可能な限りリストアップさせろ。早急に。従業員のフィリピン女性も洗え。男がいれば、その交友関係も」

「はい……報告は、以上です」

その後も何人か報告に立ち、最後に捜査範囲の変更について山内から説明があった。

「本日から、林統括はデスクに。昨日までの担当は、新任の姫川主任が引き継ぐ。次……地取り一区は、今日から二区も併せて担当。地取り三区は四区も担当。もと二区と四区の担当は、小幡がスナックの顧客リストを作成し次第、その洗い出しに回る。鑑取り、不動産担当は……」

報告書を読む限り、林が担当していたのはマル害が賃貸借契約を結んでいた賃借人関係だ。今日からは、玲子たちがこれを担当することになる。

会議終了後、引き継ぎのために林と話した。

「やっぱりマル害は、賃借人との関係もイマイチだったんですか」

林が首を傾げる。

「イマイチ、というか、借りる方にしてみたら、あんまり印象になかったみたいだけどね。何しろ、古い賃借人が多いからさ。ああいうのって、契約とか更新のときにしか、顔を合わせないらしいんだ。それも、不動産屋が間に入るわけだから、あんまり、賃借人が直接地主と交渉、みたいなのは、ないみたいなんだよな」

「はあ……そんなもん、ですか」

「そんなもん、らしいよ」

林がすでに回ったところ、まだのところ。何かしら事情を知っていそうな感触のあったところ、なかったところ。それぞれをチェックした。

「……分かりました。じゃあ、これで回ってみます」

「うん、よろしくね。ただ、私の心証は当てにしないでね。何しろほら、現場は久しぶりなんだから」

「はい、了解です……井岡くん、いくよ」

「はいです」

それにしても、マル害が飲み屋で「俺は金持ちだ」「つまずくほど家に現金が置いてある」と豪語していたとの情報があがってきた日から、賃借人回りとは運が悪い。どう考えても、線としてはそっちの方が太い。

日本に留学してきて、そのまま不法滞在者になってしまう外国人は少なくない。在留資格がない彼らがまともな職に就けないのは当たり前で、そうなったら犯罪に走る傾向は当然のことながら強まる。仮にそういう立場の人間が件のスナックにきていて、マル害の話を聞いていたらどうなる。

おそらく店を出たマル害のあとを尾けるだろう。相手は七十四歳の老人だ。見失うことなどまずあるまい。やがてマル害は長い長い塀で囲まれた大豪邸に入っていく。家屋は平屋なのでどこまで外から見えるかは分からないが、もし見えたとしたら窓は真っ暗だ。家人が少ないか、あるいはいない家だと見抜くだろう。

刃物とバール状の道具を持参していたことから、即座に押し入ったとは考えづらい。犯人は何度か下見をし、充分計画を練ってから犯行に及んだと考えられる。

「玲子主任。どこから当たりましょうか」

「そうね……どこからが、いいかしらね」

話を耳にした人間が直接犯行に及んだのなら、これほど簡単な話はない。だが、聞いた人間が誰かに伝え、それが伝言ゲームのように外国人仲間の間で広がり、その中の誰かが犯行に及んだのだとしたら、割り出すのは難しくなる。

「一番近いところからにしますか」

「そうだね」

井岡の適当な提案通り、林がまだ当たっていない賃借人で、小金井署から近い順番で訪ねていった。

「……ごめんください。失礼いたします。警視庁の者です」

貸し物件は一軒家の場合もあれば、工場や店舗を営んでいる場合もあった。借地にアパートを建てて貸している者や、月極駐車場にしている者もいる。

「ああ、地主が殺されたって事件ね。いやぁ、俺も聞いてびっくりしちゃったよ。あれ、うちの地主なんだもん」

この男性はクリーニング店の店主。丸々太ってはいるが、見た目に反して身のこなしは軽い。なかなか働き者のようだ。

「あまり、地主さんとはお付き合いがなかった？」

「付き合い？　付き合いは、ないよね。まあ、ここを最初に借りたのが、もう三十……いや、四十五年前になるか。二度目の契約が二十年で、だから一度、更新の書き換えしてさ。で……そう、もう十五年も経ったんだから、早いもんだな、あと五年でまた更新だなぁ、なんて思ってたところだよ」

「その間に、地主さんとお会いしたりは」

「ないね。うちほら、ちょっと遠いし」

ここは貫井南町二丁目。山地宅まで歩いたら、おそらく十分ほどの距離。さして遠いとは思わないが、かといって、わざわざ用もないのに訪ねるほど近くもない。

「何か地主さんのことで、ご存じのことはありませんか。懇意にされていた方とか、何か趣味があったとか」

「いや、知らないねぇ。だって、この四十ウン年で、二、三回しか会ったことないんだもん。毎月の地代は銀行振り込みだし。たいていのことは、仲介の不動産屋がやるからさ。知ってる？　藤光《とうこう》不動産って」

不動産関係なら、日野の組が中心になって当たっている。藤光不動産も報告書にあった名前だ。なんにせよ、玲子は担当外だ。

「ええ、やはり藤光さんが、こちらのご仲介も？」

「そう。うちはずっとそう」

そんなふうにして初日、最後に訪ねたのが「いずみ荘」という古い木造アパートだった。賃借人は脇沢《わきざわ》衣子《きぬこ》、七十一歳。一〇一号室に住み、自ら管理人も兼ねているという。

「これまた……昭和臭がプンプンですな」

「シッ」

通りから見て、一番手前が一〇一号室。玄関ドアの横にある窓には明かりがあるので、在宅と思われる。

玲子はドア枠の横にある、古びたカプセル型の呼び鈴を押した。

応答はすぐにあったが、

「……はい。どちらさま」

あまり訪問客はないのだろうか。声にはちょっと億劫《おっくう》そうな、訝るようなニュアンスがあった。

「ごめんください。警視庁の者ですが」

ドア越しに床板が鳴るのが聞こえた。コンクリートのタタキに、サンダルの底がこすれる音も。そしてロックが解かれ、

「……はい」

顔を出したのは、綺麗な白髪をした、小柄な老女だった。足が痺れているのか、それとも少し不自由なのか、体を支えるように、左手でギュッとドア枠を摑んでいる。

「失礼いたします。私、警視庁の姫川と申しますが、脇沢衣子さんで、間違いありませんか」

「ええ……」

「ご存じとは思いますが、こちらの土地の、地主さんの件で、少しお話が伺えたらと思い、お訪ねいたしました」

それとなく中を覗く。入ってすぐのところは台所、奥は八畳くらいの和室になっている。その向こうは窓なので、おそらくひと間しかないのだろう。タタキにはくたびれたパンプスと、スニーカーが一足ずつ。一人暮らしというのは間違いなさそうだ。あと杖が二本、下駄箱に引っ掛けてある。

彼女、脇沢衣子は「はあ」と漏らして頷いた。

「地主さんの……ええ。ニュースと、新聞で見て、存じてはおります」

「直接どなたかから、それについて聞いたりは」

「いえ……そういったことは、特に……」

なんだろう。受け答えが妙にたどたどしい。夕刻、いきなり警察に訪ねてこられていい気持ちがしないのは理解できるが、それにしても、会話に不自然な「間」を感じる。

「そうですか。日頃、地主さん……山地啓三さんと、お会いしたりする機会は」

「いえ、それも……特には」

「失礼ですが、こちらは土地を山地さんから借りている、という形になるのでしょうか」

「……は？」

耳が遠いわけではなさそうなのに、なぜ今の質問を聞き逃した。

「あの、何軒もこういったふうに、お話を伺って回っているのですが、土地と建物の両方を山地さんから借りている、というケースと、土地だけを借りて、あとからご自身で建物を建てるケースがあると、伺ったものですから。こちらはどうなのかな、と」

「あ、ああ……そう、そうです」

「土地だけを、山地さんから借りていらっしゃる？」

「そうです。土地だけ、です」

呼び鈴を押す前にひと通り確認はしていたが、改めて建物の様子をぐるりと見る振りをする。

「こちらは全部で、八世帯になるんでしょうか」

「あ、ええ……八部屋……はい。そうです」

「全戸、埋まっていらっしゃる？」

「いえ、あの……今、入っているのは……三ヶ所、です。三部屋、です」

「脇沢さんと、その他に二世帯？」

「いや……ここの他に、三部屋……ですから、ここを入れたら、四部屋、です。あとの四部屋は、空いております」

家賃が入ってくるのは実質七戸、そのうち四つが空室では、経営者としては苦しかろう。ただそれも、致し方ないことのように思う。井岡ではないが、建物があまりにも古過ぎるのだ。瓦屋根は、なんだか粉《こ》が吹いたように白っぽくなっているし、外壁の吹き付けも黴《かび》で黒ずんでいる。雨どいも、よく見ると留め具がはずれて少し傾いている。これではまず若者は入りたがらない。いや、年寄りにももう少し設備のいいところの方が喜ばれるはずだ。

「こちらは、築何年くらいになりますか」

「……は？」

またか。ちゃんと聞いていてほしい。

「このアパートは、建てて何年くらいになりますでしょうか」

「ああ、ええと……四十……年、ですか」

見た目は、確かにそんな感じだ。

「土地は、何年の契約で？」

「今は……二十年、です」

そういえば、あのクリーニング屋も二十年といっていた。借地の契約というのは、それくらいが相場なのだろうか。

ふいに、脇沢衣子が室内を気にするような素振りを見せた。

「あの……そろそろ、買い物に、出たいのですが」

まもなく夕方の五時。

「これは、失礼いたしました。お忙しいところ、ありがとうございました。また、何かお伺いすることもあるかと存じますが、その際はぜひ、ご協力をお願いいたします」

「はい、はい……」

「では、ごめんください」

脇沢衣子は、小さく縮こまるようにお辞儀をしながらドアノブに手を伸ばした。その間も左手はドア枠から離さない。やはり、少し足が不自由なようだ。

玲子たちは、ドアが閉まるのを見届けてから歩き始めた。

通りがかりに郵便受を確認すると、一〇一号が「脇沢」、一〇五号が「渡辺」、二〇一号が「吉田」、二〇五号が「岩田」となっている。部屋番号に「四」を使わないというのも、このアパートの古さを象徴しているように思う。

いずみ荘から、十メートルほど離れたところで井岡が呟いた。

「なんやあの婆さん、微妙に挙動不審でしたな」

ほう。

「やっぱり、井岡くんもそう思った？」

「はい。悪い人やないんでしょうけど、なんちゅうか……後ろ暗いところありげぇゆうか、なんや臭いますな」

井岡とは、ごく稀にだがこういうことがある。

人間としてとか、男としての部分はまったくもって受け容《い》れ難いが、こと捜査員としては、たまに強く同意したくなるときがある。さらに稀なことではあるが、玲子が見逃していた点を、さらりとあとから指摘してきたことも過去にあった。

それがまた、個人的には腹立たしいのだが。


翌日。また朝から賃借人回りを始め、だが玲子は二軒回ったところで、いったん方向転換することを井岡に宣言した。

カンロ飴で、頰を丸く膨らませた井岡が首を傾げる。

「なんですの、方向転換って」

「ちょっと、不動産屋にいってみようと思う」

すると井岡は、目玉がこぼれ落ちそうになるほど目を見開いた。ついでに、目からカンロ飴が出てきても面白いかもしれない。

「そんな、あきませんって。不動産関係は、日野のオバちゃんが仕切っとるやないですか」

「なに、日野チョウが怖いの」

「いや、怖いっちゅうか……まあ、そうですね。あの手のオバはんは、ヘソ曲げたら手ぇに負えんようなりますって」

「大丈夫よ。捜査リストにない店にいくから」

まだ井岡はごちゃごちゃいっていたが、玲子はかまわずタクシーを停めて乗り込んだ。

「すみません、武蔵小金井《むさしこがねい》駅にお願いします」

「玲子ちゃん、もうちょい……奥までいって」

これからいくのは、以前も話を聞きにいったことのある、中田《なかた》不動産だ。住所は小金井市本町《ほんちょう》五丁目だから、山地宅からも小金井署からもさほど遠くはない。車なら十分で着く距離だ。それだというのに、なぜだか捜査資料に中田不動産の名前はなかった。チェックの漏れなのか、あるいは山地啓三の物件を扱った実績がないからリストからはずしたのか。そこのところは玲子にも分からない。だが、それならかえって好都合だった。不動産業界は独自のネットワークで繋がっている。空き物件の検索程度ならどこの不動産屋からでもできる。ならば一度でも訪ねたことがあり、玲子がいけば協力してくれそうな店にいくのがよかろう。

「玲子主任、カンロ飴は」

「だから、いらないってば。っていうか、いつまでもモゴモゴやってないでよ。みっともない」

以前きたときと比べると、武蔵小金井駅周辺の様子はずいぶん変わってしまっていたが、

「運転手さん。次の、信号のある交差点で」

「承知しました」

駅を過ぎた辺りの街並はほぼ当時のままだった。

「この辺で、よろしいですか」

「はい、ここでけっこうです」

玲子は料金を払い、釣りもレシートもきっちりもらい、モタモタしている井岡を押し出して車から降りた。

有限会社中田不動産。出入り口に掛かっている、青い日除《ひよ》けテントもあの頃のままだ。

「ごめんください」

「いらっしゃ……あ、姫川さん」

入ってすぐのカウンターにいた店主、中田俊英《としひで》は、やはり玲子を覚えていた。そんな予感はしていたのだが、案の定だ。

「ご無沙汰しております。あの、いま少し、お時間大丈夫ですか」

「ええ、かまいませんよ。どうぞ、お掛けになってください」

中田は笑顔で椅子を勧めつつも、目では探りを入れるように井岡を見ていた。まずないとは思うが、万が一にでも、二人で住む部屋を探しにきたように勘違いされたら一大事だ。

先に玲子から説明しておく。

「また捜査で、分からないことが出てきてしまいまして……これは、いま一緒に回っている、井岡です」

井岡が無言で頭だけを下げる。中田がちょっといい男だから機嫌を損ねたのか、あるいはカンロ飴で口が利けないだけか。

対して中田は、実に清々《すがすが》しく笑顔を浮かべてみせた。

「ああ、やっぱり刑事さんというのは、二人ひと組のペアで捜査をするんですね。相棒、みたいな」

「はは……そういうんでも、ないんですけどね」

お茶かコーヒーかと訊かれたが、お構いなくといって、中田にも座ってもらった。

「まあ……私なんかでお役に立てるのであれば、なんなりとお尋ねください」

中田なら、そういってくれると思っていた。

「はい、ありがとうございます。では早速ですが、中田さんは、貫井南町一丁目で起こった、殺人事件については」

「はい、存じております。有名な大地主さんですからね」

「やっぱり、有名な方なんですか」

はい、と中田は真っ直ぐ、几帳面《きちょうめん》そうに頷いた。

玲子が続ける。

「中田さんは、被害者の山地啓三さんと、直接の面識はおありでしたか」

「いえ、直接は存じません。ああいう方は、これと決めた業者さんとしかお付き合いしないものです」

「たとえば、藤光不動産さんとか」

「ええ。藤光さん、トキワホームズさん、あと主だったところといえば、ダイワ興業さんですかね」

全部、捜査リストに載っていた業者だ。

「ずいぶん、お詳しいんですね」

「まあ、地元ですからね。何かと、横の繋がりはあります」

「中田さんは一度も、山地さんの物件は手掛けたことがないんですか」

「ええ……うちでは、ありませんね」

なんだろう。ちょっと含みのある言い方だった。

「何か、事情がおありになる？」

すると中田は、微かに片頰を浮かせてみせた。少し意地悪そうな、あまり彼らしくない表情だった。

「事情、といえば……まあ、そうかもしれませんね」

「ご迷惑でなければ、お聞かせいただけますか」

「私が喋ったとなると、少々不都合があるのですが。のちの商売にも差し障りますし」

「はい、ここだけの話ということで。絶対に外には漏らしません。それは、お約束いたします」

井岡も、隣でうんうんと頷いてみせる。別に機嫌を損ねてはいないようだ。

中田はまるで、これからお祈りでもするかのように、カウンターの上で両手を組んだ。

「これは……私の親父《おやじ》のポリシーでもあったんですが、うちは、地主さんのための商売は、いたしません。貸し手と借り手の、平等なお取引をお手伝いするというのが、うちの方針です」

「……はい」

何やら、面白い話が聞ける予感がしてきた。

中田が続ける。

「はっきりいって……大地主さんというのには、意地悪な方が多いです。むろん、全部が全部ではありません。良心的な地主さんも、実際にはいらっしゃいます。でもそれは、残念ながら少数派です。大地主というのは……たいていは、煮ても焼いても食えない、金の亡者ばかりです」

かなり危険な発言ではあるが、ここは黙って頷いておく。

「姫川さんは、路線価というのは、ご存じですか」

「はい、なんとなくは……土地に対する課税額を算出するために、国税庁が道路ごとに定めた価格、でしたでしょうか」

「ええ、おおむねそれで合っています。では、借地権割合というのは」

「借地権割合……借主の、借地に対する、所有権の割合、ですか」

「その通りです。さすがですね。しかし、これに対する行政の曖昧な姿勢が、地主と借主が起こすトラブルの原因になっています。というか、地主有利に事が運べてしまうんですね」

「どういう、ことでしょう」

少し得意げに、中田が頷く。

「たとえば、路線価二十五万円の、六十坪の土地があったとします。路線価は平方メートル換算ですから、これに三・三を掛けますと」

　中田が手元にあった電卓を弾く。

「……四千九百五十万円。実際には奥行価格補正率というのがあって、その率は、商業地や住宅地といった地区区分で変わってくるのですが、今は省きます。とにかく、路線価でいったらこの六十坪は四千九百五十万。この土地を、地主が貸し出します。新規だと基本は三十年契約です。これに付随してくるのが、借地権です。仮にここの借地権割合が六割だったとしましょう。これが都内の駅近くの商業地などでは八割から九割、地方の山間部や沿岸部だったりすると、三割ということもあります。三割が、最も低い数値です」

　また中田が電卓を弾く。

「四千九百五十万の六割ですから……二千九百七十万。借主は、借地権という名目で、この土地に対して、六割の権利を所有したことになります。これが意味を持ってくるのは、借主がこの借地権を第三者に売却したいとなったときです。あるいは三十年を経て地主に土地を返したい、となった場合です。そうなったら地主は、本来であれば、借主から二千九百七十万円で、この借地権を買い戻さなければなりません」

　少し整理したい。

「すみません。とりあえず、価格を五千万と三千万に、略してもらってもいいですか」

　井岡も一緒になって頷くと、中田はくすりと笑いを漏らした。

「ああ、すみません。そうですね。路線価格が五千万、借地権割合を掛けたら、三千万ということにしましょう。……ここから先は、よくあるケースとして聞いていただきたいのですが」

「承知しました。あくまでも一例ということで」

「はい。それは……賃貸借契約更新のときです。たとえば、借主は三十年経ったのでもう商売をやめて引っ越したい、ついては土地を地主に返したい、とします。最も望ましいのは、地主が三千万で借地権を買い戻してくれることですが、そんな地主は滅多にいません。むしろ借主の足下を見て、タダで土地を返せという地主の方が多いくらいです」

玲子は思わず「そんな」と口をはさんでしまった。

「……三千万の権利を、タダでなんて」

「でもそうなんです。現実には、そういう地主がごまんといる」

「そんなの、法廷に持ち込んだら」

「その通りです。裁判を起こせば借主が勝ちます。でも借主に裁判をするだけの経済力も、知識も精神力もないというのが実情です。たいていの地主は、どんなに交渉しても三百万から五百万だとか、不動産屋の手数料を割り引いて二百ウン十万だとか、平気でいってきます。そうなったら普通は、次に現実的な手段である、第三者への借地権売却を考えます。それも三千万の満額では無理かもしれませんが、二千八百万、二千七百万なら買い手がつく可能性はある。不動産屋を介して、そういう買い手を探すんです。しかしこれにも、地主はたいてい文句をつけてきます」

あの写真の、人の好さそうに見えた山地啓三の顔が、段々と金の亡者のそれに思えてくるから不思議だ。

「よくあるのが、私はあなただから貸したんだ、あなただから信用して土地を貸したんだ、他の、どこの誰とも分からない人間に貸す気はない……これが、意地悪地主の常套句です。しかも、借地権の売却には地主の許可が要ります。地主が『第三者は嫌だ』といったら、事実上借地権は売却できないのです。……ここでまた、裁判をしたらと思われたでしょう」

はい、と素直に玲子は頷いてみせた。

「これもその通り、裁判をしたら借主が勝つんです。ちゃんと裁判所が許可を出してくれます。地主に代わって、裁判所がその売却を許可すると……しかし実のところ、借地権は売れればいいという問題ではありません。じゃあ借地権を買った人、つまり次の借主となる人と、地主の関係はどうなるでしょう。次の借主だって、借地権を買うのには三千万近くのお金が必要になる。自己資金で賄える人なんて滅多にいませんから、たいていは銀行から借りることになります。銀行は当然、担保を求めてきます。普通はその、借地上の建物が借金の担保になります。ということは、ここでも地主の承諾が必要になってくるわけです。しかし、地主が大人しく判をつくはずがありません。そもそも第三者への借地権売却には反対なのですから、その借金のために自分の物件を担保にするなんて筋違いも甚だしい、というわけです。そうなったら、第二の借主はお金が用意できませんから、結局は『買えません』と、ギブアップするしかなくなる」

「そんなことって……」

「この手の話ならまだまだありますよ。気に入らない借主から、地代を受け取らないというのもよくある手です。地代を払い続けないと、借地権というのは消滅します。正確にいうと、賃貸借契約が解除されてしまいます。借主が法務局に『供託』という形で地代を定期的に納入すればその限りではありませんが、地主に『受け取らないよ』といわれて、『ああそうですか』と放置しておいたら、借地権はいずれ自然消滅……地主の思う壺というわけです。また契約更新時の『更新料』、あれ自体は法的根拠のないものです。法的根拠がないから、逆に相場もあってないようになってしまう。要するに、地主の言い値です。しかしこれを払わないと、あとで何か地主の承諾が必要になったとき、一切それが叶わなくなってしまう。名義の書き換えとか、建て替えとか……それが嫌だから、ほとんどの借主は更新料を支払うのです」

供託という手続きや、更新料に法的根拠がないことは玲子も知っていたが、ここまですべてが地主有利に働く制度設計になっているという認識は、恥ずかしながらなかった。

「……それじゃあ、まさに地主のやりたい放題ですね」

「はい。判子一つで、地主は借主を、生かすも殺すも自由自在です。お断りしておきますが、あくまでもすべての地主さんが、ではありません。良心的な地主さんも、確実にいらっしゃいます」

「はい、そのように理解しております」

中田が頷きながら、ひと息つく。井岡も、難しい話が一段落してほっとしているようだが、ここで終わりなはずはない。

続きは必ずある。

「でも中田さんは、さかのぼればお父さまの時代から、そういった地主さんの横暴に対抗していらした」

「……まあ、恰好いい言い方をすれば、そうなりますが、ご覧の通り、そんなに大きな店でもないので。さして借主さんのお力にもなれていないというのが、実情です」

「つまり、そのポリシーを貫いてきたからこそ、これまで山地啓三さんの物件を扱うこともなかった、と」

らしい笑みを漏らしながら、中田が小首を傾げる。

「……そうはっきりとは、なかなか申し上げられませんが」

「でも、そういうことですよね？」

「……まあ、そういうことですかね」

「しかしそういった、山地氏の地主としての顔というか、土地取引に関する裏の顔は、たとえば藤光不動産、トキワホームズ、ダイワ興業などといった取引業者に訊いてみても」

「絶対にいいませんね。口が裂けてもいわないでしょう。特に藤光さんは、山地さんの物件の取り扱いで食べているも同然です。むしろ、借主から一円でも多く毟《むし》り取る手伝いを、積極的にやっていた口ではないですかね。自社の手数料ほしさに……まあ、毟り取るだけならまだしも」

この中田俊英という男、相当、意地悪地主や悪徳不動産業者に対して恨みがあると見える。つつけばつつくだけネタが出てきそうだ。

「まだしも、なんでしょう」

「たとえば……領収証の半額記載、とかね」

なんだそれは。

「詳しく、お聞かせいただけますか」

「詳しくも何も、簡単な話ですよ。たとえば、更新料を一千万と吹っ掛けて、そりゃ滅茶苦茶だと、わざと借主を慌てさせるんです。もう少し負けてくれないかと泣かせる。そういってきたらシメたものです。今度はいきなり五百万まで負けてやるんです。で、借主がほっとしたところに、ただし現金で、しかも領収証は二百五十万で、と畳み掛けるわけです。借主は、半額になるなら領収証くらい仕方ないかと、無理やり自分を納得させるわけです。これで、二百五十万の裏金が一丁上がりです」

これか。これが、山地宅の段ボールに詰められていた、多額の現金の正体か。

「……中田さんは、山地さんと藤光不動産がそのような裏取引をしていたことを、なぜご存じなのですか」

「知っていたわけではありません。そういうこともあるらしいですよ、という噂です。あくまでも」

なるほど。このネタはこれ以上は突っ込まないでくれ、ということか。

玲子は一つ頷いてから、カウンター脇にあるパソコンのモニターに目をやった。

「では、その話はいいとして……こちらで、山地さんの物件が何年の賃貸借契約で、いつ頃更新を迎えるとかって、分かりますか」

「分かるものもあれば、分からないものもあります」

「お分かりになる範囲でけっこうですので、調べていただくわけにはいきませんか」

「ええ、かまいませんよ」

中田はすぐに取り掛かってくれた。すると玲子が今まで回った物件、これから回ろうと思っていた物件、捜査リストにも載っていなかった物件と、様々なデータが次々と提示された。

「……この物件、こちらでは把握してなかったです」

「神奈川ですからね。専任が藤光さんとかではない、地元の業者だからでしょう」

そうして中田が洗い出した中に、あの物件も出てきた。

「ここは昨日、いきました。いずみ荘」

「こちらは、私も存じ上げています。人の好さそうな、年配の女性が管理してらっしゃるアパートですよね……ちょっと待っててください」

中田は奥に引っ込み、何やらファイルを持ち出してきた。

「ええと……あれ。この物件、たぶんもう、更新時期を過ぎてますね。一年くらい」

「えっ?」

思わず、井岡と目を見合わせる。

「……更新時期が過ぎてたら、困るじゃないですか」

「いや、その辺は一応、借主の権利が法律で保障されているので、地代さえ払っていれば大きな問題にはならないのですが、それよりも借主の……脇沢衣子さんが、今後あの土地をどうしたいのか、ということですよね」

あの、あと一歩で廃墟かというほど傷んだ、いずみ荘の外観を思い出す。

「でも確か、あのアパートは建てて四十年って、いってなかったかな……借地って普通、最初の契約が三十年で、更新が二十年なんじゃないんですか」

「土地はそうですが、その四十年というのが本当なら、土地を借りた十年後にアパートを建てたのかもしれませんよ。何かの都合で」

なるほど。そういうケースもあり得るか。

「それにしても……あそこ、今ちょうど半分、四部屋も空いちゃってるらしいんですよ。何しろ、築四十年ですからね。脇沢さん、どうするんだろう……中田さん的には、どういったパターンが考えられますか」

中田が首を傾げる。

「いや、どういったパターンというよりも、もし更新が今も済んでいないのだとしたら、その理由が気になります。先ほども申しました通り、契約更新の際、地主と借主はトラブルになりがちです。土地をタダで返せ、といわれたのかもしれないし、べらぼうな更新料を請求されたのかもしれない。あるいは第三者に借地権を売りたいといっても、なんだかんだ因縁をつけられて二進《にっち》も三進《さっち》もいかなくなってるのかもしれない」

　脇沢衣子の、あのたどたどしい受け答えの原因がこれにあるとしたら、どうなる。土地取引にまつわるトラブルで、あの老女が、山地啓三を——。

　いや、それはさすがに考えづらい。犯人は外塀を乗り越え、内玄関のドアを抉じ開けて侵入、寝室にいた山地啓三を室内で散々追い回し、三十九の刃物傷を負わせた上で死亡させている。よって犯人は、比較的運動能力の高い人物と見なければならない。最後の、室内で追い回す部分だけなら脇沢衣子にも可能に思えるが、おそらく彼女は足が悪い。それすらも不可能かもしれない。結局どこをとっても、あの老女に実行可能な犯行とは思えない。

「中田さん。同じような状況で、更新トラブルになっていそうな山地氏の物件って、調べられませんか」

「少し時間はかかりますが、知り合いに、それとなく探りを入れることはできます」

「ぜひ、お願いします」

　いったん中田不動産を辞し、予定していた物件を何軒か回り、夕方になってもう一度訪ねてみたが、結果は芳《かんば》しいものではなかった。

「すみません、姫川さん。今のところ、トラブルになっていそうな物件は見当たりませんでした。藤光さんの営業とか、トキワさんにもダイワさんにも知り合いはいるんで、こっそり訊いてはみたんですけど、三件は円満に更新が済んだばかり。四件は金額面で交渉中ですが、まもなくまとまる方向にあり。来年契約更新を迎える物件が一件ありますが、そちらも商売が順調なので、更新料などで揉める気配はないです。その他は、まだ契約期間が三年とか、五年残ってまして……期日を過ぎてまだ話がまとまってない物件というのは、ないんですよね……いずみ荘以外には」

この事件が、土地契約の更新トラブルがもとで起こったと考え得る理由は、今のところ何もない。それよりも、飲み屋で山地啓三が大声で金の話をし、それを直接か間接的にかは分からないが、耳にした不良外国人が犯行に及んだ、とする方が何倍も説得力はある。

しかし、玲子がいま受け持っているのは賃借人の線だ。ここから何か手繰《たぐ》り寄せるとしたら、現状はいずみ荘しかない。

少し、集中して洗ってみるか——。

そんなことを考えていたら、中田が「それと」とパソコンを指差した。

「……はい。なんでしょう」

「姫川さんさっき、いずみ荘は今、半分が空き部屋になってるとか、仰いませんでしたっけ」

「ええ、そういうふうに、脇沢さんからは伺ったんですが」

「それ、ちょっと変ですね。ネット上のデータでは、空室は『3』となってますし、藤光さんに問い合わせても、空いてるのは三部屋だっていうんですよね。あのアパートは藤光さんが専任だから、藤光さんがいうのが一番正しいと思うんですけど」

はて。どういうことだろう。

中田を訪ねた次の日から、玲子たちはいずみ荘の張り込みを始めた。捜査用ＰＣは小金井署から借りたものだ。

小金井市中町《なかちょう》四丁目はごく普通の住宅街だが、どういうわけか、いずみ荘の周りには寺や墓地が多い。民家も生垣や庭に木を植えているところが多く、緑豊かな田舎町という印象を受ける。そういった意味では東京二十三区内よりも、むしろ玲子が生まれ育った埼玉県浦和市のイメージに近い。ただし浦和市も、大宮市《おおみや》・与野市《よの》と合併して「さいたま市」になってからだいぶ雰囲気が変わった。玲子が事件に遭ったあの公園も、今は周囲を囲う樹木をすべて撤去し、見通しのいい広場になっている。樹木は物陰を作り、あらゆるものを隠す。ときにそれは犯罪の温床ともなるが、場合によっては捜査の味方にもなり得る。

玲子が張り込み場所として目を付けたのは、いずみ荘の斜め向かいにある駐車場だ。舗装はされておらず、砂地の地面にロープを張って駐車位置を区切っている。そこの周りにも木は何本か植わっており、木々の隙間から覗くと、ちょうどいずみ荘の出入りを見張ることができる。

「ほら井岡くん。早く駐車場の持ち主に使用許可もらいにいきなさいよ。なにグズグズしてんの」

「……ゆうてもぉ、不動産屋の看板もぉ、なんも出てませんしぃ」

「それくらい自力で調べて」

「あ、昨日の中田氏に、電話で訊いてみるというのは?」

「なんでもかんでも他人を頼らないの。分かんなかったら交番で訊きなさい……ほら、早くいきなさいってば」

なんとか井岡を追い出して玲子一人が車内に残り、運転席からいずみ荘の監視を続けた。

天気はいい。気温も高からず低からず、張り込みをするには一番楽な季節だ。むしろ敵は、油断からくる睡魔だ。刑事の中では、玲子はわりと張り込みが苦手な方かもしれない。過去に何度か、寝過ごして失敗したことがある。むろん、あとでそれなりの挽回はしたが。

玲子が一人になって二十分ほどした頃、一階の一番奥、一〇五号室から脇沢衣子と同年配の女性が出てきた。郵便受の名前からすると「渡辺」何某ということになる。花柄のカートを押しながら、小金井街道の方に歩いていく。バス停にでもいくのだろうか。結果からいうと、玲子が一人の時間に確認した住人の出入りはその一回だけだった。

駐車場の使用許可だけなので、三、四十分もすれば井岡も戻ってくるだろうと思っていたが、実際に帰ってきたのは二時間半もしてからだった。

「いやぁ、すんませんすんません。玲子主任を一人にするんは気掛かりではあったんですが、ついつい、遅うなってしまいました」

「あんた……まさか、パチンコかなんかやってたんじゃないでしょうね」

とはいえ、袋いっぱいの景品を抱えて帰ってきたわけではない。普段通り、肩にカバンを掛けているだけの手ぶらだ。

「んなわけありまっかいな。ここの持ち主に話通して、ちゃんと使用許可もらってきました。そのついでに、でんな……」

井岡がニヤリと頬を吊り上げる。

「……なに。ちょっと怖い」

「でしょう？　ワシも自分の才能が怖ろしいですわ」

「やっぱりパチンコだ」

「ちゃいますって。聞き込みですよ、聞き込み。使用許可もらうついでにね、いずみ荘に関する情報を、あちこちから仕入れてたんですわ」

ちょっと感心。でもちょっと不安。

「あんまり直接的な訊き方して、それが脇沢衣子の耳に入るなんてことは、ないでしょうね」

「それくらいワシだって注意してます。大丈夫ですって。もう、ルックスだけやのうて、ええ加減ワシの実力も認めてくださいよ。これまでやって、ずっと玲子ちゃんの手柄をサポートしてきたやないですか」

いや、まったく記憶にない。

「手柄云々はいいとしても、しれっと『ちゃん付け』を交ぜ込むのはやめて」

「でも、ワシの報告は聞きたい？」

「うん、それは聞きたい」

ンンッ、と井岡が、自信ありげに咳払いをはさむ。

「……ええですか。聞いて驚いてくださいよ。あのアパートには、つい最近まで一人、ブラジル人青年が住んどったらしいんですわ」

「あ、ちょっと待った」

興味深い話ではあったが、今、一〇一号のドアが開いた。

「脇沢衣子だ」

「お出かけ、ですやろか」

「どうだろうね」

上衣《じょうい》は紫色のカーディガン、下衣《かい》はベージュのパンツ。足元は見えない。右手で杖をつき、左手で手提げバッグを握っている。そのまま出かけていくのなら、どうすべきか。尾行してみるか。いくなら二人ひと組が定石だが、対象者は足の悪い老女だ。一人でも問題はあるまい。だとしたら、同性の玲子がいった方が――。

などと考えてはみたものの、どうやら尾行は必要なさそうだった。

脇沢衣子は通りまで出ず、アパートの階段を上り始めた。危なっかしい足取りで、一段一段ゆっくりと上っていく。ようやく二階に着き、ひと息ついてから外廊下を進み始める。

彼女が立ち止まったのは、手前から二番目のドアの前だった。部屋番号でいったら、二〇二号となるだろうか。そこで少し、周囲を窺うように見回してから呼び鈴を押す。

「素人やなぁ。挙動が怪し過ぎますって」

「うん。根はいい人なんだろうけどね」

　脇沢衣子は部屋に入り、しばらく出てこなかった。

「……で、ブラジル人青年が、なんだって？」

「ああ、そうそう。チャコとか、チャゴとか、なんやそんなふうにゆうてましたけど、年は二十代半ばくらい。ほら、脇沢衣子は足が悪いでしょう。なもんで、そのチャなんとかが、一緒に買い物いってやったり、荷物を持ってやったり、いろいろしてくれてたらしいんですわ」

「普通にいい子じゃない。いい話じゃない」

「ええ。ですけど、ここ何日か見かけんようになったもんで、チャなんとかはどないしたんか、訊いてみたらしいんですわ」

　まったく。

「それ、誰が誰に訊いたの。っていうか、井岡くんは誰から聞いたの」

「ああ、すんません。いずみ荘のちょい向こうにある、タバコ屋のおばちゃんです。衣子はタバコ喫《の》みなんで、常連みたいです」

　ほら、いわんこっちゃない。

「ちょっとさ、そんな身近な人に直当たりなんかして、本当に大丈夫なの？」

「大丈夫ですって。ワシのスーパー・トーク・テクニックを駆使すれば、相手にまったく不審感を抱かせず、それでいて、あらゆる情報を引き出すことが可能なんですわ」

まあ、この男を野放しにした玲子にも責任はある。

「……もういいわ。それで、あとは何を聞いたの」

「ああ、そのブラジリアンがどうしたか、訊いたらしいんですわ。タバコ屋のおばちゃんが、衣子にね。そしたら、もうおらんって。国に帰ってもうたって。その言い草が……まあ、正確にこうだったかは分かりませんけど、外国人なんて薄情なもんよねぇ、自分の都合でプイッといなくなって、連絡先も何も教えてかないんだからぁ、て、ゆうてたらしいんですわ」

ブラジル人青年、か。

「その青年がいなくなったのって、いつ頃の話?」

「正確には分かりませんけど、ここ何日かやと思います」

山地啓三が殺されたのが十月二日、今日は十一日。すでに九日も経っている。国外に逃げられたのだとしたら、逮捕は極めて困難になる。現状、日本・ブラジル間において犯罪人引渡し条約は締結されていない。

玲子はポケットから携帯を取り出した。

「玲子ちゃん、なんですの」

「本部デスク。応援呼ぶの」

コール二回で応答があった。

『……はい。貫井南町資産家強盗殺人事件特別捜査本部です』

若い男性の声。おそらく小金井署の刑組課係員だ。

「お疲れさまです。捜一の姫川です。林統括、お願いできますか」

『はい、お待ちください』

受話器を直接渡したのだろう。保留音もなく林が出た。

『……はい、林です』

「お疲れさまです、姫川です。あの、至急、いずみ荘に小幡巡査部長の組を応援によこしてもらえますか」

『また君、急に訳の分からんことをいう』

訳の分からないことなんていってない。ただ結論が先、説明を後回しにしただけだ。

向こうには向こうの都合があったのだろう。小幡組が玲子たちと合流したのは、辺りもだいぶ暗くなった夕方の五時過ぎだった。

なんの挨拶もなく後部座席のドアを開け、二人して乗り込んでくる。相方は小金井署の年配デカ長だ。

「……お疲れさまです」

そうはいったものの、小幡の口調に仲間を労《ねぎら》うニュアンスは微塵《みじん》もない。

それでも一応、玲子は振り返って会釈を返した。

「悪かったわね。無理やりきてもらっちゃって」

小幡が聞こえよがしに溜め息をつく。

「……デスクから聞きましたけど、なんですか。ブラジル人が、数日前からいなくなってるとかなんとか」

「うん。まあ、そういうこと」

「氏名は」

「まだ分かんない。チャ、なんとかっていうらしい」

「年齢は」

「二十代半ばって聞いてるけど、なんせ外国人だからね。実際はもっと若いのかもしれないし、その逆かもしれない」

「住民票とか、住民基本台帳とかは」

「それもまだ、調べてない」

ルームミラーの中で、小幡が深くうな垂れる。

「それじゃ、入管に確認のしようもないじゃないですか」

「そうね。今のところは」

「じゃあ、これって一体、なんの張り込みなんですか。俺たち、なんのために呼ばれたんですか」

「それは、これから考える」

「ハア？」

「いいから、しばらく待機」

その後もしつこく溜め息をつかれ、まだやることは山ほどあったとかなんとか愚痴られ、それに苛《いら》立《だ》った井岡が「きみ、ええ加減にせえよ」と喧嘩を吹っ掛け、それを玲子が抑え、そんなこんなしているうちに、

「……はいはい、ちょっと静かに」

事態は動き始めた。

脇沢衣子が、午前中と同じように杖をつき、同じ手提げバッグを持って部屋から出てきた。玲子の読みが正しければ、彼女はまた階段を上って二〇二号の前に立つ。郵便受に名前のない、住人がいるはずのない部屋に入っていく。

「小幡巡査部長。あなたたちはアパートの裏に回ってください。二階の窓、特に手前から二番目の部屋に注意して」

「そこ、明かり消えてますけど」

「だからよ……さ、静かにいきましょう」

決して本意ではないのだろうが、小幡も玲子の指示に従って車を降りた。当然といえば当然だ。新

任だろうが一つしか年の違わない女だろうが、玲子が上司であり、小幡が部下であることは揺るぎない事実なのだ。

四人で道を渡り、いずみ荘の前でふた手に分かれる。小幡組は裏手の窓側に。玲子たちは足音を殺して階段を上り始めた。

最後の一段というところで、いったん足を止める。角から顔だけ覗かせると、ちょうど脇沢衣子が二〇二号の呼び鈴に指を掛けるところだった。

「脇沢さん」

ひと声かけると、脇沢衣子は尖ったものにでも触れたようにその手を引っ込めた。

玲子たちも外廊下に上がり、一気に距離を詰める。

「……こんばんは。すみません、驚かせてしまって。ちょうど、二階に上がるのが見えたものですから、失礼とは思いましたが声をかけさせていただきました」

「あ、はあ……いえ」

おそらく、この人にはなんの罪もない。いたぶるような真似は、できることならばしたくない。

「それは、なんですか」

玲子は分かりやすく、手提げバッグを指差してみせた。

脇沢衣子は明らかに狼狽《ろうばい》していたが、それでもなんとか外廊下の奥に体を向け直した。

「これは、その……お裾分け、です……岩田《いわた》さんに」

岩田は二〇五号の住人。二階の一番奥の部屋だ。

「でも、まだお戻りじゃないんじゃないですか？　明かりが点いてませんけど」

脇沢衣子は「あら」と小さく漏らした。まるで、いま気づいたとでもいいたげだ。

「……そう、ね。まだ、お戻りじゃないなら、じゃあ、またあとで……」

「でも脇沢さん。今、ここの呼び鈴に手を掛けてましたよね」

キュッ、と彼女の体が緊張で縮こまるのが分かる。

「い、いえ……違います。ちょっと、よろけて、手を、ついただけです」

「杖を持った手を、ですか」

「……ええ、とっさに、だったので。つい」

もう、この辺で諦めてほしい。

「ごめんなさい、脇沢さん。私たち、午前中にも見てしまったんです。脇沢さんが、この部屋に入っていくのを。同じようにバッグを持って、呼び鈴を押して、中の誰かが鍵を開けて、あなたはそこに入っていかれた。それからしばらく、出てこなかった。二十分か、それくらいでしたでしょうか」

皺の寄った、柔らかそうな手が震え始める。

「……それ、お裾分けじゃなくて、お夕飯、なんじゃないですか？　脇沢さんが、ここにいる人のために作って、届けてるお食事。……一昨日、脇沢さんは、今ここの部屋は四つ空いている、と仰いました。郵便受もそのようになっている。一〇五号が渡辺さん、二〇一号が吉田さん、二〇五号が岩田さん。でもついこの前まで、とあるブラジル人青年がこのアパートに住んでいた。……とても心の優しい、大家さん思いの青年だった。普段から、買い物に付き合ってくれたり、荷物を持ってくれたり。脇沢さんも、お孫さんみたいに思ってたところ、あるんじゃないですか？」

本当は玲子だって、こんなことはいいたくない。できることなら、気づかなかった振りをして、なかったことにしてしまいたい。

でも警察官として、刑事として、それはできない。

「脇沢さんはご近所の方に、彼は国に帰ったと説明していますね。外国人なんて薄情なものだと。急にプイッと、いなくなってしまったと。……でも、本当は違うんじゃないですか？　彼は国になんて帰っていない。今もあなたのそばにいる。あなたのことが大好きだから、あなたのことが心配で心配でしょうがないから、だから彼は……」

そのときだ。

脇沢衣子は持っていたバッグをその場に落とし、

「チ、チアゴォーッ、逃げてェーッ」

すがりつくようにして、思いきり拳でドアを叩き始めた。

「チアゴッ、チャゴちゃん、にげ……逃げてェッ」

ドアの向こうで、ガラリと窓の開く音がした。でもそれ以上の騒ぎは起こらなかった。

裏の方から「確保」の声もない。

ひどく長い沈黙に感じられたが、実際は一分にも満たない時間だったに違いない。

やがてロックが解除される音がし、二〇二号のドアが、静かに開いた。

暗い室内から、のっそりと背の高い青年が姿を現わした。少し癖のある短髪。浅黒い色の肌。目が、とても綺麗だった。丸くて、黒くて、キラキラしていた。

「……オバア、チャン。モウ、イイデス」

意外なほど声は若い。実はまだ二十代前半なのかもしれない。

「チャゴちゃん、駄目よ、逃げて」

「ニゲル、ダメ、デス。……ワルイ、ハ、ボク、デス。オバアチャン、ワルイ、ハ、チガイマス。ワルイ、ハ、ボク……オバアチャン、イイヒト、デス。ボクノ、ワルイハ、オバアチャン、チガイマス」

「チャゴちゃん……」

崩れそうになる彼女を、青年が抱き止める。隣で井岡が携帯で連絡をとる。「こっちにお願いします」とだけ伝えると、すぐに小幡組も二階まで上がってきた。

刑事四人で、脇沢衣子と青年を囲む恰好になる。

玲子は青年の肩に手を置いた。

「何が悪いか、いえる？　何をしたか、自分でいえる？」

力なく、青年が頷く。

「……ジヌシ、コロシタ、ハ、ボク。オバアチャン、コマラセル、ジヌシ、ワルイ。ボク、オバアチャン、マモル、ダッタ。ジヌシ、ユルサナイ、ダッタ。ボク、ワルイ。ジヌシ、モットワルイ」

「チャゴちゃん……駄目よ……そんなことといっちゃ、駄目……」

やりきれない顚末《てんまつ》だが、致し方ない。

玲子は「ほら」と小幡に促した。

「確保して」

「えっ、なんで」

「外国人担当でしょ。あなたが確保しなさい」

小さく頷き、小幡がカバンから手錠を出す。

「……十月十一日、十八時七分。殺人の容疑で、被疑者氏名不詳、緊急逮捕します」

青年が素直に差し出した両手の、掌の白さが、悲しかった。

マル被（被疑者）を署に連行し、弁録書《べんろくしょ》は小幡に作らせた。

【弁解録取書

住居　東京都小金井市中町四丁目△△－◎いずみ荘一〇二号

職業　無職

氏名　チアゴ・モラエス　国籍ブラジル

平成◎◎年九月十五日生（二十三歳）

本職は平成※※年十月十一日午後八時三〇分ころ警視庁小金井警察署において、上記の者に対し緊急逮捕手続書記載の犯罪事実の要旨及び弁護人を選任することができる旨を告げるとともに、弁護人がない場合に自らの費用で弁護人を選任したいときは、弁護士、弁護士法人又は弁護士会を指定して申し出ることができる旨を教示し、さらに、弁護人又は弁護人となろうとする弁護士と接見したいことを申し出れば、直ちにその旨をこれらの者に連絡する旨を告げた上、弁解の機会を与えたところ、任意次のとおり供述した。

1．私が山地啓三宅に侵入し、用意していた刃物で同氏を殺害したことは間違いありません。

2．金品は一切盗んでいません。

3．弁護人は頼むつもりはありません。

チアゴ・モラエス（指印）

以上のとおり録取して読み聞かせた上、閲覧させたところ、誤りのないことを申し立て、署名指印した。

前同日　警視庁小金井警察署派遣

警視庁刑事部捜査第一課　巡査部長　小幡浩一㊞】

被疑者、チアゴ・モラエスはそのまま、小幡が留置場に連れていった。また脇沢衣子にも犯人蔵匿《ぞうとく》の疑いがあるため、明日以降、任意で事情を聞くことになっている。彼女はチアゴを、元住んでいた一〇二号から二〇二号にわざわざ移して匿《かくま》っていたのだ。決してお咎めなしでは済まされない。

玲子はできたばかりの弁録書を持って特捜に戻ったが、すでに夜の会議は終了しており、講堂には数名の捜査員が残っているだけだった。

ただし、捜査一課の幹部は全員上座に揃っていた。

林統括と山内係長。それと、被疑者逮捕の報を受けて慌てて駆けつけたのだろう、担当管理官の今泉もいる。

玲子は頭を下げながら三人の前まで進んだ。

「すみません、遅くなりました」

「……姫川。これはどういうことだ」

立ち上がった今泉に弁録書を手渡す。しかし今泉はさっと目を通しただけで、すぐに険しい視線を玲子に向け直した。

「現場にいた者からは、マル被は逮捕時、まったく抵抗する素振りも見せなかったと聞いている。それなのに、緊逮《きんたい》で身柄にする必要なんてあったのか。任意で引っ張って、明日、通常逮捕でもよかったんじゃないのか」

玲子はかぶりを振って答えた。

「いえ。マル被の精神状態は非常に危険で、自殺の可能性もあると感じましたので、任意同行ではなく、緊急逮捕を選択しました」

「だとしてもだ。マル被は逃走も抵抗も試みてはいないんだろう」

「マル被は百九十センチを超える長身です。見た感じは細身ですが、四肢は長く、腕力がありそうでした。急に態度を変えられた場合、我々四人では完全に制圧できない可能性がありました。ただし、懸念したのは逃亡でも抵抗でもなく、あくまでもマル被の自殺です。ですので、緊急逮捕は妥当と考えます」

今泉が「しようがない奴だ」といわんばかりの溜め息をつく。だがそれが芝居であることは、玲子にも分かっている。殺人班十一係にきて初めてのヤマ。そこでいきなり、新しい上司である山内と衝突して禍根を残すよりは、今泉自らが玲子に苦言を呈して場を納めようと、そういう肚《はら》なのだろう。

そしておそらく、山内もその程度の筋は読んでいる。

「……まあ、その件はもう致し方ないとして、あとの調べをしっかりやってください。管理官、私はこれで失礼します」

手元に広げていた書類をまとめ、席を立つ。

「ああ……お疲れ」

今泉に一礼してすれ違い、山内は講堂を出ていった。

残った三人で、なんとなく顔を見合わせる。

最初に口を開いたのは林だった。

「……ま、あんな感じなんだよ。山内さんは」

とりあえず、玲子も頷いておく。

「わりと、クールな方なんですね」

今泉が短く整えた髪を掻く。

「姫川……頼むから、もうちょっと綺麗に段取り踏んでやってくれないか。お前、二度と同じ失敗はしないと約束したろう。これじゃ、また前と同じことになるぞ……林さんも、こいつにあんまり好きにやらせないでください」

「はい。重々、弁《わきま》えております」

その辺の考えも、玲子は充分察している。今泉は、自分が係長であれば玲子の行動もある程度は制御できる、だが管理官という立場では目が届かないこともある、その点を案じたからこそ、お目付役として同じ係に林を置いた。そういうことなのだろう。

玲子とて、決して今泉に面倒を掛けようと思ってやっているわけではない。ただ、玲子なりの考え方ややり方というものもある。むしろ今回のこれは、今泉がいないからこそ、よかれと思って選択した手段だった。間違っていたとは思わない。

玲子はテーブルに置かれていた弁録書をすくい取り、改めて林に手渡した。

「私も、もう少し調べたいことがあるんで。今日はここで失礼します」

「……ああ。お疲れさん」

「お疲れさまでした」

二人に礼をし、出入り口に向かう。

だが講堂を出ると、向かいの壁に一人、男が背中を預けて立っているのが見えた。小幡巡査部長。ひょっとして、玲子が出てくるのを待っていたのか。

「……ああ、お疲れさま。チアゴ、ちゃんと食事した？」

小幡は壁から背中を浮かせ、少し目を細めて玲子を見た。

「それより主任。さっきのあれ、なんで緊逮だったんですか」

この男、中でのやり取りを知らずに訊いているのか、あるいはその逆か。

「なんでって、マル被が……」

「もしかして、俺にワッパ掛けさせて、それで手柄を譲ったつもりですか」

ほほう。そういうところはちゃんと読むのか。

玲子は意識して笑みを浮かべた。

「別に、そんなつもりじゃないわ。ただ、外国人の線はあなたの仕切りでしょう？　そっちのリストにチアゴが載っていようと載っていまいと、あたしが逮捕したら恥を掻くのはあなたよ。何しろ、マル被はマル害の所有する土地に居住してたんだから、いわば、れっきとした関係者なんだから。リストに載ってなければ大チョンボ、載ってたとしても、さして年も違わない新任の女主任に手柄をさらわれたとあっちゃ、あなたも恰好つかないでしょう？　あたしだってこんなことで、変にがっついたふうに見られるのはご免だわ。それでなくたって、部下の失敗は上司の失敗、って見方もあるわけだし」

さも不愉快そうに、小幡は口をひん曲げている。それでも、なんとか自分を納得させようとしているのか、いったん深呼吸をはさむ。

「……さっき、中松さんから、聞きました。馬場典子に、ブラジル人を逮捕したって知らせたら、あの家政婦……そういえば一年くらい前に、脇沢衣子と、それっぽい外国人がきたことがあるって、いったそうです……そういうこと、前もってちゃんと思い出してくれてれば」

そういう「たられば」は、言い始めたらきりがない。

だが玲子がそれをいう前に、小幡が続けた。

「つまり……結局のところ俺は、主任に手柄を譲られたってことですよね」

「だから、そんなんじゃないって。チアゴの調べだって、結局はあたしがやるんだし」

「じゃあなんなんですか」

しつこいな、もう。

「何って……まあ、挨拶代わりのお裾分けよ」

「ハア？」

自分ではけっこう上手いことをいったつもりだったが、小幡の表情はいささかも緩まない。

「俺、恩になんて着ませんから」

「だから、いいってば」

「礼もいいませんから」

「あら、意外と素直なのね」

「ハア？」

礼をいうべき、というのは分かっているわけだ。

そこだけ分かっていれば、今日のところはよし。

そういえば、井岡はどこにいったのだろう。姿が見えないが。

落としの玲子

Reiko the Prober

Index

Honda Tetsuya

玲子は、上司二人と武蔵小金井駅近くにある居酒屋にきていた。

六人入れる個室に、今のところは三人。玲子の斜向《はすむ》かいに管理官の今泉、隣には係長の山内がいる。

今泉が、半分になったタバコを灰皿に落とす。

「……まあ、他の係から引っ張ってくるか、所轄から引き上げるかは、もう少し考えてみる」

今日の議題は、捜査一課殺人犯捜査十一係の、今後の人事についてだった。まもなく十一係から三名の捜査員が異動になるが、その穴埋めをどうするかという話だ。捜査適任者名簿、本部適任者名簿などから今泉がリストアップした数名に関し、山内と玲子が意見を求められた。しかし、今夜のところはこれといった落とし処を見出《みいだ》せなかった。見出せないというか、まったく議論にもならなかった。なぜか。係長の山内が「私からは特にありません」と、早々に話し合いから下りてしまったからだ。

第一印象から「クールな人」だと思ってはいたが、しかしこの態度はどうだろう。これでは「クール」というより、単なる「無関心」だ。係から誰が抜けようが、その代わりに誰が入ってこようが、そんなことに興味はない、自分は自分の仕事をするだけ。玲子には、山内がそういっているようにしか聞こえなかった。

逆に、玲子には要望が山ほどあった。石倉は最近、本部の現場鑑識に配属されたばかりなので除外するとしても、できることならその他の元姫川班メンバー、菊田、葉山《はやま》、湯田の中から誰かは引っ張りたい。中でも可能性が高いのは葉山だ。彼は一つ昇任して巡査部長になり、その昇任異動からまもなく一年を経る。充分、本部に戻れる資格を有している。

だがこれに関し、今泉は快く頷いてはくれなかった。「考えさせてくれ」と目を伏せるだけで、いいとも悪いともいわない。じゃあ菊田は、湯田はと迫っても、唸るだけで明言を避ける。だったら、なんのために自分を呼び出したのかと訊きたい。この程度の話なら、小金井署の中でもできたはずだ。

ウーロン茶を半分残して、山内が腰を浮かせる。

「じゃあ、私はこれで。原宿《はらじゅく》に回らないといけませんので」

原宿署の特捜には、殺人犯捜査十一係のもう一つの班が入っている。犯人は逮捕、起訴され、事件そのものは解決しているが、まだ追捜査が残っている段階だと聞いている。山内はその進捗《しんちょく》状況を確認しておきたいのだろう。

今泉が小さく頷く。

「……よろしく頼みます」

玲子も倣って頭を下げ、すぐに掘座卓から脚を抜いた。上司が先に帰るのだから、店の出入り口くらいまでは送ろうと思ったのだ。

だが山内は、瞬時にそれを手で制した。

「姫川主任、私に気は遣わなくていいです。私も、君に気は遣いませんから」

あまりこういう言われ方をしたことがないので、瞬時には上手い反応ができなかった。でもなんとか、胸の内に湧いた不愉快をそのまま顔に出すことだけは堪えた。

「そう、ですか……では、こちらで失礼させていただきます」

そういって再度頭を下げた玲子の横を、山内はタイミングよくすり抜け、

「では管理官、お先に」

「はい、お疲れさま」

襖《ふすま》を開け、さっさと個室から出ていった。

なんとなく悔しかったのでそのまま頭を下げていると、なんだろう、掘座卓の低くなった部分、ちょうど今泉が足を下ろしている辺りに、何か落ちているのが目に入った。白い紙のようなものだ。一辺が十センチ強、もう一辺はそれよりも短い長方形。ちょうど写真用紙のL判くらいだろうか。

「どうした、姫川」

「あ……いえ」

玲子は体を起こし、その場に座り直した。山内がいなくなり、今泉と二人になった個室は、玲子にとってはだいぶ過ごしやすい雰囲気になっていた。

「山内係長……なかなか、個性的な方ですね」

「んん、優秀な人なんだがな。どうも、仲間意識みたいなのは、あまり持ち合わせない性格らしい」

今泉は玲子のちょうど二十歳上だから、今年五十三歳。対して山内は、階級では今泉の一つ下になるけれども、年は少し上の五十六歳。警察ではわりとありがちな、階級と年齢の逆転現象だ。でもそれをいったら、玲子なんてほとんどがそうだ。かつての菊田も石倉も、今の係の日野も中松も、みんな玲子より年上の部下だ。いちいち気になんてしていられない。

ふいに今泉が、大儀そうに腰を上げる。

「……ちょっと、失敬する」

トイレだろう。今泉は隣との間仕切りに手をつきながら、並んだ座布団の上を渡っていく。その足取りが妙に重そうに見えるのは気のせいか。

「お手洗いでしたら、右の突き当たりです」

「そうか」

襖を開け、廊下の右奥に目をやり、今泉は納得顔で個室を出ていった。そういえば顔も、いつもよりだいぶ赤かった。まだ生ビールをジョッキ一杯しか飲んでいないのに、もう酔ったのだろうか。今泉は、そんなに酒に弱かっただろうか。

それはそれとして。

「んっ……よいしょ」

玲子は掘座卓の下にもぐり、さっき見かけた紙片を拾ってみた。

裏返すと案の定、それは一枚の、色褪《いろあ》せた写真だった。

今泉はすぐに戻ってきた。さっきのあれはなんだったのだろう。今はさほど酔っているようにも、足取りが重そうにも見えない。

「管理官、お飲み物はどうします？」

「じゃあ……焼酎、水割りでもらおうか」

「麦、芋、どちらで」

「麦でいい」

「はい」

玲子は呼び出しボタンを押してから、ひと口残っていたビールを飲み干した。

今泉が一つ咳払いをし、座卓の端に置いていたタバコに手を伸ばす。玲子はタバコの銘柄などさっぱり分からないが、それでもあまり見かけないパッケージのように見えた。

「管理官、タバコ、変えたんですか」

今泉は一本銜えてから、手にある箱に目を向けた。

「……これか。いや、銘柄は変えてない。パッケージが新しくなっただけだ」

「ああ、そうでしたか」

「案外、びっくりするもんだ。いつもの店で、同じものを注文したのに、ある日突然、見たことのない箱を差し出されるんだからな」

　使い捨てライターで火を点け、美味《うま》そうにひと口吐き出す。じっとその様子を玲子が見ていると、何を思ったか、今泉は少し自慢げに喋り始めた。

「……タバコってのは、不思議なもんでな。ガムやアメと違って、口に入れて終わりじゃない。こう、吸ったり吐いたりするのに、必ず何分かかかる。その何分かは、いつもと違う思考回路に切り替わるんだろうな。あるいは、囚《とら》われていた何かから、解放されるというか……一服していると、ふと、今までと違うアイデアが浮かんだりすることがある。あいつとあいつを組ませてみようとか、取調官はあいつにしてみようとか」

「へえ、そういうもんですか」

　ようやく現われた店員に、玲子は焼酎の水割りとグラスワイン、料理をいくつか注文した。

　だが店員が襖を閉めて立ち去ると、なぜだろう、今泉がやけに怖い顔で玲子を見ている。

「……どうしたんですか、管理官」

「今、ようやく思い出した。俺は、お前に言おう言おうと思っていたことがあったんだ」

「なんですか。それも、タバコの効果で思い出したんですか」

「そうかもしれんし、そうではないかもしれんが、いいから聞け」

「……はあ」

　正座に座り直し、今泉に正面を向ける。

「なんでしょう」

「お前……相変わらず、取調べが下手だな」

思わず舌打ちしそうになった。酒の席だからと高を括っていたが、案外本気の小言ではないか。

今泉が続ける。

「この前のブラジル人にしたって……どうもお前は、相手をとことん追い詰めないと気が済まないようだな」

それは誤解だ。

「え、そんなことないですよ。あたし、あのブラジル人にはけっこう優しめに接してましたよ」

彼の名は、チアゴ・モラエス。

「いや、相当強めに当たってたぞ。もう、外に漏れてくる声が尋常じゃなかった。あれじゃお前、いくらなんでも可哀相だ。相手は日本語の不自由な外国人なんだぞ。犯行については認めて、反省の態度も示してるんだから、もう少し穏やかに……」

だから、違うといってるのに。

「お言葉ですが管理官、私が今回の調べで声を荒らげたことがあったとすれば、それは犯行に用いた凶器について尋ねたときだけです。そこを曖昧なままにしておいたら、腕のいい弁護士なら公判で確実に突いてきますよ。下手したら引っくり返されます」

「それはそうだが、持っていき方は他にもあっただろう」

「手ぬるくやっていたら言い逃れの余地を与えるだけだと、私は判断しました」

「そういう相手も確かにいるだろうが、あのブラジル人は果たしてそうだったかといってるんだ」

「だから、私は私なりに穏やかにやってましたよ。でも、凶器の話になるとモゴモゴいって、急に煮え切らなくなるから、なんでそこだけちゃんと喋れないの、といったまでです……まあ、実際には通訳の人にですけど」

今泉が軽く頭を振る。

「まさに、その通訳が怯えてたらしいじゃないか。しかも男だぞ？　男の通訳が怯える取調べってお前、どれだけ脅かしたんだ」

そんな、人聞きの悪い。

「脅かしてなんていませんよ。じゃあ、逆にお尋ねしますけど、ああいう場面でも一切声を荒らげずに、どういうふうに取調べたらよかったんでしょうか。たとえば管理官だったら、どういうふうに持っていくんですか」

「いや」

もう一服して、今泉がタバコを灰皿に落とす。

「……俺もまあ、そんなに調べが上手い方ではなかったから、決して偉そうにはいえんが……でもお前ほど、相手を追い詰めるような取調べもしなかった」

「じゃあ、管理官ご自身でなくてもいいです。他の、どういう方の取調べなら手本になるとお考えですか」

もう冷えきっているであろうポテトフライを一本摘んでから、今泉は答えた。

「まあ、そうだな……二係の統括をやってる木和田《きわだ》辺りは、なかなか、取調べの名手だろう」

「すみません。木和田統括についてはお名前くらいで、それ以上は存じ上げません」

「だったら、あれだ。昔捜一にいて、今はどこだ……練馬《ねりま》か、もう違うかもしれんが、魚住久江《うおずみひさえ》とかな。女性捜査員としては、彼女みたいな取調べはいい手本になると思うぞ」

「魚住さんもお名前だけで、直接の面識はありません」

「おい、姫川……そんな、怖い顔するなよ」

最初に怖い顔をしたのはどっちだ。


追加でオーダーした品が運ばれてきた。

玲子は自分用に頼んだ赤ワインをひと口飲んでから、改めて今泉に訊いた。

「……そもそも、他の人の調べなんて、悠長に聞いてる暇ないですから」

「そんなことはないだろう。調室の会話なんて、たいていは外に丸聞こえじゃないか」

「所轄ではそうですけど、捜一にきたらそんな場面ないじゃないですか。そりゃ、管理官や係長は様子見にいったりできますけど、少なくとも警部補以下は、他の人の取調べなんて聞いてる暇ありませんって。他にやることが山ほどあるんですから」

今泉は短く息を漏らし、「それもそうか」と水割りのグラスに手を伸ばした。ただし玲子は、そんな緩い同意で勘弁してやるつもりはない。

「管理官。じゃあ具体的に誰か、というのでなくてもいいです。管理官ご自身が、取調べとはどうあるべきとお考えなのか、そこのところをお聞かせください」

今泉の表情がそれと分かるほど歪んでいく。面倒な話になってしまったと思っているのだろうが、今それに気づいたところで、もう遅い。

「お願いします。ぜひとも取調べの極意を、私にご教授ください」

短く刈った髪を掻き、今泉は苦そうに口を尖らせる。水割りをひと口ガブリとやり、もう一本タバコを銜える。だが火を点ける間はなく、

「おっと、すまん……電話だ」

今泉はベルトに付けたホルダーから携帯電話を抜き出し、左耳に当てた。誰かは知らないが、間の悪い奴だ。危うく玲子は、手にしていた写真を握り潰すところだった。

「今泉だ。どうした、遅いぞ……いや、そっちじゃない。公園の駅側じゃなくて、こっち側……なんていったらいいんだ、その、灰皿がいくつか設置してあって……あ、『一服ひろば』って、看板が立ってるだろう。そこを出て、道をはさんで向かいの居酒屋だ……違うよ、それは『噴水ひろば』だろう。そうじゃなくて、『一服ひろば』だ……カバ？　カバかどうかは知らんが、何か、そういうものも、あったかな……いや、動物はいいから、とにかく『一服ひろば』って看板を探せ。そこから出て、

道を渡ったところの居酒屋だから……店の名前？　ああ、『かめや』だ。……おう」

今泉は電話を切り、まるでさっきまでのことなどなかったように、晴れやかな顔を玲子に向けた。

「……どなたか、ここにいらっしゃるんですか」

「んん、まあな」

「私の知ってる方ですか」

「うん、知ってると思うぞ」

「じゃあ、その方がいらっしゃる前に、今の話を片づけてしまいましょう」

「ん？　片づけるって、何を」

「取調べの極意についてです」

「それは……もういいだろう」

「何いってるんですか。管理官が始めた話じゃないですか」

「それは、そうだが……」

「ぜひ、お願いします」

今泉は長く息を吐き出し、銜えたままになっていたタバコに火を点けた。

「じゃあ、まあ……これは、あくまで一般論だぞ。お前だってまったく知らん話じゃないだろうが、あえていうならば、だ……取調官は、よくマル被のことを『自分のホシ』とか、『俺のホシ』とかいうだろう」

「ええ」

むろん話として聞いたことはあるが、玲子自身は、自分で扱った被疑者を「あたしのホシ」とは呼ばないいし、そう思ったこともない。

今泉が続ける。

「それくらい、ホシに惚れ込んでやることが大切だ、ってことさ」

「それ、よくいいますけど、私には今一つ、ピンとこないんですよ。なんですかその、『ホシに惚れる』って」

今泉は腕を組み、さらに首を捻った。

「それは、だから……ああ、たとえば、夫婦だよ。あくまでも喩《たと》えだが……仮にだ、亭主が浮気をしたとしよう。で、何かしらきっかけがあって、女房がそれに気づいたとしよう」

「はあ。管理官、そんなことがあったんですか」

「だから、喩え話だといってるだろう。黙って聞け……その、気づくきっかけなんてのは、別になんだっていいんだ。とにかく女房は勘づいた。そこでだ。そういった状況で、かつ亭主の方にはもう、女房に対する気持ちがないとしたら、どうなる」

そんなのは、簡単な話だ。

「離婚、ですよね」

「あ、いや、そうではなくて、離婚はしないんだ。離婚はしない方向で、なんとか収めるとしたら、どうしたらいい」

「旦那さんが、素直に謝ったらいいんじゃないですか？」

「いや、だから……すまん、俺の言い方が悪かった。亭主には気持ちがなくてだな、つまり、女房との関係がギスギスしても、全然、痛くも痒《かゆ》くもないわけさ。だから、平気で惚《とぼ》けられる。男には、誰しもそういうところがある。ワイシャツにキスマークがついていようが、おかしな名入のライターが出てこようが、知らぬ存ぜぬで通そうとする」

ようやく、玲子にも話の筋が読めてきた。

「なるほど。女とのツーショット写真を撮られようと何をしようと、惚け通すわけですね？」

「そう、写真に撮られて……いや、写真となるとアレだが、まあ、辻褄が合おうが合うまいが、そんなことは関係ないわけさ」

「写真」というキーワードには、少なからず反応ありと見てよさそうだ。

今泉が続ける。

「要は、相手に対する気持ちがないから、平気で嘘をつくんだ。いくら証拠を突き付けられても、のらりくらりと言い逃れしようとするんだ」

「ええ。まるで、往生際の悪いマル被のようですね」

「そう……ところが亭主の方に、まだ女房を思う気持ちがあるとしたら、どうなると思う」

今泉の指にあるタバコは、いつのまにか短くなり、燃え尽きようとしていた。

今泉が水割りをひと口、ガブリとやる。

「……んん。浮気はしちまった。でもまだ気持ちは女房にある。別れたいとまでは思っていない。さあ、どうしたらいい」

さっきとは逆の結論になる、ということだろう。

「白状してしまう、ということですか」

「そう。まさにそういうことだ」

「そんなに、上手くいきますか？」

「姫川、最後までちゃんと聞けよ……確かに、浮気はしてしまった。でもそれは、あくまで浮気で、本気じゃないんだ。本当の気持ちは、女房にある。亭主としては、夫婦関係や家庭は、今まで通り維持したいんだ。むろん、浮気がバレないのが最もよかったわけだが、それはもう悔やんでも仕方ない。バレちまったんだから。そこは動かない。証拠も少なからずある。……亭主は想像するだろう。この先毎日毎日、浮気したんでしょう、したに決まってると責められ、そのたびに知らぬ存ぜぬと首を横に振り、冷たい視線に耐え続けなければならんのかと……女房に対する気持ちがなけりゃ、それでもいいだろう。白を切り続ければいい。いつ別れたっていいと肚を括れるなら、大した責め苦にはならんだろう。しかし、女房に気持ちがある場合、これはつらいぞ。あくまでも望んでいるのは、それまでと変わらない夫婦関係だ。このままうやむやにはできない。下手に長引かせるのは本意ではない。

だったら、いっそ認めてしまった方が楽になれるんじゃないか、スッキリ白状して、すみませんと頭を下げて赦してもらった方が、早く正常な関係に戻れるんじゃないか……そう思うからこそ、男は浮気を認めちまうんだ」

確かに、夫婦関係にはそういう面もあるのかもしれない。

「……ですが管理官。取調べの現場において、我々警察官が対峙する相手は、常に犯罪者です」

今泉の眉が、ぎゅっと左右段違いになる。

「だから、それは喩えだといってるだろう」

「分かります、分かってますよ、私だって。今の喩えでいけば、浮気者の亭主がホシで、女房が取調官なんでしょう？　で、相手が自発的に喋るように、取調官はホシに、罪悪感を芽生えさせなければならない。この刑事に嘘はつけない、いや、つきたくないと、そうホシに思わせるような信頼関係を築かなければならない。そのためにも、まず取調官自らがホシに惚れてやる。先に自分がホシに惚れてやって、こんなにも心を開いてる自分に対して、お前は嘘をつくのかと、そうホシに迫れということですよね」

まるで納得のいっていない顔だが、今泉は頷いてみせた。

「まあ……そういうことだ」

「それが、取調べの極意であると」

「そうひと言で括られると、なんというか……矮小化《わいしょうか》されて聞こえるがな」

「でも、そういうことですよね」

「まあ、な。結局は人間同士だ。この人に嘘はつけないなと、そういう関係を築くことが重要だと、そういうことさ」

果たしてそうだろうか。

「とはいっても、ですよ。そういう人情みたいなものが通用しない相手も、実際にはいるじゃないですか」

「たいていのマル被は、初めのうちは意固地になってるからな。そこを解きほぐしてやるのも一つ、デカの腕だろう」

「いえ、私がいっているのは、精神状態のことではなくて、性格というか、人間としてってことです」

「だからってなぁ……お前みたいに理詰めで相手を追い詰めて、ギャフンといわせて落とすばかりじゃ」

いや、それは断じて違う。

「私だって、ホシに気持ちは持ってます。相手が涙を流して自供したことだってありましたよ」

今泉が、悪戯っぽい笑みを浮かべる。

「本当かぁ？……それはお前の、お得意の言葉責めで、ただ泣かせただけなんじゃないのか」

失敬な。

「なんですか、言葉責めって……誰がそんなもの得意としてるんですか。誰がそんなことといってるんですか」

まさか、今泉にこんなセクハラじみたことをいわれるとは思っていなかったので、正直面喰らった。もう、このまま引き下がるわけにはいかない。

「そもそも管理官の、浮気の喩え話だってどうかと思いますよ。そういう喩えを思いつくこと自体、管理官にもそういう経験がおありなのかなと、勘繰りたくなります」

ひょっとして図星だったか。今泉が、玲子と距離をとるように背筋を伸ばす。

「……ば、馬鹿をいうな。本当にこれは、単なる喩え話だ。そもそも、俺が考えた喩えでもない」

「へえ。それにしてはずいぶんと熱のこもったご様子でしたが、では参考までにお訊きします。その浮気の喩えは、元々はどなたがお考えになったお話なのでしょう」

「そんなのは、忘れたよ……俺がまだ若い頃、どこかで……確か、こんな酒の席で、先輩刑事から聞いた話だ」

駄目だ。自分の気持ちが次第に攻撃的になっていくのが分かっていながら、それを自分で止めることができない。

玲子は、ずっと手元に置いていた例の写真を摘み上げた。

「あの……それはそれとして、これってなんなんですかね」

「ん？」

　こっちに目を向けた時点では、まだ今泉も惚けた表情をしていた。だが、それがなんであるのかに気づいた瞬間、急な向かい風にでもあったように、今泉の顔は平たく引き攣《つ》った。少なくとも、玲子にはそう見えた。

「……なん、だろうな。俺は、知らんが……どこにあった」

　ほう、知らん振りを決め込むつもりか。

「この下に落ちていました。場所でいえば、管理官と山内係長の足元付近です。むろん私のものではありませんから、常識的に考えれば、管理官か山内係長の落とし物ということになります」

「そう、とも、限らんだろう……前の客のかも、しれないし」

「こんなものが落ちていたら、片づけに入った時点で店員が気づきます。私が気づいたくらいですから」

　かなり動揺しているようだ。箱からタバコを摘み出そうとする今泉の指先は、見て分かるほど明らかに震えている。

　今、流れは完全に、玲子の側にある。

「これ、かなり古いですよね。撮影されたのは、昭和でしょうか」

「さあ……どう、だろうな」

「ご記憶にありませんか」

「記憶も何も……俺のでは、ないんだから」

「そうでしょうか。この右側に写っている男性は、若かりし頃の管理官ではないですか？」

写真の色はだいぶ褪せているので、あくまでも雰囲気での判断になるが、その今泉らしき若者の顔は、相当赤くなっているように、玲子には見える。しかもネクタイを緩め、ワイシャツのボタンを三つも四つも開けている。座っているのは赤っぽいビロードのソファだ。

撮影場所は、どこかのキャバレーだろう。

「これは、警視庁に入庁されてからですか」

「だから……知らんと、いってるだろう」

「ちなみに、管理官の耳の下には、ホクロがありますよね」

ハッとなった今泉が、自分の左耳を押さえる。

玲子は写真の男を指差してみせた。

「ほら、見てください。この人の、ここ。まったく同じところに、やっぱりホクロがあるんですよ」

「そう……か？　それは、何か、ゴミが付いただけ、とか……」

「この方、相当酔ってるみたいですね。顔も真っ赤だし、表情もだらしない。挙句……ねえ？　こういうお店なんだから、ノリでそういうことしちゃうことだって、あるのかもしれないですけど……どうなんでしょう、無理やり女性にキスを迫るというのは」

カッ、と今泉が目を見開く。

「別に、無理やりなんて……」

そこまで口にしておきながら、今泉はまだ冷静を装おうとする。

「……そんな、無理やりなんてふうには、俺には、見えんがな」

「そうでしょうか。相手の女性は、明らかに迷惑がっているように、私には見えますが」

大きく胸元の開いた、白っぽいドレスを着た女性だ。髪形もメイクも昭和丸出しなので、今どきのホステスと比べたらお世辞にも垢抜けているとは言い難い。

「しかも……こう、肩を組んだついでみたいにして、手が、女性の胸にかぶってるんですよね。なんか、男の浅ましさっていうか、剝き出しのオスって感じで、正直、不愉快です、こういうの。虫唾が走ります」

「そんな……その手は、違うだろう。角度でたまたま、そう見える、だけだろう」

玲子とて、この程度のことを本気で不愉快に思ったりはしない。むしろ、ちょっと面白くなってきた。五十を過ぎた大の男が、こんなことで泣きそうな顔をするなんて思ってもみなかった。

「もう一度お訊きします。あくまでもこの写真は、管理官のものではないのですね？」

「当たり前だ。……まったく、記憶にない」

「この写真には、触ったこともない？」

そう訊くと、今泉は「え？」と両眉を吊り上げた。

この勝負、もらった——。

「記憶にない、触れたこともないのであれば、この写真に管理官の指紋など、付いているはずありませんよね？」

「ひ、姫川、お前……そこまでするか」

「だって、記憶にないと仰るんであれば、最終的には、そういうことにならざるを得ませんでしょう」

ようやく今泉は、観念したようだった。

がっくりとうな垂れ、深々と溜め息をつく。

「本当にお前は、追い詰める側に回ると、とことん、容赦がないな……ああ、そうだよ。そこに写ってるのは確かに、かつての俺だ。……人事資料をとりに、本部に戻ったときだ。なんの用があったんだか、勝俣もいてな。いいものをやるって、奴の方から声をかけてきた。それが、その写真だ……もう、三十年も前だぞ。その頃の俺は、まだそんなに酒も飲めなかった。その店だって、勝俣がいこういこうって、しつこく誘ったんだ。それで、無理やり飲まされて……いつのまにか、その有り様だ。写真を撮られたなんて、この三十年、まったく気づきもしなかった。今さらそんなものを持ち出して、奴が何を企んでいるのかは知らんが……姫川、お前も気をつけろよ」

今泉がそこまでいったとき、急に襖が開いた。

「あ、おったおった。……ハァイ、玲子主任、お久し振りでございますぅ」

「ち、ちょっと」

なぜ井岡が、ここに——。

「管理官、ひょっとして、さっきの、電話の相手って……」

「ああ、言いそびれてたが、実はこいつも、次の捜査一課の補充要員候補に入っている。どうだ、十一係に」

それだけは、絶対に嫌です。

夢の中

In the Dream

Index

Honda Tetsuya

ひと月ほど前の、二月末日。玲子は在庁で警視庁本部にいるときに、今泉から話があると呼び出された。場所は十七階にある喫茶室「パステル」。今泉は窓際のテーブルに一人で座っていた。他に客はいなかった。

「すみません。お待たせいたしました」

一礼し、だが座る前から玲子には分かっていた。

その表情からして、いい報《しら》せでないことは明らかだった。

「んん……まあ、おおよそ分かってはいると思うが、春の、人事についてだ。……先に、謝っておく。すまん。今回の人事で、十一係に引っ張れる、元姫川班のメンバーは……一人だけ、ということに、なりそうだ。今の俺の力では、それ以上どうにもならなかった。本当に、すまん」

今泉が小さく頭を下げる。玲子は「いえ」とかぶりを振り、合わせて頭を下げたが、でもそれ以外に、何をいうこともできなかった。

脳裏を、様々な思いが駆け巡る。

玲子は本部復帰以降、ことあるごとに今泉に頼んできた。もう一度姫川班を再結集させたい、それで初めて自分たちは、いや自分は、汚名をすすぐことができるのだと。今泉もその点はよく理解してくれており、昇任試験合格者名簿が出回るたび、必ず玲子にも確認させてくれていた。

むろん玲子も、五人全員で再び集まれるなどと甘く考えていたわけではない。そうでなくとも石倉は、すでに本部の現場鑑識係に配属されている。だがそれは、むしろ幸運な例といっていい。本部の現場鑑識なら、まさに事件現場でまた一緒に仕事ができる。いや、石倉が本部にいてくれるというだけで、玲子にとってはこの上なく心強い。何か困ったことがあれば、気軽に相談にいくこともできる。

それよりも気になるのは、あとの三人だ。

菊田和男、葉山則之《のりゆき》、湯田康平——。

特に菊田と葉山は共に一階級昇任し、それぞれ警部補、巡査部長になっている。湯田より本部に復帰できる可能性は高い。

では、この二人のうちならどちらが優位なのかというと、それは間違いなく葉山だった。葉山の方が昇任もそれに伴う異動も早かった。本部への配属には、昇任異動から一年以上置くという決まりがある。葉山は北沢《きたざわ》署に異動して、この春でちょうど一年になる。対して菊田は、千住《せんじゅ》署から機動捜査隊に異動してまだ半年足らずだ。

つまり今回、菊田を十一係に引き上げるのは無理、ということか。

詳しく訊きたい気持ちと、結論を知りたくないそれが、心の内でぐるぐると絡まり合う。だが、やはり訊かずにはおれない。

「それが……誰になるか、ということは……まだ?」

今泉が頷く。

「ああ。それは、お前にもまだいえる段階じゃない。こっちも、それなりに横車を押した以上、反発や横槍を警戒する必要がある。俺自身、あまり根回しや裏工作が得意な方ではないんでな。あとは、正式に辞令が出るのを待ってもらうしかない」

根回し、裏工作と聞いて思い浮かぶのは「ガンテツ」こと勝俣の顔だが、彼がこの件にどう関わっているのかなど、玲子には想像もつかない。

とにかく今は、今泉の好意にすがるしかない。

「私こそ、申し訳ありません。管理官にはいろいろ便宜を図っていただいた上、無理なお願いばかりして」

今泉は「いや」と、苦笑いを浮かべた。

「誰しも、過去を振り返るとき、あの頃はよかったと、しみじみ思う時代がある。俺にとっては、和田さんが主任だった頃の、捜査一課強行班七係。それと、お前が主任を務めた、殺人班十係……七係は、もう戻らん。時間が経ち過ぎたというのもあるが、それ以前に、みんながバラバラになっちまった。和田さんも、すでに退官されている。たまには会って酒でも飲もうかなんて、そんな話すら出ない。よく『いつかとお化けは出たためしがない』なんていうが、俺たちには、その『いつか』もない。

だが姫川班なら、ひょっとしたらもう一度、見ることができるかもしれない……そんなことを、俺も少し、期待してるところがある」

意外だった。

こんなに寂しそうな顔をする今泉を、玲子はこれまで、見たことがなかった。

三月二十八日木曜日の、午後三時過ぎ。墨田区錦糸《すみだくきんし》三丁目の路上で刺傷事件発生との一報が入った。そのときも玲子は殺人班十一係のメンバーと在庁しており、むろんそう望んだわけではないが、マル害が死亡すれば臨場もあり得るな、とは考えていた。

一時間ほどすると、マル害は三名、マル被は確保との情報が入り、だったら臨場はないなと思い直した。このまま十七時十五分を過ぎれば、本日の勤務は終了。明日明後日は続けて休める。どうせだからこの連休に、しばらく放置していた自宅浴室のカビ取りでもやろうか。そんなことをぼんやり思っていた。

ところがさらに一時間ほどすると、にわかに状況は変わってきた。

係長デスクにいる山内が電話で、数回にわたって何やらやり取りをしている。

「……はい……はい、分かりました。では、そのように」

話し終え、受話器を置くと、山内はまるで壁掛けの時計でも見るような、なんの感情もこもらない目で玲子を見た。

「姫川主任」

「はい」

席を立ち、山内のデスク前までいく。その間も、彼は瞬き以外微動だにしない。挙句、目の前に立っても自分からは喋り出さない。

こういう沈黙が苦手な玲子は、つい自分から訊いてしまう。

「……錦糸町《きんしちょう》、ですか」

「そうなります。今日はこのまま上がっていいですから、明日、四人で本所署《ほんじょ》に入ってください」

つまり、玲子と日野巡査部長、中松巡査部長、小幡巡査部長の四人でいけ、ということだ。別班とは多少人数のバラつきがあるが、それは今のところ致し方ない。

「特捜ですか」

殺人事件が起こった場合、警視庁管内に設置される捜査本部は「特別捜査本部」になることが多い。

「いえ、特捜にはしません。マル被の男は一応確保しているので、そこまでの規模にはしない方針です」

そもそも、そこがおかしい。

「マル被を確保しているのに、本部から応援を出すのですか」

「そうです。第一の理由としては、本所署の人員的問題があります。また確保したといっても、マル被は現場近くで自殺を図っており、現在は意識不明の重体です。身元を示すものは何一つ所持しておらず、犯行の動機も今のところ明らかになっていない。マル害三名のうち、一名の女性は軽傷で済んだものの、男性は死亡、もう一名の女性は重傷の上、これも意識が戻っていない。よってマル被とマル害の関係も、計画的犯行なのか通り魔的なものなのかも、現状でははっきりしない。むろん、マル被かマル害のどちらかが意識を取り戻し、それ以上、問題も疑問もないようであれば引き揚げてきてかまいません」

しかし、何か問題があるようなら引き続き捜査をしろ、ということだ。

「分かりました。では明日、朝一番で」

山内は、見ようによっては頷いたようにも見える――程度に顎を動かしただけで、以後は視線を下げ、黙ってしまった。

どうも話はそれで終わりのようなので、玲子は一礼して自分の席に戻った。

本所署は、警視庁管内に百二ある警察署の中でも上位に位置づけられる大規模署だ。庁舎の階数こそ四階と低めだが、横幅がやけに広い。正面から見上げると、ちょっと目では数えきれないほどの窓が並んでいる。庁舎を建て替えるときに、たまたまこういう形の土地を確保できたからこうなったのだろうが、なんにせよ、東京二十三区内では贅沢《ぜいたく》な造りといっていい。

三人とは、朝七時半に署の前で落ち合った。とはいっても、その時間にきていたのは日野利美と中松信哉の、中年デカ長コンビだけだったが。

「おはようございます」

玲子の会釈に、厚化粧の日野が倣って返す。

「おはようございます」

中松は短く「おざす」と漏らすようにいっただけだ。

日野が、首を傾けながら玲子の小脇を覗く。

「あら主任、またバッグ、新しくされたんですか」

同じ女性だけあり、その辺に関するチェックの目は常に厳しい。

「あ、ええ……わりと安かったから、買っちゃいました」

「今度はいくらしたんです？」

しかも毎回毎回、直球で値段を尋ねてくる。

ロエベのツーウェイ・ショルダー。普通に買ったら三十万。でも、五木商会の角田に安く譲ってもらったので、

「十八万……だったかな」

本当は二十二万。初めの頃はあまり安くいって、じゃあその店を紹介してくれといわれたら嫌なので正直に答えていたが、日野はそこまでいわないと徐々に分かってきたので、最近は適当に、若干安めに申告するようにしている。

それでも日野の反応は容赦ない。

「ハア、さすが姫川主任だわ。私なんて、子供二人のあれやこれや考えたら、全部イオンですよ、イオン。二万三千円のバッグ買うのに、馬鹿みたいに半年も悩んで……しかもよく似合ってるわ。ねえ、中マッちゃん。美人は何持っても様になるから、得だよねぇ。しかも独身だし。今が一番いい時期よねぇ」

この嫌味も、この半年の間に何回聞かされたか分からない。

唯一の救いは、中松がこの手の話題に一切乗らないことだ。多少やさぐれた雰囲気があり、いつもお世辞にも身綺麗とは言い難い恰好をしてはいるが、口数が少ないだけ玲子は助かっている。

せいぜい口をはさんだところで、

「……どうでもいいだろ」

ぼそりとひと言。こんな程度だ。

一、二分すると小幡もやってきた。

「すんません、おはようございます……遅くなりました」

こっちはこっちで、年も階級も玲子の方がいっこ上というのが癪に障るらしい。何かと玲子に対して反発してきて、とにかく可愛げがない。

「おはよ……じゃ、いきましょうか」

四人揃ったところで署の玄関に入る。受付で身分を告げると、そのまま二階の刑事課に上がるよういわれた。

階段で上がって、廊下の中ほど。プレートを確認して刑事課に入ると、出入り口近くまでワイシャツ姿の中年男が迎えに出てきていた。

玲子が先に一礼する。

「捜査一課殺人班十一係担当主任の、姫川です」

「ご苦労さまです。強行班一係の担当係長をしております、コシノです」

名刺を交換する。本所警察署刑事課強行犯捜査第一係長、警部補、越野忠光《こしのただみつ》。階級的には玲子と同格だ。

「……どうぞこちらに」

そのまま、デカ部屋の奥にある応接セットに案内された。

だが、座れる場所は二対二の四ヶ所。越野は、自分がキャスター椅子にでも座ればいいと思っていたのだろうが、

「おい、そこの借りてこいよ」

中松が小幡に命じる方が一瞬早かった。しかも、小幡が空いているデスクの椅子に手を掛けると、間髪を容れず「二つだよ」と刺すように付け加える。

中松は四十七歳、小幡は三十二歳。年齢も刑事としての経験も中松が格段に上であることは間違いないのだが、そういう扱いをされると、玲子としては非常に困る。そのトバッチリを喰うのは決まって玲子なのだ。今も窓際の席、越野の正面に座った玲子に、小幡は遠慮なく尖った視線を向けてくる。

そういう反骨心や上昇志向はあってしかるべきだとは思うが、それを日々、直に向けられる立場というのは正直キツい。今泉ではないが、同じ係の人間同士は上手くやってほしいと思うし、玲子自身も目の敵《かたき》にはされたくない。敵は、係の外にいる連中だけでたくさんだ。

非常に収まりは悪いが、玲子と日野が並んで座り、向かいの越野の隣は空席、中松と小幡はセットから外れたところにキャスター椅子、という形に落ち着いた。

泊まりの係員だろう。まもなく、若い女性警官がお茶を淹れてきてくれた。

それらが配られたところで、越野が始めた。

「事案の概要はお分かりだとは思いますが、念のため、こちらからも現状についてお伝えしておきます」

「お願いします」

越野が、事案について簡単にまとめたペーパーを四人に配る。現場写真は人数分プリントしていないらしく、ファイルのまま広げてこちらに向ける。

「……事案は昨日、三月二十八日十五時五分頃、錦糸三丁目、五の△付近の路上で発生しました。氏名年齢不詳のマル被が最初に襲った相手は、峰岡里美《みねおかさとみ》、四十九歳……腹部を二ヶ所刺され、他にも数ヶ所傷を負った、重傷の女性です。現在も意識は戻っていませんが、一命は取り留めています。事案の経緯は、通行人、荒谷夏子《あらやなつこ》三十五歳、他二名の証言からすると、こうなります……マル被は現場路上で万能包丁を振るい、峰岡里美に数ヶ所の傷を負わせた……」

越野が現場写真の一枚を指差す。

「現場は『キッチンまどか』という洋食屋の前でした。第二、第三のマル害、小野彩香《おのあやか》二十八歳と、彼女の上司、菅沼久志《すがぬまひさし》、三十二歳は、この『キッチンまどか』で遅めの昼食を済ませ、店から出てきたところでした。そこでいきなり、体から血を流した峰岡里美が菅沼に……助けを求めたのか、ただ倒れ込んだのかは分かりませんが、抱きつくような恰好になった。菅沼が驚いた様子でそれを受け止めると、そこに、さらにマル被が包丁を振るってきた。その流れの中で、菅沼は首を切られ、搬送された病院で一時間半後に死亡。失血死でした。小野彩香も右腕と右側頭部に切創を負いましたが、いずれも軽く済みました……むしろ精神的ショックの方が大きく、現在も、事情聴取は思うようにできていません」

無理もない。ついさっきまで一緒に食事をしていた上司を目の前で殺されたのだ。昨日の今日でその状況を冷静に語ることなど、できなくて当たり前だ。

玲子が訊く。

「ということは、小野さんと亡くなった菅沼さんは、マル被とは面識がないわけですか」

「はい。それだけは確認がとれて……いや、菅沼は亡くなっているので、厳密にいえば確認はできていませんが、二人は『キッチンまどか』から出てきて、いきなり襲われたわけですから。これは単に、事件に巻き込まれただけと、そう考えて差し支えないでしょう」

「峰岡里美さんは」

「そちらも、意識が戻っていないのでなんともいえませんが、通行人、荒谷夏子の証言によりますと、そのとき、彼女自身は峰岡里美の数メートル後ろを歩いていた。マル被はというと、その向こうから歩いてきていた。そして、峰岡の前に立ち塞がるようにし、いきなり包丁で切りつけた……そんなふうに見えた、ということです」

現場写真から、なんとかその状況を想像してみる。

「その証言からすると、通り魔的犯行のようにも思えますが」

「はい。現状では、その可能性も多分にあるかと」

「マル被は三人を殺傷し、その後は？」

「はい。マル被は、折り重なるように倒れた三人を数秒見たのち、向こうに走り始めた……東向き、荒谷夏子が向かおうとしていた方向、ということです。おそらく、マル被はそのまま直進、四ツ目《よつめ》通りを横断し、錦糸公園に向かった……荒谷夏子や『キッチンまどか』の店員から通報を受け、まもなく受け持ち交番の係員と本署捜査員、機動捜査隊が現着。荒谷夏子らの証言から、マル被が逃走した方角を捜索したところ、十六時七分、錦糸公園敷地内にある公衆トイレの個室で、首を切って自殺を図ったと思われる男性を発見。病院に搬送する一方、荒谷夏子に男性の人着《にんちゃく》を説明したところ、当該事案のマル被と断定し、逮捕状を請求しました。マル被の意識が戻れば、回復を待って、通常逮捕する方針です」

ここまで説明を聞いても、まだ玲子には納得がいかない。

「あの……伺った限りでは、すでに事件解決の目処は立っているように思うのですが」

越野は一瞬、すまなそうに表情を曇らせた。

「ええ、それは、そうなのですが……本署には現在、千葉県警との合同捜査本部が設置されています。例の、消費者金融を狙った、連続強盗殺人事件です。あれのお陰で本署は、今も三班体制で当番を回しています。それが……まもなく、三ヶ月になろうとしています」

所轄署の本署当番は通常六班体制。内勤職員は、原則六日に一度のペースで「泊まり」の勤務に就く。それが三班体制ということは、つまり三日に一度「泊まり」が回ってくる、ということだ。

「それは、大変ですね……」

六班体制でも、刑事はなかなか規定通りには休みがとれない。おそらくほとんどの刑事が、自分が抱えた案件を処理するため、月に何日も休みを犠牲にしている。それが三班体制、しかも三ヶ月に及ぶとなったら——もう、気の毒過ぎて言葉も出ない。

越野が、心底疲れたように首を垂れる。

「情けないです……下着ドロも満足に処理できず、決して放置するつもりはないんですが、しかし、実際には手が回らず、結局、一部は生安や地域などに、肩代わりしてもらっている有り様です。刑事課は……正直もう、みんな倒れる寸前です。なので、本部の方に、そういう性格の事案ではないと、いわれればそれまでなのですが……現在もマル被の監視には、無理をいって、警備の係員についてもらっています」

とはいえ、玲子もこういったケースが初めてではない。以前の十係時代にも、赤羽《あかばね》で似たような形で捜査に入った経験がある。池袋時代は逆に、他の課や係にだいぶ助けられた。困ったときはお互いさま、ということだ。

「分かりました。では、正直に仰ってください。この事案に、本所署からは何人出せますか」

さらに越野が深く首を垂れる。

「すみません。現状では、私一人というのが、精一杯です」

なるほど。これは、赤羽より相当重症だ。

人員はともかく、部屋はいくつ使ってもらってもかまわないというので、小さめの会議室を一つ借り、そこで玲子たちは初動捜査書類に目を通した。

気になったのはマル被の写真だ。おそらく病院での治療後、医師に許可を得て撮影したものだろう。ベッドに仰向けになり、首にぐるぐると包帯を巻かれた状態だが、目をつぶっている顔はしっかりと撮れている。

「越野係長。この写真だと、マル被は、かなり若いように見えるんですが」

はい、と越野が頷く。

「直に見ても、そう見えます。何しろ、携帯電話も免許証も所持しておらず、あったのは財布に三万数千円と小銭、テレホンカードが一枚と、あとは自宅のものであろう鍵だけでしたので、氏名は疎《おろ》か、年齢も何も分かりません。むろん指紋照合はしましたが、レキ（犯歴）はありませんでした。ただ、おそらく二十代前半であろうとは見ています」

身元を示すものが、何もない？

「会員証の類とかも、なしですか」

「はい、ありませんでした」

犯行に及ぶ前に、すべて処分したということだろうか。だとすると通り魔ではなく、計画的犯行と考えなければならない。

そんなことをしているうちに、意識不明だった被害女性、峰岡里美が意識を取り戻したという連絡が入った。入院先は、隣の江東区《こうとう》扇橋《おうぎばし》にある私立病院だ。

玲子は会議テーブルに出していた書類を、すべてカバンに詰め込んだ。

「では、早速いって話を聞いてみます」

越野は「私も」といいかけたが、それは玲子が制した。

「いえ、外回りは私たち四人でしますので、越野係長にはデスクをお願いします」

「しかし、それでは……」

申し訳ない、といいたいのだろう。通常、こういった捜査では本部と所轄の捜査員でペアを組む。だが、それをしなければ捜査ができないわけではない。

「大丈夫です。たぶん、単純な通り魔事件でしょうから」

玲子は「さ、いこ」と三人に促し、出入り口に向かった。越野は四人が出ていくまで、ドア口で深々と頭を下げていた。まあ、こういうことで恩を売っておくのも悪くはない。いつか何かの形で返礼があるかもしれない。

廊下に出ると、すぐに日野が訊いてきた。

「……どうします。何も、四人全員で病院にいく必要はないでしょう」

普段の嫌味はともかく、日野自身は非常に有能な捜査員だ。頭の回転が速いし、年のわりには体力もある。フットワークも軽い。

「そうですね。病院には私と小幡さんでいきます」

本当は「くん」付けしてやりたいところだが、下手にヘソを曲げられてもあとが面倒なので、敬称は略さない。

「なので、日野さんはもう一人の……」

「小野彩香ですか」

「はい。もう一度彼女を当たって、詳細を聞き出してください。中松さんは、マル被の入院先にいって、所持品等を入念に調べ直してください。それが終わったら、あと二人のマル目《もく》(目撃者)の方に回ってください」

「……了解」

小幡は玲子の後ろにいたので、どういう反応をしたのかは分からない。ただ、おおよその察しはつく。おそらく片側だけ唇を歪め、舌打ちの一つもしそうな顔をしていたに違いない。

署を出たところで、ふいに日野が肩を寄せてきた。

「……主任、このヤマ、単純な通り魔事件だなんて、本当は思ってないでしょ」

日野はこういう探りも、遠慮なく入れてくる。

「あら……分かります？」

「そりゃね。主任みたいな人が所轄の下働きなんて、喜んでするはずありませんもん。ボランティアのゴミ拾いと見せかけて、実はお宝を探している……だからこそ、所轄の手を排除した」

やはり、小幡はこっちを睨んでいる。中松は興味なさそうにそっぽを向いて突っ立っている。

「いえ、別にそんなつもりは」

「根拠はなんです？　さっきの報告書に、何かそんなふうに考えられる端緒でもあったんですか」

それにも玲子は「別に」と答えるに留めた。決して嘘をついたわけではない。本当に、根拠や端緒と呼べるようなものはなかった。強いていうとしたら、「験担《げんかつ》ぎ」だろうか。以前、同じような状況で捜査に入った赤羽では、意外にもプロの殺し屋の存在に行き当たった。今回も何か、そんなものが事件の裏側に隠れているのではないか。

そういう期待なら、確かに、少なからずある。

病院ではまず、峰岡里美の担当医に話を聞いた。

「何しろ傷が深く、内臓も傷ついているので、しばらくは食事も摂れない状態です。ですので、長時間にわたる面会はご遠慮ください。患部にはまだ麻酔が効いているので、今のところ痛みはほとんどないはずですが、意識は多少朦朧《もうろう》としていますし、本人としては、息苦しい感じはかなりあると思います」

はい、と応じた上で玲子が訊く。

「具体的には、どれくらいの時間、話せますか」

「三十分が限度でしょう」

「分かりました」

診断書を確認させてもらったが、両手と左肩を切りつけられ、腹部を二ヶ所刺されているというのは、捜査報告書のそれと一致していた。

「ありがとうございました。では、聴取は三十分以内ということで……いこう」

玲子は早速、小幡を連れて病室に向かった。

峰岡里美の入っている五二五号室はナースステーションの斜め向かい。さほど大きくはない個室だった。

「失礼いたします……警視庁の者です」

ベッドは部屋の右側。布団から出ているのは顔と、点滴に繋がっているチューブだけ。よって患部がどのような状態になっているかは、外からでは分からない。

近くまでいき、もう一度声をかけてみる。峰岡里美は緩い瞬きを返しただけで、それ以外の反応はなかった。意識が戻った直後というより、いまだ夢の中といった様子だ。

しかし、それにしてもこのやつれ具合はどうだろう。

長時間に及ぶ手術を受けて体力を消耗したのだろうことは、想像に難くない。だが、とてもそれだけとは思えないほど頬がこけ、目は落ち窪み、肌は艶を失くしている。そういう体質なのかもしれないが、五十前にしては皺が多過ぎる。六十手前といった方がかえって納得がいく。派手な茶髪も、正直、似合っているとは思えない。

もう一度声をかけてみる。

「私、この事件を担当することになりました、姫川と申します。体調を見ながら、少しずつお話を伺えたらと思っております。ご協力、よろしくお願いいたします」

またゆっくりと目を閉じ、半分くらいまで開いたが、それが了解を示す反応なのか否かは分からない。

近くにあった丸椅子を引き寄せ、小幡と並んで座る。里美は完全な仰向け状態なので、小幡の顔は視界に入っていないに違いない。

「今、傷は痛みますか?……声は、出せますか?」

一拍置いて、はあ、と息だけでいうのが聞こえた。一応、コミュニケーションはとれるようだ。

「もし声を出すのが苦しければ、瞬きで返事をしていただいてもけっこうです。短ければ『イエス』、ゆっくりだったら『ノー』、ということでどうでしょう。できますか？　それで、いいですか？」

瞬きと同時に、顎も微かに動いた。

「はい、ありがとうございます。……意識が戻られてまだ間もないですが、今は、事件の翌日の午前十一時です。事件発生から、もうすぐ丸一日になります。その間に、署の方で峰岡さんの所持品を調べさせていただきました。それについて、いくつか確認させてください。……ご自宅は、墨田区立川《たてかわ》三丁目ということで、間違いありませんか」

同じような瞬き。おそらく「イエス」ということなのだろう。

里美の自宅住所に関しては、昨日のうちに本所署捜査員が携帯電話会社に問い合わせ、その契約情報から特定できていた。

墨田区立川三丁目十七－◎、青木荘《あおき》二〇五号室。

「こちらには、一人でお住まいですか」

小さな頷き。

「ここに入院していることを知らせておきたいご家族や、親戚、ご友人の方はいらっしゃいますか」

目を閉じ、ほんの数ミリ、顔を横に振る。これは「ノー」か。

「お勤め先とか、そういうところには」

これにも小さく「ノー」。本当か。本当に、誰にも知らせなくていいのか。

「そうですか。分かりました……では、おつらいでしょうけど、昨日の事件について、少しお聞かせください。犯人の顔は、ご覧になりましたか」

目を閉じ、だが今回は顔を横に振らない。

「あまり、ご記憶にない？」

小さな頷き。これは何を意味するのだろう。

「それは、襲われたときの状況をよく覚えていない、ということですか。それとも、犯人の顔には覚えがない、ということですか」

いや、この訊き方だと「イエス」「ノー」では答えられないか。

「ごめんなさい、もう一度伺います。昨日、襲われたときのことは、覚えてますか」

小さく「ノー」。

「どういうふうに襲われたか、覚えてないですか」

もう一度「ノー」。

「では、犯人の顔は」

これにも「ノー」。

「どんな犯人に、どんなふうに襲われたか、まったく思い出せませんか」

これには「イエス」。しかし、こういう反応にはいく通りかの解釈が成り立つ。

単に詳しく思い出すのが怖いのか。それとも、覚えているけれど口に出して説明するのが嫌なのか。

あるいは、一時的に記憶が途切れてしまっているのか。

自身の十七歳のときの経験でいえば、玲子は「覚えているけれど口に出して説明するのが嫌」だった。これはもう、嫌だとなったら絶対に嫌なのだ。そういった「拒否」の精神状態は、刑事が二、三十分話をしたくらいでほぐせるものではない。

憶測で同情することに意味などないのは分かっているが、今は時間がない。話題を変える。

「では、大変失礼な質問になりますが……何か、今回のようなことになる原因について、峰岡さんご自身は、心当たりはありますか」

これには小さく「ノー」だ。

「どんなことでもいいです。些細《ささい》なことでもけっこうです。ひょっとすると、一見、直接の関係はなさそうな事柄かもしれません。最近のことでなくても、少し前のことでもいいんです。対人関係で、何かトラブルなどはありませんでしたか」

里美はしばらく考えていたが、結局は「ノー」と返してきた。

しかしこの返答にだけ、玲子はある種の違和感を覚えた。いや、違和感というより、それまでの返答との違い、といった方がいいかもしれない。

里美はそれまでずっと、まるで夢の中にいるような、ぼんやりとした反応を繰り返していた。だが、今「ノー」と答えたときだけ、チクチクッと鋭く、小刻みに眉が動いた。

急に傷が痛んだ、というのはあるかもしれない。そうでなくても、かなりの息苦しさはあるだろうと医師はいっていた。無意識に眉をひそめてしまうことくらい、あっても不思議はない。あるいは玲子がしつこく訊いたことに対する嫌悪感。原因の一端が里美にあるような物言い、質問に対する不愉快。そんなものも、あったかもしれない——。

そう、頭では分かっている。分かってはいるのだが、でも気になるものは気になる。今の「ノー」には、何か別の意味があったのではないかと、玲子は考えてしまう。

それともこれは、このヤマを単なる通り魔事件として終わらせたくないという、刑事特有の、卑しいホシ取り根性に過ぎないのだろうか。


さしたる収穫もないまま、小幡と病院を出てきた。

真っ直ぐ延びた都道の上空には、薄墨色の雲が重たそうに浮かんでいる。方角でいったら、東か。

「雨、降ったら嫌だね」

なんの気なしに呟くと、小幡は少し怒ったように答えた。

「降りませんよ。あの雲は、こっちにはきません」

「へえ。そういうこと、分かるんだ」

それについての反応はなし。まったく、上司とコミュニケーションを図る気が、あるんだかないんだか。

「ま、いいや……小幡さんはいったん署に戻って、照会書作って、峰岡里美の戸籍関係を調べにいって」

捜査関係事項照会書。これを当てられた公務所は、よほどの理由がない限り書類の提出を拒否できない。峰岡里美の本籍は千葉県柏《かしわ》市。片道一時間使ったとしても、夕方には戻ってこられるだろう。

小幡が不満げな顔をしたので、もう少し付け加えておく。

「本人に自覚がなくても、マル被が一方的に恨みを抱いた可能性はある。どこでどうやって接点が生まれたかは分からないから、可能な限り鑑《かん》（被害者の関係者）は洗っておこう」

「……分かりました」

「あたしは立川三丁目の住まいの方に回るから」

とりあえず一緒にタクシーに乗り、多少遠回りにはなるが立川三丁目を経由してもらい、そこで玲子は降りた。

「じゃ、あとはよろしく。関係書類出たら、支店に戻ってて」

「……了解す」

走り去るタクシーの後ろ姿を見ながら、小幡は今まさに安堵《あんど》の溜め息をついているのだろう、などと想像する。いや、溜め息なら、むしろつきたいのは玲子の方だ。

今回の十一係は、よくもまあここまでやりづらいメンバーが揃ったものだと、つくづく思う。係員は係長の山内警部以下十一名。その中で心を許せる相手といえば、統括主任の林以外には一人もいない。山内、日野、中松、小幡はいうに及ばず、別班の警部補二人と巡査部長三人とも、特に親しくはしていない。そもそも玲子は歓迎会だってしてもらってないし、その後もかつての姫川班のように

「よし、飲みにいこう」という流れにはなったためしがない。別班の警部補と巡査部長が一人ずつ誘ってくれたことはあったが、警部補のときはあいにく玲子が風邪気味で、巡査部長のときは今泉に呼び出されていたので断らざるを得なかった。その後は、ぱったりとお誘いがない。一回断ったくらいで何よ、と思わなくもなかったが、自分から誘うのもなんだか億劫で、結局そのままになっている。

そんなことをぐちぐちと考えているうちに、青木荘前に着いた。

「……うーわ、すご」

住宅地の奥にある、二階建ての、朽ちかけた木造アパート。モルタル吹付の外壁には稲妻のような亀裂がいくつも走り、表に面した居室であろう窓の一つは、ゴミ袋と思《おぼ》しきものでびっしりと塞がれている。それでも玄関のある正面はまだマシだ。隣家との隙間を覗いてみると、建物側面はモルタルすら塗られていない、トタンが剝き出しの状態だった。しかも、繫ぎ目のあちこちに隙間がある。この分だと、屋根も相当ひどい有り様に違いない。

「ごめんくださいい……」

不幸中の幸いは、管理人室が入ってすぐ右手にあったことだ。薄暗い内廊下をこれ以上進まずに済むなら、それに越したことはない。

呼び鈴を押し、反応がないのでドアをノックし、それでも気配がないのでもう一度呼び鈴を押そうとしたら、ようやくゴソリと室内で物音がした。

少し待つと、傾いた枠にはまった薄っぺらいドアが、開いたというか、こちら側にはずれて出てきた。

「……はい、どちらさん」

ぶよぶよに太った老婆。髪は、さっき病院前で見た雲とよく似た薄墨色。どこか内臓が悪いのか、顔は文字通りの土気色だ。

「突然失礼いたします。私、警視庁の者です。こちらの二〇五号にお住まいの、峰岡里美さんについて少しお伺いしたく、お訪ねいたしました」

「……はあ」

しかも息が異様にクサい。もはや腐臭といっていいレベルだ。可能な限り鼻呼吸を止めて話すしかない。

「実は昨日、峰岡さんが急にお怪我をされまして、今は扇橋の病院に入院しておられます」

「ああ、そうなの……そりゃ気の毒に」

「峰岡さんは、こちらに一人でお住まいなんですよね」

「そう。一人だよ」

「ずっと、ですか」

「うん。ずっとよ」

「他に出入りする方とか、お知り合いとかは」

「さあね……でも、仮に男がいたとしたら、他所《よそ》で会うんじゃないかい？　こんなところに、男なんて連れ込まないだろう、普通は」

確かに、それはそうかもしれない。

「お勤め先は、ご存じですか」

「あの人の？」

「はい」

「うん、帳面に書いてあれば、分かると思うけど」

住民台帳、彼女のいうところの「帳面」を見せてもらうと、なんと。峰岡里美は、事件現場と目と鼻の先にあるスナックの店員であることが分かった。

錦糸三丁目八－◇、「スナックやよい」。

管理人が向かいから、玲子の持っている台帳を覗き込む。

「……まあ、ちょいちょい店は替わってるみたいだから。今もそこかどうかは分からないけど」

これによると、峰岡里美は五年前からここに居住していることになる。

玲子はページをめくりながら、その他の住人についても訊いてみた。わりと若い男性、見た目だけでいえば二十代前半くらいの人はいないか。だが管理人によると、男性住人は全員四十代以上。どれも、見るからに風采の上がらない中年男だという。峰岡里美の交友関係についても訊いたが、それはまったく分からないという。

「……ありがとうございました」

玲子は青木荘から、直接「スナックやよい」に向かった。携帯地図で調べてみると、徒歩で約二十分と出た。最初はタクシーにしようかと思ったが、でもどうせなら現場を見ておこうと思い直し、歩き始めた。

実際に歩いてみると、やはり。現場は青木荘から「スナックやよい」に向かう経路の途中にあった。「キッチンまどか」もすぐに見つかった。菅沼久志と峰岡里美があれだけの傷を負ったのだから、店の前はそれなりに血で汚れただろうと予想していたが、いま見る限りでは、昨日ここで三人の被害者を出す殺傷事件があったようには、まるで見えない。店は普通に営業しているし、警視庁の規制線の剝がし残しもない。

腕時計を確認すると、午後一時を十分ほど回っている。さして腹は減っていないが、「スナックやよい」で話を聞き終わったら、ここで何か食べるのもいいか、などと考えた。

次の角を右に曲がって、三十メートルほどいった右手に「スナックやよい」はあった。建物は小さめの一軒家。その一階部分を店舗として利用している恰好だ。すると店の持ち主はこの二階に住んでいるのだろうか。

住民台帳にあった電話番号にかけてみる。

コール音は七回続き、ふいに途切れた。

『……はい、もしもし』

男か女かもよく分からない、嗄《しゃが》れ声。

「もしもし。私、警視庁の者ですが、こちらは『スナックやよい』さんのお電話で、間違いありませんでしょうか」

『ええ、そうですけど……』

今の答えの語尾は、少しだけ女っぽかった。

「失礼ですが、今お店をお訪ねしたら、少しお話しすることはできますでしょうか」

『はぁ？　あたしが？　なんで警察と』

「実は、そちらの従業員の、峰岡里美さんのことで、いくつか伺いたいことがございまして」

『えっ、里美さん……なんですか。彼女、何かやったんですか』

驚いた。あんな目と鼻の先で従業員が殺されかけたというのに、今まで知らなかったのか。

とにかく会ってくれるよう頼み、電話を切った。五分ほど待っていると案の定、華奢《きゃしゃ》な鉄骨階段の上にあるドアが開いた。ほとんど眉毛のない、般若《はんにゃ》のような顔をした年配女性が下りてくる。

あと三、四段というところで、玲子からお辞儀をした。

「イノウエさん、ですか」

「ええ……あ、あなたが電話の刑事さん？」

「はい。姫川と申します」

「へえ……なんか、刑事って感じじゃないのね。なんか、あれみたい、保険の外交員みたい」

そういう言われ方は初めてだ。褒められたのか貶《けな》されたのかよく分からないが、とりあえず笑顔だけは返しておく。

電話で「イノウエチカコ」と名乗った彼女はすぐに店を開け、中に入れてくれた。カウンター席が六つあるだけの小さな店だ。照明を点けないと、店内は昼間のこの時間でもかなり暗い。

座るようにいわれたので、玲子は入り口から三つめのスツールに腰掛けた。

「……あれでしょ、勤務中はビールとか、駄目なんでしょ」

「はい。でも、お気遣いなく」

「ウーロン茶でいいよね」

「すみません」

グラスを二つと缶入りのウーロン茶、それと瓶ビールを用意する。ウーロン茶の缶は薄《う》っすらと汗を掻いている。よく冷えていそうだ。

「はい、どうぞ」

「ありがとうございます」

玲子は出されたそれをひと口含み、まず峰岡里美が刺されて入院したことを告げた。

チカコはビールを注いでいた手を止め、ひどく驚いた顔をした。

「えっ、あれって……里美さんだったの?」

「やはり、ご存じありませんでしたか」

「うん、そりゃ、事件があったことは知ってたけど……っていうか、夜になって、お客さんから近所で事件があったってのは聞いたけど、でも、まさか……あら、そう、そうだったの……で、里美さんはどうなの？　怪我、ひどいの？」

「命に別条はありませんが、お腹を二ヶ所刺されているので、重傷です」

「病院はどこ？　あの人ほら、独り身だから。着替えとかそういう世話、する人いないから。あたしがいってやんないと、きっと困ると思うのよ」

普段だったら、玲子も入院先くらい教えていたと思う。だが峰岡里美は、勤め先すら玲子には教えたがらなかった。何か事情があるのだろうから、ここは知らん振りをしておいた方が無難だろう。

「すみません。担当が違いますので、今すぐは私も、病院がどこかは分からないんです。のちほど、改めてご連絡いたします」

「あそう……うん、じゃあ、そのようにお願いします」

チカコがもうひと口、ぐいっとビールを呷《あお》る。

玲子は続けた。

「峰岡さんは昨日の午後三時頃、事件に遭われました。ご存じの通り、現場はこのすぐ近所なんですが、峰岡さんは、なぜその時間、この辺りにいたんでしょう。何か、お心当たりはありますか」

チカコが小刻みに頷く。

「それは、あれよ……あの人、この店にいるとき以外は、ほんとブラブラするしか能のない人だから。どうせ、朝からパチンコでもやってたんじゃないの。それで、スッちゃったらスッちゃったで、早めに店にきたりするから……お金もいくところもなくなったら、あの人には、ここしかないんだから。それか、三千円でいいから貸して、とかね。そういうんで、ここにこようとしてたのかもしれない」

やはり、峰岡里美はここにくる途中で襲われたと考えるのが妥当か。

「そういうことは、よく?」

「もう、しょっちゅうよ。あたしなんて、いくら彼女に貸したか分かんないわよ。……でも、なんだろうね。ほんと、駄目な人なんだけどさ、なんていうのかな……面倒、見てやりたくなるんだよね。しょぼくれた、痩せ細った野良猫みたいなとこ、あるじゃない。里美さんって」

確かに。貧しさに貧しさを重ね合わせたような影が、峰岡里美にはある。それでも、彼女はまったくの孤独ではなかった。そう分かったことは、一つの収穫だ。

「峰岡里美さんとは、以前から親しかったのですか」

「んーん。ここ五、六年よ。最初一年くらいやって、しばらくこなくなって、また二年くらいやって、またこなくなって……だから今、三回目かな、うちで働くのは。またそろそろ飽きる頃かな、こなくなっちゃうかな、なんて、思ってたところ。だから昨日、無断欠勤しても、別に変には思わなかったしね……でもまさか、そんな事件に遭ってたなんて知らなかった」

「それ以前のことは、ご存じありませんか」

チカコが大きく首を傾げる。

「それ以前って?　ここで働くようになる前、ってこと?」

「ええ」

「あんまり、話さないかな、そういうことは。そりゃ、いい人いないの、くらいの話はするけど、あの人いっつも、駄目、あたし男運悪いからって、それ以上のことはなんにも」

そうですか、といってひと呼吸置き、違う話題に切り替える。

「……ちなみに、このお店には、二十代前半くらいの、若いお客さんは見えますか」

「若い人？　二十代前半……いやぁ、いないと思うよ。若くたって、三十代じゃないかな」

「見ようによっては、もっと若く見えるとか」

「いや、それはないね。だって、若ハゲだもん、その人。よく見れば顔とかの肌艶で、若いんだって分かるけど。あと声ね。でもパッと見は四十代、下手したら五十代だよ」

「では、お店のお客さんでなくてもいいです。峰岡さんの周辺に、それくらいの若い男性はいませんか。たとえば、こちらに出入りする業者さんとか」

それでも、思い当たる顔はなさそうだった。

「……里美さん、交友関係せまいからね。この店の出入り業者にも、そんな若い人はいないし、それ以外っていったら、もう、あとはパチンコ屋の店員くらいしかいないんじゃないの」

パチンコ屋の店員か。錦糸町周辺には、一体何軒くらいのパチンコ屋があるのだろう。


しばらく現場周辺を歩いて、署に帰ったのがちょうど十七時。

例の会議室に入ると、小幡が先に戻っていた。

「……主任」

そういって、書類を手にしながら立ち上がる。いつものふて腐れ顔ではない。やけに神妙な面持《おもも》ちをしている。

「ご苦労さま。けっこう早かったじゃない……書類、揃った?」

「揃ったどころじゃないですよ。これ、見てください」

見せられたのは、戸籍全部事項証明書と附票だ。

小幡がある項目を指差す。

「里美には、今年十八歳になる息子がいます。婚歴はないので、私生児ということになります」

それは、玲子も見れば分かる。

「何それ……里美は一人暮らしだっていってたし、青木荘の管理人もそういってた。勤め先は現場近くにある『やよい』ってスナックなんだけど、そこのオーナーママも、彼女は寂しい人だって、世話をする人なんて周りにはいないって……」

小幡が深く頷く。

「そりゃそうでしょう。十八っていやぁ、自立は充分に可能ですしね。独立して立派にやってるのかなと、自分も思ったんですが、どうも、そうひと筋縄ではいきそうにないんです」

どういうことだ。

小幡が続ける。

「自分も、里美が一人暮らしってのは聞いてたんで、じゃあ息子は今どうしてるのかなと、気になったんで、調べてみたんですが……ないんですよ、シュウガクレキが」

「……は？」

一瞬、意味が呑み込めなかった。

「峰岡里美の長男、重樹《しげき》は、地元の小学校に入学する予定だったんですが、実際には入学していないんです」

就学歴が、ない。

つまり、あれか——。

「二十年くらい前、確か豊島区《としま》で、そういう事件があったよね。最近も神奈川で……」

「はい。あれを受けて、柏市も居所不明児童生徒のリストアップと、追跡を急いでいたようなんですが……峰岡重樹も、その中にちゃんと入っていました」

「で、市は調べたの？」

「いえ。まだそこまでは追いきれていなかったと」

這い回る、毛虫のような何か——そんなイメージが、脳内に像を結ぶ。しかし、その毛虫はすぐに小さくなり、平たくなり、動かなくなる。

いや、這うことはやめたが、よく見るとまだ少し動いている。

チクチクッ――。

あれだ。峰岡里美の眉毛だ。

彼女の眉間に変な力がこもった理由は、これだったのか。

病院に問い合わせると、面会時間は夜八時までだというので、再度小幡と訪ねた。まだ食事を摂ることも風呂に入ることもできない峰岡里美は、午前中とまったく同じ姿勢でベッドにいた。

「たびたび申し訳ありません。警視庁の姫川です」

里美は、横目でちらりとこっちを見はしたが、やはり声に出しての返答はなかった。

「峰岡さん、いかがですか。午前中より、多少は気分も落ち着かれたんじゃないですか?……長くならないようにしますんで、また少し、お話を聞かせてください」

玲子自身は逆に、午前中と同じ調子で喋るのが難しくなっていた。すでに、里美を純粋な被害者とは見られなくなっている。

また丸椅子をベッドに寄せ、小幡と並んで座る。

「……あれから、お住まいになってる青木荘と、そこでお勤め先を伺ったんで、『スナックやよい』の方にも、お話を聞きにいってきました。峰岡さんは、犯人に心当たりがないようでしたけれど、もしかしたら、周りの方にお訊きしたら分かることもあるんじゃないかと、思ったもので。……結果的には、管理人さんも、『やよい』のママさんも、そういう人に心当たりはないということでしたが」

数秒、里美の様子を窺ったが、これといった反応はない。

「ママさん……チカコさん。峰岡さんのことを、とても心配していらっしゃいました。入院したんなら、着替えとか困るだろう、自分の他には世話をする人も知り合いもいないだろうから、入院先を教えてほしいといわれました。……どうしましょう。もちろん、そのとき私からお伝えすることもできたんですが、峰岡さん、私たちにはお店のことも、何も仰らなかったじゃないですか。もしかしたら、チカコさんに知らせたくない理由でもあるのかな、と思って、そのときはお教えしませんでした。どのように、いたしましょう。チカコさんには、ここに入院していると、お伝えしても大丈夫ですか」

ようやく里美が、小さく頷く。

「分かりました。では明日にでも、チカコさんにはお伝えしておきます」

里美が浅く息を吐く。目は天井に向けたまま。しかし、里美が見ているのは四角く並んだその凹凸でも、照明器具の放つ青白い光でもあるまい。

彼女が見ているのは、もっともっと、暗いどこかだ。

「それと、ですね……現状では、昨日のあれが通り魔事件なのか、計画的なものなのかも分かっていませんので、また、犯人がですね……午前中にはお伝えしませんでしたけど、実は犯行後に、自殺を図りまして。今もまだ意識不明の重体で、別の病院に入院しています」

すごい。ここまで聞いても、ぴくりとも視線を動かさない。里美はこの半日の間に、警察に何をいわれても顔には出すまいと、相当固く、繰り返し心に誓ったに違いない。

「なので、我々も困っているんです。犯人から話は聞けない、峰岡さんも襲われるような心当たりはないという……むろん、通り魔的犯行であれば、峰岡さんと犯人に接点はないわけで、だとしたら調べても仕方がないんですけど、そうとも断定できない今の状態では、何かしら接点があったものと、そう思って調べるしかないんですね……それで、峰岡さんの戸籍であるとか、転居歴などを調べさせていただいたんですが……」

次に何をいわれるのか。里美自身、もう分かっているはずだ。

「……峰岡さん、息子さんが、いらっしゃるんじゃないですか。今年十八歳になる、男の子……重樹くん。今、重樹くんはどうしてるんですか。連絡は、とってるんですか」

肯定も否定もしなければ、物事は不明のままになる——わけではない。答えないということ自体が、一つの答えになってしまうことも、場合によってはある。

「そうですか……こんなことは、改めていわなくてもお分かりだとは思いますが、重樹くんは、地元の小学校に入学する予定になっていたけれど、実際には入学していませんよね。しかも、峰岡さんは千葉県柏市に本籍を置き、そこから住民票を移していない。そこの手続きをきちんとしておかないと、通常は転居先で子供は学校に入ることができない。それを、我々は心配しているんです。……峰岡さん。重樹くんは今、どこにいるんですか。もう十八歳になるんだから……立派に成長されて、元気に暮らしているのなら、それはそれでいいんですけど、でも、もしそうではないのだとしたら……これは、問題です」

依然、里美はなんの意思表示もしてこない。

いいだろう。そっちがその気なら、こっちは徹底的に調べるまでだ。

いつまでも、夢の中に逃げ込んだままにはさせない。

闇の色

Color of the Dark

Index

Honda Tetsuya

捜査拠点として与えられた、本所署の小さな会議室。玲子たち四人は夜十一時まで、今日一日の捜査結果について話し合っていた。

本所署刑事課鑑識係の報告書、初日の参考人供述調書、日野、中松が改めて目撃者三人に聴取した内容、峰岡里美と小野彩香の診断書、菅沼久志の死体検案書。これらを総合的に検討すると、事案の経緯はこうであったろうと考えられた。

マル被はまず、「キッチンまどか」近くの路上で峰岡里美の前に立ち塞がり、万能包丁によって切りつけた。この段階で両手と左肩を切られ、腹部を一ヶ所刺されたものと思われる。峰岡里美はそこから「キッチンまどか」の方に数歩移動し、そこで店から出てきた菅沼久志に抱きついた。隣にいた小野彩香は悲鳴をあげ、巻き込まれるようにしてその場に尻餅をついてしまった。店内から見ていた店員、糸田《いとだ》克郎《かつろう》によると、菅沼久志にすがりつく峰岡里美を、マル被が無理やり引き剝がそうとし、その乱闘の中でマル被の持つ包丁が菅沼の頸部右側に当たった。菅沼が負った傷はこの一ヶ所のみだが、当たり所が悪く、これがそのまま致命傷となった。小野彩香が負った二ヶ所の切創については、本人も目撃者もよく分からないといっている。おそらく菅沼久志と同様に、揉み合いの中で受傷したものと思われる。そしてマル被は、最後にもう一度峰岡里美を刺し、現場を立ち去った——。

日野が、手にしていたボールペンを置く。

「……どう考えても、マル被が狙ったのは峰岡里美ですよね」

玲子は頷いてみせた。

「そう思います。峰岡里美が多くを語らないのも、自分が狙われた原因に心当たりがあるからじゃないかと」

中松が、隣の小幡をちらりと見る。

「……で、お前はその一因が、峰岡里美の息子にあるんじゃないかと、思ってるわけだ」

小幡が曖昧に頷く。

「ええ、まあ……峰岡重樹は小学校にすら入学していない、居所不明児童でした。彼がその後、どういう人生を送ったかは不明ですが、のちのちまで母親に恨みを抱くようになる可能性は、あるかなと」

日野も小幡を見る。

「つまり、氏名年齢不詳のマル被は、峰岡重樹であると」

「その可能性も……はい」

玲子もペンを置き、三人の顔を見回した。

「とりあえず、明日一日は、全員で柏を回ってみましょう。峰岡里美の鑑から何か割れればそれでいいし、なくても……息子のことは、放置していい問題ではないですから」

日野と中松は頷いたが、小幡だけはまたしても不満顔だ。

「……そういったって、明日は土曜で、役所は休みっすよ」

玲子にいわせれば、それはまるで逆だ。

役所が休みだから、あえてこっちから動くのだ。


千葉県柏市布施《ふせ》。

意外と近い、というのが玲子の、率直な印象だった。玲子の生家がある埼玉の南浦和よりは不便そうだが、それでも都内から一時間足らずの距離だ。この辺に家を買って、東京の会社に通うということも決して不可能ではない。

しかしタクシーを降りると、小幡はいきなり、吐き捨てるようにいった。

「……ひでえ田舎だな」

玲子はもう「田舎」というひと言を聞くだけで、あの勝俣の、どこを見ているのか分からない昆虫のような目を思い出し、身震いを禁じ得ないのだが、その言い分も分からないではない。

緩くカーブした、ガードレールもない二車線道路。道の両端はコンクリートのフタがされた側溝。民家はどこも敷地をブロック塀で囲っており、庭には松やツツジ、柿の木などが植わっている。家屋は、二階家と平屋が半々くらいだろうか。質感に新しい古いの差はあれど、どこの屋根も重たそうな日本瓦を載せている。

「ひでえ」かどうかは別にして、典型的な日本の田舎町の風景だと、玲子も思う。

そんな眺めの中に、目的の建物はあった。

番地を確認した日野が頷く。

「ここで間違いなさそうですね」

垣根も何もなく、道から一メートルほど奥まって建てられている、三棟の平屋集合住宅。ひと棟《むね》に四つずつドアがあるので、三棟で十二戸ということになる。小幡の調べでは、峰岡里美が住んでいたのは「B－3」ということだ。

「こりゃまた……ひと際ひでえな」

さすがにこれは、小幡でなくてもそう思う。

壁のトタンはほぼ全面的に赤茶色に錆《さ》び、見上げればテレビアンテナは折れ、雨どいもはずれて屋根から垂れ下がっている。明らかに人が日常生活を営める環境ではない。というか、どの窓も雨戸を閉め切っており、ドアの前まで雑草が生え放題になっているのだから、そもそも空き家というか、ほとんど廃墟なのだろう。むろん、あの青木荘と比べても、こっちの方が格段に「ひどい」。

玲子が個人的に気になったのは、各戸の壁から生えている、先っぽがツクシのように膨らんだ、都内ではまず見かけることのない形の、古臭い、金属製煙突だ。

思わず訊いてしまった。

「……あれって、なんですかね」

すると日野が、ギョッとした目で玲子を見る。

「主任、あれ知らないの？」

「あ、ええ……いや、昔どこかで見た記憶はあるんですけど、うちにはああいうのなかったですし、友達の家にも……」

フンッと、中松が鼻息を噴いて見上げる。

「……便所煙突ですよ。昔はどこも汲《く》み取り式で、臭いがひどかった。それを逃がすために、上に風車が付いてるんです」

なるほど。

「へえ。あたし、全然知らなかったです」

「ほら、主任はお嬢さまだから」

日野には日頃いろいろいわれてきたが、「お嬢さま」というのは初めてのような気がする。

それはいいとして、だ。

「じゃあ、手分けして近隣を当たりましょうか。ここの持ち主、住んでいた人に心当たりはないか、いつからこんな状態なのか、なぜこうなったのか……」

別に意地悪をするつもりはないが、小幡は自分と、日野は中松と組むよう、玲子は命じた。

物件の持ち主はまもなく判明した。

五百メートルほど離れたところに住んでいる村田郁彦《むらたふみひこ》、五十七歳。現在は農業のみを営み、賃貸物件の経営はしていないらしい。見ての通り、店子《たなこ》がつかないほど建物が古く、かといって直すのにも壊すのにも金がかかるため、放ってあるのだという。最後の店子が出ていったのは十年ほど前。その頃は、まだ存命だった郁彦の父、正充《まさみつ》が管理していたので、郁彦自身は住人のことはほとんど分からない、ということだった。

「峰岡里美さんという方にも、覚えはないですか。いま四十九歳なので、仮に十年前だと、四十歳くらいだったと思うんですが」

「ないねえ。俺はその当時、まだ千葉市内のメガネ屋で働いてたから。こっちのことは、田植えと稲刈りのときに手伝うくらいでね、全然分かんねえんだ」

「その頃、どんな方が住んでいたとか、そういうのが分かる書類などは、残っていませんか」

「ないなぁ、それも……もう、あれだもん。親父も年とって、なんもかんも面倒臭くなっちゃったみたいでさ。水道も電気も全部止めちゃうから、さっさと出ていってくれ、要らないものはこっちで処分してやるから、要るものだけ持ってってくれればいいから、みたいにいってさ。……大体、十年前であの設備だからね。ガスはプロパンだし。住人なんて、どっから流れてきたのかも分からない貧乏人ばっかりだったからさ。どいつもこいつも、家賃滞納してひどかったらしいよ」

それでも各戸の鍵は保管してあるという。中を見ることは可能かと訊くと、それには快く応じてくれた。

「でも、覚悟した方がいいよ……何しろ、閉めっぱなしの放ったらかしだから。汚いと思うよ」

村田宅から、ぶらぶらと歩いて例の廃墟まで戻ってきた。小幡の報告では、物件住所は番地に続いて「B－3」となっているだけで、アパート全体を示すような名前はなかった。

それについて郁彦に訊くと、

「いや、別にないよ。俺らは『長屋』っていってたけど、近所の人は『村田さんのアパート』って、いってたかな」

ということだった。

「B－3」のドア前にくると、郁彦は小さく唸った。

「……どれか分かんねえけど、まあ、十二本は揃ってっから。そのうち開くでしょ」

「すみません。よろしくお願いします」

案の定、最初の五、六本では開かなかったが、七本目辺りで、ふいにカチンと、心地好い機械音を聞くことができた。

「ほら、開いた」

「ありがとうございます」

郁彦にドアを開けてもらい、

「……失礼します」

まず玲子が中を覗いた。

玄関横の窓はともかく、正面居室の窓は雨戸が閉まっているため、玄関から見ても奥の様子は暗くて見えない。カバンから懐中電灯を出し、その暗闇に向けてはみたが、衣類らしきものが散乱しているのは見てとれるものの、細かい状況はやはり分からない。

郁彦が中を指差す。

「足、汚れるから。そのまま、靴のまま上がっていいよ」

「すみません。……では、遠慮なく」

白手袋をはめ、口に当てるためのハンカチも用意しておく。

郁彦には外で待っていてくれるようい、玲子たちは土足のまま中に入った。

まずは台所。カップラーメンの器やパンの包装、スナック菓子の袋、空《から》のペットボトル。そんな、貧しい食生活を思わせるゴミが至るところに放置されている。むろん、空気は濃密なカビ臭さに充ちている。ヤカンや鍋も流し台上のラックに残ってはいるが、コンロ周りにもゴミは散乱しているので、最終的には使われていなかったものと推測できる。隅にあるゴミ山のようなものは、よく見れば大量のゴミに埋もれた小型冷蔵庫だった。

右手にはドアが二つある。おそらくトイレと浴室なのだろうが、ゴミをどかさないと開けられそうにないので、そこは後回しにする。

奥は八畳の和室。こちらも同様にゴミだらけ。さらに布団が何組か敷かれており、それらが絡まり合って妙な塊りを作っている。衣服の類も散乱している。どれも土色に変色しており、元の柄がどうだったかは、拾って広げてみなければ分からない。

懐中電灯の光の輪が、畳に直接置かれた、小さなブラウン管テレビを探し当てる。その傍らには、室内アンテナが伸びたまま転げ落ちている。他に電化製品は見当たらない。テーブルや椅子もない。左手は壁、右手は押入れになっている。

中松が奥まで進み、ガラス窓と雨戸を立て続けに開けた。

流れ込んできた新しい空気、外の光をありがたく思う間もなく、舞い上がった埃《ほこり》に視界を奪われる。日野は「ちょっと」と抗議するような声をあげたが、中松も分かっていたのだろう。雨戸を開け終わると、すぐにガラス窓を閉め、空気の流れを遮断した。

玲子は懐中電灯のスイッチを切り、ハンカチで口を押さえながら、明るくなった室内を薄目で見回した。

畳も布団も、まるで古地図のようだ。茶色いシミが歪んだ陸地を形成し、あっちに大陸、こっちに島と、奇妙な異世界を作り出している。その中にはまり込んだ、ネズミらしき小動物の死骸。しかし今のところ、ハエやゴキブリといった虫の姿は見えない。もはやここは、その程度の価値もないくらい、枯れて乾ききった「死の部屋」ということなのだろう。

玲子は、布団の陰に小さなタイル状のものを発見した。しゃがんでみると、正体はすぐに分かった。

子供用のゲームソフト、それもおそらく、携帯用小型機のものだ。カセットの形状自体は玲子が子供の頃に遊んだものと似ているが、それよりは圧倒的にサイズが小さい。ざっと目で数えただけでも、十本以上はある。

一つずつ手にとってみる。汚れはあるものの、タイトルは問題なく読めた。ほとんどがアクションゲームのようだ。カーレース、ダンジョン、格闘モノ。似たようなタイトルが多いな、と思ったが、よくよく見てみると、完全に同じものも交じっていた。峰岡里美が、間違って同じものを買い与えてしまったのだろうか。布団の端をめくってみると、ゲーム機本体と、それに使うのであろうケーブルも見つかった。

背後で、ごろりと低い物音がした。誰かが押入れを開けたのだろう。

振り返ると、襖一枚分開いた押入れの前にいるのは、小幡だった。

「……主任」

そういいながら、こっちを振り返る。

小幡の陰に隠れて見えなかった押入れ内の様子が、玲子の目にも飛び込んでくる――。

上下二段に仕切られたそれの、上の段。

ぽつんと取り残された、小さな塊り。

土色の服を着た、幼い、子供の体。

真ん丸い空洞になった目、鼻。前歯が数本欠損した、口。

玲子は、隣にいる日野に命じた。

「……急いで、千葉県警に連絡して」

この状況を明確に想定していたわけではないが、しかし驚きは、玲子の中にはまるでなかった。


柏警察署はもちろん、千葉県警本部からも捜査員が臨場した。

事情を説明するのは、むろん玲子だ。

「……なので、あくまでも任意で、村田さんにお願いして見せていただきました。それ以前に遺体があるだろうなどと、根拠や端緒があって立ち入ったわけではありません」

県警本部にしてみれば、警視庁の人間が許可なく県内の建物に立ち入り、白骨死体を発見したのだ。面目が立たないのはもちろんだが、なんらかの形で越権行為を咎めたいところではあるだろう。

しかし、それを抑え込む程度の理屈は、玲子も用意している。

「都内で発生した事件に絡み、居所不明児童生徒の存在が捜査線上に浮上してきました。我々の目的は、あくまでもそれに関する情報収集でした。むろん市役所が開いていれば、調整を図った上でご同行いただきたいところでしたが、何しろ今日はお休みでしたので。致し方なく自力で、周辺住民の方々にお話を伺っていたと……そういうことです」

県警捜査一課の管理官は、眉間に深く皺を寄せながらも、渋々頷いてみせた。

「……では、この件に関する捜査は、我々が全面的に行ってかまいませんね」

「もちろんです。こちらには、遺体の身元に関する捜査に協力する用意もあります。あの部屋に、最後まで住んでいたと思われる女性は今、我々の監視下にあります。なんでしたら、ＤＮＡの提出を要請することも可能です」

もう一度管理官が頷くのを見て、玲子は続けた。

「……その代わり、死体検案書と、この部屋の鑑識結果は、こちらにも開示していただきます」

管理官は一瞬だけ嫌そうな顔をしたが、それが通らないことは考えるまでもなく分かったのだろう、すぐに頷いて返した。当たり前だ。県内のアパートで子供の遺体を発見したのは警視庁の警察官で、県警本部はその連絡を受け、初めて死体遺棄事案を認知した――そんなふうに週刊誌に書かれたくはあるまい。

「では、よろしくお願いします」

できる報告はすべてしたので、それで玲子たちは現場を離れた。


夕方には本所署に戻った。柏の一件に関する報告書、及び越野係長への報告は日野と中松に任せ、玲子と小幡はみたび峰岡里美の入院先へと向かった。

着いたのは夕方五時。夕食まではまだ一時間ほどある。しかし、それも里美には関係あるまい。

「……失礼いたします。警視庁の姫川です」

昨日の今日でそんなに容体が好くなるはずもない。里美は相変わらず天井を睨んだまま。ベッド近くまでいっても玲子たちに注意を払う様子はなかった。

「傷の方は、いかがですか。同じ姿勢で寝ているのも、けっこう疲れるんじゃないですか? 私も、何度か経験があるんで分かります。病院のベッドって、そんなに寝心地が好いわけじゃありませんもんね」

丸椅子は部屋の端に寄せられていたが、小幡が二つまとめて運んできた。

「……ありがと」

玲子が腰を下ろすと、里美は静かに息を吐き、目を閉じた。表情から読み取れるものは、今のところ何もない。むろん、それは意識してのことだろう。ある意味、強い人なのだと思う。

「今日私たちは、柏市の布施に、いって参りました。峰岡さんが、かつてお住まいになっていたアパートも、見てきました」

吐いたまま、里美が息を止める。

「近所にお話を伺って回ったところ、運よく大家さんとお会いすることができまして。峰岡さんのことをお訊きしたんですが、残念ながら、ご記憶にないようでした」

安堵の息くらい吐くかと思ったが、それもない。

「……ただ、中を見せていただくことはできました」

数秒、里美の様子を注視する。

病室内の時間が止まったようだった。里美の、落ち窪んだ両目は依然閉じられたまま。ただ右腕に繋がった点滴だけが、遠慮がちに自分の役割を全うしようとしている。

「そこの和室から、小さな子供の、白骨死体が見つかりました。専門家が検案して、詳しい結果はそれからということになりますが、私が見たところ、三歳か、四歳か……それくらいの子供のように、見えました」

ゆっくりと、里美が息を吸う。少し突っかかるような、苦しげな吸い方だ。

「……まず、お尋ねします。峰岡さんは、そのご遺体が誰だか、ご存じですか」

一杯まで吸ったところで、胸の動きが止まる。

「昨日もお尋ねしましたが、息子さんの重樹くん。十二年前に、市立の小学校に入学の予定でしたよね。ところが、実際には入学しておらず、峰岡さんが住民票を移していないことから、他所で別の小学校に入ることも難しかったのではないかと、我々は考えています。……いかがでしょうか。峰岡さんは、あの部屋にあった白骨死体が誰なのか、心当たりはありませんか」

するとようやく、里美の口が薄く開いた。

「そんな……回りくどい訊き方、しなくたっていいでしょ」

嫌な声だった。ザラザラとした嗄れ声。普段からそうなのか、昨日今日と、ほとんど喋っていないからそうなったのか、それは分からない。ただ、玲子は不快でならなかった。声帯が完全に錆びついている。まるであの、アパートの壁のように。

「私は単に、現在までに判明している事実を述べたまでです。そこから推測できることはもちろんありますが、できることなら、それについては峰岡さんご自身の口から、伺いたいんです」

里美の口元が、苦々しく歪む。

「……重樹だって、いいたいんでしょ。その白骨死体だかなんだか、見つかったのが、重樹だっていいたいんでしょ」

本人は精一杯声を荒らげたつもりなのだろうが、実際は、さほど大きな声にはなっていない。

「そうなんですか？」

「そう、って……何が」

「あの白骨死体は、重樹くんなんですか」

「……だったら、なんだってのよ」

黙っている分にはある種の「強さ」を感じたが、それは単に「強情」「我が強い」というだけのことだったようだ。もっとよく知れば「強欲」な面も見えてくるように思う。里美にあるのは、そういった「負の強さ」だ。

「峰岡さん。あれだけ綺麗に骨が残っていれば、少なくともあの子供とあなたに血縁があるかどうかは、調べれば分かることなんですよ。そうなれば、警察は当然、あなたに事情を訊くことになります。警視庁ではありません。千葉県警の捜査員が、数日の内に、ここにやってきます。私も事情を訊かれるでしょう。そのとき私は、彼らになんと答えたらいいんですか。峰岡さんは、その白骨死体が重樹だったら、なんだってのよ……そんなふうにしかいわなかったと、私は千葉県警の捜査員に、報告しなければならないんですか」

薄く、里美が目を開く。ようやく現実に目を向ける気になったか。

「……だから、そうだっていってるでしょ」

いってない。まだ一度も、里美は認めていない。

「そう、とは、どういう意味ですか」

「だから……重樹だよ」

「何がですか」

「死体だろ。死体の話をしてんだろ。押入れの中から、白骨死体が見つかったんだろ。それのことだよ。それが重樹だって……さっきからいってんだろ」

玲子は「和室から」とはいったが「押入れから」とは一度もいっていない。これは、通常の取調べであれば重要な「秘密の暴露」に当たる。

一つ頷き、玲子は意識的に、声を柔らかくして訊いた。

「なぜ、そんなことに、なってしまったんですか？」

相変わらず、里美はちらりともこっちを見ない。

「……知らない。覚えてない」

「いいえ、あなたは覚えています。あなたは、重樹くんがどういう経緯で死に至ったのか、どういう状態であの部屋に置き去りにされていたのか、ちゃんと覚えているはずです。……話してください。

もう、死体は見つかってしまったんです。黙っていれば、白を切り通せばどうにかなるとか、そういう状況ではないんです」

細く、ゆっくりと、里美が息を吐き出す。何から話すべきか、そもそも何がいけなかったのか。そんなことを自問しているのかもしれない。

「……まあ……強いていえば、男……ってことに、なるよね」

男、という言葉の響きそのものに、すでに諦めに似たものが混じっている。

「峰岡さん、結婚は、されてませんよね」

「ああ……重樹の父親とも、不倫だったしね……あたしなんか、学があるわけじゃないしさ、刑事さんみたいに、ご立派な仕事ができるわけでもない……せいぜい、飲み屋で男に媚《こび》売って、おだてて……それだってさ、三十過ぎると、段々不安になってくるわけ。このまま、どんどん落ちてくんだなって、毎日思ってた。もっと若い頃に、思いきって風俗でもやってりゃ、金も貯められたのかもしれないけど……いや、どうかな。それはそれで、男に貢いで、消えちゃってたのかな」

若い頃の里美を思い浮かべてはみるが、あまり好意的には想像力が働かない。若くても陰のある、薄暗い女の像しか脳裏に描けない。

「子供ができりゃ、ちょっとは相手の気も惹けるかと思ったんだけどね。向こう、子供いなかったし……でも、駄目だった。認知もしてもらえなかった。……二百万、だったかな。もらっただけで、その後は連絡もとれなくなって。……正直、産んで損したと思ったよ。別に、子供なんて好きじゃなかったしね。邪魔だなって、ずっと思ってた。歩くようになったら、可愛く思えるのかな、喋ったら情が湧くのかな、女の子だったら違ったのかな、とか、いろいろ考えたけど、そういうことでもなかった。根本的に、向かなかったんだね、子育てが……だから、徐々にだよ。食い物与えとけば自分で食べるようになって、便所も自分でいくようになって。ああ、放っといても大丈夫だなって、思うようになっていった。もっともっと先のことだと思ってたけど、案外子供って、手が離れるの早いなって……親がなくても子は育つって、いうじゃない。あれだよ」

そんな馬鹿な、といいたいのをぐっと堪える。

「それで？」

「……それで、って……ま、刑事さんにとっちゃ、他人事か……そう、だね。仕事に出ちまえば、まあ、子供がいるかどうかは、関係ないじゃない。訊かれても、いないって答えてたしね。そのうち、外に出ると、子供のことは忘れるようになっていった。その方が、気も楽だったし。まだあたしにも、違う道があるんじゃないか、なんて、思うようになって……自慢じゃないけど、昔はそこそこモテたのよ、あたし。問題は、それがイイ男かどうかってことよ。経済的な意味でも、人間的な意味でも。たださ……相手の嫌なところって、見ないようにしちゃわない？　あたしにはこの人しかいないんだって、無理にでも思い込んで、なんとか繋ぎ止めようって、必死になっちゃうところ、あるでしょ、女って」

玲子とはまったく相容《あいい》れない考え方だし、それが一般論だともまるで思わないが、今ここで否定することにさしたる意味はない。

「……そうかも、しれないですね」

「でしょう。だから、まあ……ホテルに泊まっちゃったりさ、男んところに泊まったり……泊まれないとはいえないよね、家で子供が待ってるなんて、口が裂けてもいえないし、絶対に知られたくなかった。……そんなでもさ、帰れば、ママお帰りって。案外、ケロッとしてたしね。いい子にしてなよって、パンとかジュースとか、スナック菓子とか与えとけば、適当にやってるみたいだったし。実際それで、上手くいってたんだよ。別に、問題はなかった」

どこが「問題なし」なのだ。

「でも結果的に、重樹くんは亡くなったわけですよね」

「そう、ね……病気だったのかな。帰ったら死んでた」

「それまでは元気だったのに?」

「元気、っていうか……いっつも、半分寝惚けたような感じだったかな。テレビ観たり、ゲームばっかやってたから、時間の感覚とか、なかったんでしょ。……よく分かんない」

「亡くなったのは、いつ頃のことですか」

ほんの少しだけ、里美が首を傾げる。

「小学校に入る、ちょっと前かな。学校入れば、もっと楽になるなって、面倒見なくてよくなるなって、思ってた。なのに、なんでその前に死んじゃうんだよって、ほんと、泣きたくなった……怖いってのも、あったよね。どうしよう、どうしたらいいんだろうって。これ、バレたらどうなるんだろうって……しばらく放置してたけど、腐り始めて、何しろ臭かったからさ。あたしもあの部屋に帰るの、段々嫌になってきちゃって。そしたら大家が、家賃払わないんだったら出てけって、荷物は置きっ放しでもいいから、とにかく出てけって……出てったら、このアパートどうするのって大家に訊いたら、取り壊すって、何もかもぶっ壊して、そのまま捨てちゃうっていうから……だったらいいかなって、思ったんだよね」

取り壊すといっても、普通は内部にあるものを撤去してからだ。荷物が残ったまま建物を解体し、何もかも廃材と一緒くたに廃棄するなんてことは、常識ではあり得ない。むしろこのケースでは、実際に建物が取り壊されることはなかった。だからこそ、発覚が遅れたのだといえる。

里美は続けた。

「……携帯も、渡してあったしね。なんかあれば連絡してくるだろうって思ってた。実際、最初はあったんだよ。ママ、どこにいるの、いつ帰ってくるの、って……鬱陶《うっとう》しかったな。いま仕事中だから、朝には帰るからって、しばらくはいってたんだけど。そのうち、出るのも面倒になっちゃって……年のわりに、その辺の察しはよかったよね。徐々にかかってこなくなって、あたしもそれで安心してた。便りがないのは無事な証拠、ってことで」

いいたいことは山ほどあった。

望んで産んだにも拘わらず、都合が悪くなったから放置した、そうしていたら死んでしまった――

そんな理屈が通るはずもないが、でもそうなる前に、できることはいくらでもあっただろうと思う。自分で育てられないのなら、親戚を頼ったって行政を頼ったってよかったはずだ。柏市やその周辺には、児童相談所も養護施設もちゃんとある。なぜ、自分にその能力がないと分かった時点で他者の手に委ねようとはしなかったのだ。

だが、今はいわない。玲子の役目は、白骨死体の身元確認でも、それに対する遺棄致死罪での立件でもない。あくまでも里美と、彼女を襲った犯人との関係を明らかにすることだ。

「……では、改めてお尋ねいたします。峰岡さんは一昨日、刃物であなたに切りかかった男性について、ご存じのことはありませんか」

一度口を開いて、里美も気が楽になった部分があるのだろう。

「ないね。まったく、知らない男だった」

実にさらりと、淀《よど》みなく答えてみせた。

それと同時に、玲子の上着のポケットで携帯が震え始めた。昨日ここにきたときに、マナーモードにすれば携帯電話は使用可能であることは確認してあったので、今日もそうしてあった。

「ちょっと、失礼します」

取り出すと、ディスプレイには都内の番号が表示されていた。たぶん本所署からだ。

玲子は立ち上がり、しかし廊下には出ず、その場で話し始めた。

「はい、もしもし」

『もしもし、姫川主任ですか』

「はい」

『お疲れさまです、本所署の越野です。今、よろしいですか』

一応、里美の様子は横目で見ている。

「……はい、大丈夫です」

『マル被の意識が戻ったと、いま警備の人間から連絡がありました。まだ話せる状態ではありませんが、とりあえず、一命は取り留めたと』

「そうですか。分かりました」

『姫川主任、いかれますか』

「いえ……そういうことでしたら、とりあえず署に戻ります」

『了解しました』

終了ボタンを押し、携帯をポケットにしまいながら、里美の方に向き直る。その目は、相変わらず真っ直ぐ天井に向けられていたが、玲子は気づいていた。

里美は玲子が喋っている間に、少なくとも二度は玲子の方を見た。話の内容を気にしているのは明らかだった。多少は越野の声も漏れており、すでになんの話か分かっている可能性もある。

しかし、あえて玲子からぶつけてみる。

「峰岡さん。犯人の男が、意識を取り戻しました」

返事は、なかった。だが玲子にとって、この沈黙はどんな言葉よりも確かな告白だった。

里美は、犯人の男を知っている――。

もう、玲子は座らなかった。

「……では、我々はこれで失礼いたします」

そういうと、小幡もすっくと立ち、椅子を片づけ始めた。

夕食の支度だろう。廊下の外を、保温機能付きの配膳車が静かに通り過ぎていく。ピンク色をした、丸っこい、可愛らしいデザインのワゴンだ。病院という「痛みと不安」の場所において、その色と形は「食事」という楽しみと共に、患者に安らぎや癒しを与えることだろう。

だがあの配膳車は、ここにはこない。

それでいいと思った。

峰岡里美という女に、そんな温情は欠片も必要ない。


本所署に戻り、刑事課に顔を出すと、自分のデスクにいた越野が待ち構えていたように立ち上がった。

「ああ、姫川主任……どうぞ、会議室の方に」

手で示しながら、反対の手では何かの書類をまとめようとしている。

玲子は、越野が廊下に出てきたところで訊いた。

「なんですか、それ」

「さきほどファックスで届いた、柏の件の報告書です。ざっと一次報告、といった体ですが」

会議室に入ると、日野と中松もいた。

「お疲れさま」

「お疲れさまです」

玲子が空いている席に座ると、越野も隣に腰掛けた。書類を受け取り、さっと目を通す。日野が「なに」と訊くと、小幡が「柏の報告書です」と答える。まもなく三人とも玲子の後ろに並び、覗き込むような恰好になった。

最初は検視報告書。専門医による検案書ではない。警察官による死体の状況捜査報告だ。

これによると、死因は不明、骨格に欠損はない、年齢は二歳から四歳くらい、性別は不明だが、着衣の形状から男児であると思われる、ということだった。これ以上詳しいことは、県警の嘱託医作成の死体検案書を待つほかないだろう。

次は鑑識の報告だ。

台所に溜まっていたゴミ。パンや菓子類の製造年月日は、最も新しいもので十年前の三月十二日。やはり、里美たちが十年前まであの部屋にいたことは間違いなさそうだ。しかしそうなると、遺体の年齢と多少のズレが出てくる。生きていれば重樹は十八歳。死んだ子供の体は贔屓目《ひいきめ》に見ても四歳くらい。十年を足しても十四歳にしかならない。ただしこれには、死亡時の健康状態、とりわけ栄養状態を考慮する必要がある。死因が餓死であるならば、死亡推定年齢が実際の年齢を大きく下回る可能性はある。

浴室と便所。かなり汚れていた、という以外に、特にめぼしい報告はない。

続いて奥の和室。畳及び放置されていた布団にあったシミの大部分は、糞尿によってできた可能性が高いらしい。玲子の記憶が正しければ、天井に大きな雨漏りの跡はなかった。だとすれば、自動的にそういった日常生活の諸々によって生じたことになるだろう。

さらに見ていくと、採取した証拠品リストが出てきた。

玲子が注目したのは、あの、布団の陰に散らばっていたゲームソフトに関する項目だ。ご丁寧にも、一本一本のタイトルを列記してくれている。

「なんですか、主任」

日野の声は耳に届いていたが、脳が反応することを拒否していた。それくらい、玲子の意識はゲームのタイトルリストに集中していた。

ヒーローロボット大戦争、マルコブラザーズⅡ、ぷにゅぷにゅ冒険物語、そだててニャン2、ドラゴン・ウォリアーⅠ、スーパーマルコ・カーレース、アイアンボーイ・レジェンド、みんなでカードゲーム9、わんわん大行進・お祭りへGO、ダイボーグ・シルバーZ、そだててニャン3――。

なるほど。これは、あとで調べてみる価値がありそうだ。

「……越野係長」

「はい」

「マル被は、いつ頃になったら話せるんでしょうか」

「それは、どうでしょう。何しろ、自分で頸部を切っての自殺ですんで。傷の軽い重いは別にしても、喉に近いですからね。喋るのは、つらいんじゃないでしょうか」

それは、確かにそうだろう。

「じゃあ、あとは本人の気力次第、と」

「そう、なります……かね」

とりあえず、直接会ってみないことにはなんともならない、ということだ。


翌日、朝一番でマル被の入院先に出向いた。同行は越野係長と小幡だ。

こちらの病院の方が里美のところより規模は大きく、だからというわけではないが、病室も広かった。中にいる監視担当は二名の刑事課係員だという。最初の警備課係員とは交代したようだ。

越野が小声で、刑事の一人に訊く。

「……喋ったか」

「呼びかけには反応しましたが、それ以上は」

峰岡里美と大差なし、ということか。

マル被は、首全体にぐるぐると包帯を巻かれ、顔色も若干青白くはあるものの、頭髪は普通に露出しており、予想していたより健常な様子だった。少なくとも、昨夜まで生死の境をさ迷っていたようには見えない。里美同様、繋がっているのは点滴だけで、人工呼吸器などは付けていない。

玲子は、目礼で越野に断りを入れてから、ベッドの際まで進んだ。

立ったまま、マル被の顔を覗き込む。

「……おはようございます。警視庁の姫川です。あなたに対する調べは以後、私が担当します。いいですね……峰岡重樹さん」

斜め後ろにいる越野と小幡が、同時に息を飲むのが聞こえた。

だがそれ以上に、マル被の反応の方が大きかった。

一杯まで目を見開き、玲子と視線を合わせる。

そう。調べというのは、最初が肝心なのだ。

「三日前、あなたが起こした事件について、訊きたいことは山ほどあります……ですが、どうでしょう。今、どれくらい喋れますか。声は出せますか」

すると、マル被は玲子から目を逸《そ》らし、声の調子を試し始めた。

呼気に、少しずつ声を交ぜてみる。あ、あ、お、お、と低く発し、だが具体的な言葉となると、やはり痛みが伴うようだった。口の形を変えた途端、鋭く表情が歪む。それもまた患部に障るようで、しばらく口を閉じて固まってしまった。

「いいですよ、無理はしなくて。時間はたっぷりありますから。とりあえず、『イエス』『ノー』で答えられることから始めましょう。……あなたは、峰岡重樹さんということで、間違いないですか」

マル被は眉をひそめ、唇を噛んだ。言葉は出てこないが、それでも、里美の沈黙とは明らかに質が違った。意味が違った。マル被は今、必死で考えている。しかし、どう答えていいかが分からないのだ。「イエス」といっても「ノー」といっても、事実とはズレが生じてしまう。

それはおそらく、こういう意味なのだろう。

「今のあなたは、峰岡重樹としては生きていない、その名前を使って生活はしていない……そういうことですか」

すると、小さく頷く。でも、それだけで首の傷は痛そうだ。

「無理しなくていいですよ。返事は、瞬きしてくれるだけでいいです。短ければ『イエス』、ゆっくりだったら『ノー』、これならできるでしょう?」

これには、短く瞬き。ちゃんと玲子の目を見て頷いてくれた。

「分かりました。ありがとう……ちなみに、手は動かせる? 必要なところは筆談で。できる?」

また短い瞬き。「イエス」。

「……小幡さん」

振り返ると、すでに小幡が自前のノートとペンを用意していた。

受け取ったそれらを向けると、マル被はゆっくり、首の傷に障らないよう慎重に、両腕を布団から出した。

右腕に点滴の針は入っているが、字を書くくらいは問題なさそうだった。自分でノートを構え、ペンも握る。

「じゃあ、今の名前を、書いてもらえる?」

また目を瞬くが、それに意味はなかったと思う。本当に、ただの瞬きだったのだろう。

マル被は一文字一文字、力ない筆致ではあるが、丁寧に記していく。

内、田、茂、之。

「ウチダシゲユキさん、で、いいのかな」

短く「イエス」。

「それは、戸籍としてちゃんとある名前?」

これにも「イエス」。

「その前の名前が、峰岡重樹さん、ということかしら」

少し置いて、でも「イエス」。

「じゃあ、児童養護施設か何かで暮らすようになって、その後に内田さんというお家の養子になったとか、そういうこと?」

これには「ノー」。ということは、棄児《きじ》として保護した市区町村長の命名で、新しい戸籍が作られたものと解釈できる。「重樹」が「茂之」になったのは、本人は名前を覚えていたものの発音が悪かったとか、あるいは聞き取りをした人間が勘違いをしたとか、そういうことかもしれない。

「では、現段階では便宜上、内田さんとお呼びします。……三日前、錦糸三丁目路上で殺傷事件が発生しました。被害者は三名。最初に襲われた峰岡里美さんは、全治三ヶ月の重傷。現場近くの飲食店から出てきたところを襲われた、小野彩香さんは、全治三週間。彼女と一緒にいた菅沼久志さんは……残念ながら、お亡くなりになりました。即死です」

マル被、内田茂之――峰岡重樹の顔から、一切の色が消える。

瞬きも、呼吸も、脈拍さえも、止まって見える。

里美が生きていることと、別の誰かを殺してしまったこと。重樹にとってよりショックだったのは、どちらだろう。

「……菅沼さんを殺害、小野さんと峰岡さんを傷害したのは、あなたですか」

唇が、にわかに震え始める。

「あなたですか、内田茂之ッ」

焦点を失った、両目――。

「イエス」「ノー」の答え方も、頭から飛んでしまったのか。重樹は「はい」と、声にならない言葉を、喉の奥から絞り出した。

「……分かりました。今日のところは、まだ傷も癒えていないでしょうから、逮捕はしません。ですので、任意での事情聴取ということになります」

また息だけで「はい」と発する。あとから付け加えた「イエス」の瞬き。目に溜まったものが押し出され、耳まで流れ落ちていく。

「……犯行そのものについては後日、署でゆっくり伺いますが、その前に、確かめておきたいことがあります。……あなたはお母さん、峰岡里美さんと暮らした、千葉県柏市のアパートのことを、覚えていますか」

濡れた両目が、また一杯に広げられる。どう受け入れていいのか分からない。そんな表情で玲子を見る。

「……か、し、わ」

「そう。千葉県柏市の、布施というところです。記憶にありませんか」

固く目をつぶり、「ノー」と示す。

玲子は続けて質問しようとしたが、その前に、重樹から訊いてきた。

「あ、の……たて、もの、は……」

「建物、アパートのこと？」

「はい……もう、ありま、せん、か……」

「いえ、ありますよ。当時のまま、残っています」

「……そ……その、へや……なか……」

地名は記憶になくても、その部屋で起こったことは覚えている。そういうことか。

「はい。その部屋が、どうかしましたか」

重樹の両目から、止め処《ど》なく涙が溢《あふ》れ出てくる。血の滲《にじ》むような苦悶《くもん》に、顔全体が歪む。

「その……へや、に……おとうと、が……」

「あなたの、弟さん？」

「そう……おとうと……います」

ぱさりと、重樹がノートを取り落とす。

空いたその左手を、玲子は両手ですくい取った。

「見つけましたよ。小さな男の子……あれは、あなたの弟さんだったんですね。名前は？」

「ひ、ろ……です」

「そう、ヒロくん。綺麗な体のまま、見つかりました。……ですが、我々が調べたところ、戸籍上、峰岡里美さんには、重樹さん……あなたしか、子供がいないことになっているんです。だから、最初はあの子供が、重樹さんなんじゃないかと、我々は考えました。でも、違ったんですね……ヒロくんとは、何歳違いでした？」

首の痛みに耐えながら、重樹は、必死で言葉を紡ごうとする。

「たぶん、ご、さい、くらい……」

「生まれたときのこと、覚えてる？」

「すこ、し……あの、へや、で……あの、ひとが、ひとり、で……うみ、ました」

里美は自宅で二人目を産み、だが出生届は出さなかった。そういうことだ。

重樹が続ける。

「おとう、と、が、でき、て……うれし、かった……おむつ、かえ、たり……いろ、いろ……しま、した……あの、ころ、は……しあ、わせ、でした……あの人、も、あの、頃が、一番、優しかった……でも、ヒロが、歩く、ように、なると、段々、家に、帰って、こなく、なって……ヒロと、二人、で、過ごす、ことが、多く、なって……ヒロ、が、おしっこ、漏らし、たり……俺は、綺麗に、した、つもりだった……ですけど……帰って、くると、怒られ、て……電話、しても、出て、くれなくて……でも、ヒロと、二人、なら、寂しく、なかった……ヒロが、元気、ない、と……自分、の、パン、とか……お菓子、あげて……ヒロが、泣かない、ように……俺は、いっしょ、懸命、やりました」

峰岡里美の告白は、ほぼ真実だった。しかし一点、大きな嘘が紛れ込んでいた。

ネグレクトの対象は重樹一人ではなく、弟のヒロと重樹の二人だった——。

「一緒に、ゲームもした？」

はっ、と重樹が玲子を見上げる。

「はい……あの人は、頼め、ば、ゲームは、買って、きて、くれました。子供に、手間を、かけないで、大人しく、させて、おける、ことは、しました。ヒロも、できる、ような、簡単な、ゲーム……カーレース、とか、動物を、育てるの、とか……ヒロは、あまり、上手く、なかった、けど……よく、カーレースを、二人で、やり、ました。ぶつかる、と、ヒロは、ケラケラ、笑って、喜び、ました……嬉しそう、でした」

押収されたゲームソフトの中には、二本揃っているものが複数あった。調べてみると、それはどれもケーブルで同期させて遊ぶ対戦型か、あるいは共同作業をするタイプのゲームだった。

里美の口振りから、彼女が一緒にゲームで遊んでやったとは考えづらかった。ということは、対戦相手は別にいたことになる。つまり、重樹には兄か弟がいたのではないか。そうなると、やはり確率として高いのは弟。

玲子が、峰岡重樹は生きている、マル被は峰岡重樹だと、そう考えた根拠は、簡単にいうとそういうことだ。

「そっか……ヒロくんも、お兄ちゃん、大好きだったんだね」

小さな兄と、小さな弟。

あの部屋に描かれた世界地図は、きっと、二人だけの――。

重樹が、強く奥歯を噛み締める。

「……さい、ごの、日も……ゲーム、やり、ながら、ヒロは、眠り、ました。俺も、一緒に、寝て、しまい、ました……でも、あの人の、声で、目が、覚めて……まだ、朝、早くて、暗くて……いきなり、ぶたれ、ました。どうした、何が、あった、何をした、と……ヒロは、死んで、ました。なんで、ちゃんと、面倒、見なかった、と、いわれ、ました。すごく、怒られ、ました……お前が、死なせた、と、いわれました」

明け方の、薄暗いあの和室を思い浮かべる。

シミだらけの、ぐちゃぐちゃの布団の中で、丸くなって眠る、幼い兄と弟。それを見下ろす、黒い影。その姿は幼い重樹の目に、暗闇から抜け出てきた魔人のように映ったに違いない。

闇の色をした、悪鬼の形相《ぎょうそう》の、母親――。

「ヒロくんを、押入れに移したのは、誰？」

「あの人、です。見える、ところに、置いて、おきたく、なかった……だと、思います」

「でも、その後もあの部屋に住み続けた」

「……はい。俺は、そう、でした。あの人は、ほとんど、帰って、こなく、なって。でも、ある日、引っ越すって。いきなり、あの部屋から、連れ出され、ました。ヒロを、置いたまま……全然、知らない、街に、連れて、いかれて……何日か、して……公園の、ベンチに、いるとき……ここで、待ってろと、いわれて、そのまま……夜になっても、あの人は、戻って、こなくて……捨てられた、と、分かりました」

玲子は、ずっと握っていた重樹の手を、布団に戻した。

「……でも、携帯電話は、持ってたんじゃないの？」

「そのときは、取り上げられて、ました。何も、持って、ませんでした」

「ゲームも？」

「あ……ゲーム、だけ、持って、ました。ヒロと、最後にやった、カーレースが、入ってました」

そうだろう。だから、あの部屋には一台しかゲーム機がなかったのだ。同期用のケーブルはあったのに。

その後、おそらく重樹は誰かによって保護され、警察に引き渡され、棄児と見なされ、新たに戸籍を作られた。

分からないのは、それ以降だ。

「どうして今になって、お母さんに復讐しようとしたの?」

石と石をこすり合わせるように、重樹の眉間に力がこもる。

「……電話、番号、覚えてて……」

「だったら、もっと早く連絡すればよかったのに」

「出ないと、思って……かけたら、迷惑だと、思って……でも、施設で、暮らす、うちに……あれは、やっぱり、異常なこと、だったんだと、分かるように、なって……中学を、卒業、してから……思いきって、かけて、みたら……絶対、出ないと、思ってたのに、出て……声も、聞けて……俺が、何も、いわなかったから、すぐに、切られました、けど、でも、何回か、かけてたら、後ろで、錦糸町、錦糸町って、聞こえて……そのあとは、パチンコ屋の、音とかも、してて……あの界隈を、捜してたら、ようやく、見つけて」

錦糸町駅周辺だけでも十軒近くはパチンコ屋がある。そう簡単に捜し出せるはずはない。

「どれくらいかかった?」

「三年、です……働いて、たんで……休みのとき、だけ、でした、けど……」

しかし、それが思慕の情による行動でなかったことは、重樹の表情からも明らかだった。

「三年も捜し続けた……その動機は、なんだったのかな」

「あの頃は、分からなかった、ですけど、やっぱり、どう考えても、ヒロを、死なせたのは、俺じゃ、なくて、あの人、だとしか、思えなくて……それを、確かめたくて……三年、かかって、見つけ出して……でも、すぐには、いけなくて……でも、何回目かで、声を、かけました……あの人、俺のこと、忘れて、ました……顔見ても、誰、って……俺も、自分のこと、シゲユキって、いったんで、それも、あったかも、しれない、ですけど……ヒロの、話、しました。ヒロが、死んだの、俺のせいじゃ、ないって、いって、ほしかった……認めて、ほしかった、から……でも、あの人……どうでも、いいだろって、いいました……もう、忘れたって……俺が、十年以上、ずっと、毎日、苦しんできたことを、ヒロが死んだのは、自分の、せいなのかなって、責めてきた、ことを、そんなの、どうでも、いいって……そのとき、決めました。あの人を、殺して、俺も、死のうって。死んで、ヒロのところに、いこうって……」

ところが、里美を殺すことは叶わず、代わりに重樹は、赤の他人を、その手に掛けてしまった——。

不幸な偶然で済まされる話ではない。重樹がとった行動は、間違いなく身勝手な殺人犯のそれであるし、菅沼久志に一切の落ち度がない以上、情状酌量といっても、何ならそれに値するのかという判断は難しい。

他にできることがあるとすれば、峰岡里美を遺棄致死罪と死体遺棄罪に問うことだが、それも実際には時効になっており、不起訴にせざるを得ない。里美がヒロを傷害した事実があれば傷害致死、故意が認められれば殺人罪もあり得るが、しかしそれについて捜査する権限は、玲子たちにはない。

こういうことは、決して初めてではない。いや、程度の大きい小さいを別にすれば、警察官こそ日々、そういった法の矛盾に晒《さら》されているといってもいい。

そして、自分たちは法を守り、守らせるだけ。どんなに矛盾していると分かっていても、それを作り変える立場にはない。

ならば——。

赦されることではないが、どうしても、ある考えが頭をもたげてくる。

せめて、里美が死んでくれていれば——。

それで亡くなった菅沼久志が浮かばれるわけではないが、そうだとしても、このままではあまりに不均衡だという思いが、玲子には拭いきれない。

初回の聴取を終え、病室から出ようとした玲子に、重樹はいった。

「刑事、さん……ありがとう、ござい、ました」

まさか礼をいわれるとは思っていなかったので、少し、驚いた顔をしてしまったかもしれない。

重樹は続けた。

「あの人は、俺の顔、見ても、俺だって、分からな、かった……でも、刑事さんは、俺を、最初に、重樹と、呼んで、くれました……ヒロも、見つけて、くれました……ありがとう、ございい、ました……あと……すみません、でした……」

それに対して玲子は、何もいうことができなかった。

ただ歪《いびつ》な笑みと、会釈を返しただけだった。

理由は、そのときは分からなかった。ただ、自分は感謝されるような人間ではない。そんな感覚があったのは間違いない。

里美が死んでいればよかった。そう思ってしまったからか。いや、それだけではない。だったらなんだ——分からない。

調書を作成している間も、その疑問が頭から離れなかった。次の一行から思考が浮遊し、いつのまにか手が止まっていることも珍しくなかった。

そんなときは、決まって日野から指摘された。

「主任、どうかしたんですか」

「……あ、いえ。なんでもないです」

月曜になると、日野と越野は「内田茂之」の自宅を家宅捜索に、中松は中学卒業までいたという児童養護施設と役所関係を当たりに、小幡は職場関係に聞き込みをしに出ていった。玲子だけが、本所署の会議室に残って調書と捜査報告書の作成を続けていた。

昼過ぎには、近所のコンビニにいってサンドイッチと野菜ジュースを買ってきた。その包装を見ながら、重樹とヒロは、こういうものも分け合って食べていたのだろう――そんなことを、考えているときだった。

会議室のドア口に、大きな人影が立ち塞がった。

それを見ただけで、玲子の、全身の細胞は一斉に沸き立った。

よく知っている、満面の、でも、ちょっと寂しげな、笑顔――。

「……菊田」

「主任、ただいま」

どうして――。

「なに、なんで……だって、管理官、なんにも……」

「あ、そうなんですか。主任にはちゃんと話通ってるから、早く現場に出ろって。だから、本部で課長申告して、そっから急いで……」

馬鹿、馬鹿バカバカ。

「それにしたって、電話の一本くらい」

「ああ、まあ……でも、いいじゃないですか」

菊田はカバンを会議テーブルに下ろし、玲子の前まで進んできた。

「……菊田和男、警部補、本日より、刑事部捜査第一課、殺人犯捜査第十一係勤務を命じられました。よろしくお願いいたしますッ」

十五度の敬礼。この動作を、こんなにも愛《いと》おしく思ったことが、いまだかつてあっただろうか。

「……うん……よろしく」

差し出された右手。握るだけで、吸い込まれそうになる。逞しくて、力強くて、優しくて、温かい。

「主任……寂しかったでしょ」

「馬鹿。そんなはず、あるわけないでしょ」

「でも、もう大丈夫ですから」

「……何が」

「主任は、俺が、守りますから」

何よ、それ。どういうつもり——。

「……菊田、さっきから、主任、主任って……自分だって、もう、主任じゃない」

「そうですけど、でもやっぱり、ここは、姫川班ですから」

「分かんないじゃない……菊田班って、いわれるように、なるかも……しれないでしょ」

「いえ。姫川主任のいるところは、姫川班なんです」

菊田がポケットからハンカチを出し、玲子に差し出してくる。
五、六年前に、玲子が菊田の誕生日にプレゼントした中の一枚だ。
でも、受け取らない。

泣いてないし、泣きそうにも、なっていないから。

「錦糸三丁目殺傷事件」の概要を説明し終えると、菊田は悔しそうに口を尖らせた。

「母親が、次男を死に追いやり、その母親を恨んだ長男が、十年以上経って、今度は母親を、ですか……実の親子なのに、なんで、こんなことになっちゃうんですかね。世の中には、高岡《たかおか》みたいな男だっているのに」

高岡賢一《けんいち》。かつて玲子たちが捜査を担当した「多摩川《たまがわ》変死体遺棄事件」の重要参考人の名前だ。確かに、高岡は「父性」の塊りのような男だった。結果的には、その深過ぎる愛情が彼自身を狂わせた。どうしようもなく不器用な、でも誠実な男だった。

ただ、そういわれてみて、父と母、男と女、そういう立場を置き換えてみて、玲子自身、初めてこの事件を理解できたような気がした。

「うん……でもさ、外に出ると、家のこととか、子供のこととか、つい忘れちゃう、意識から消えちゃうって、きっと、そんなに珍しいことじゃないよね」

えっ、と菊田が、怪訝そうにこっちを見る。

一つ頷いて、玲子は続けた。

「仕事人間って、そういうことじゃない。最近は『イクメン』とかいって、若いパパは子育てにも協力的、みたいな風潮だけど、そういう言葉が流行すること自体、昔はそうじゃなかった、って意味でも、あるわけでさ……女性も社会進出して、ある面では男性化していって、仕事に没頭して、それを逃げ場にして、言い訳にして、家庭を顧みなくなっていって……こういう事件にまで至らないにしても、育児放棄とかって、これから増えていくのかもって……今、ちょっと思った」

なるほど、と菊田が漏らす。

「峰岡里美とは違って、育児放棄をしない、真面目な性格の母親は、むしろ逃げ場を失って、育児ノイローゼになるかもしれませんしね」

「んん……そこまでいくと、社会全体で子供をどう育てるか、って話になっちゃうからさ。あたしは、峰岡里美は社会の歪《ひず》みが生んだ犠牲者、みたいに擁護する気は、毛頭ないし、あの人の犯した罪に対して、科せられる罰はあまりに軽過ぎるとは思うけど……でも、まったく理解できない、自分とは一ミリも重なるところのない人でなし、とも、思えないんだよね……産むだけは産んでみたけど、子育てって思ったより大変で、自分には向いてないって……実際、里美もそういってたけど、そう思うことって、そんな特別なことじゃないんじゃないかな、って」

玲子は資料を閉じ、重くなった背中を椅子に預けた。

「どんなに法を整備したって、行政の支援を手厚くしたって、里美みたいな親がいたんじゃ、ヒロみたいな、無戸籍児の問題はなくならない……んーん、あんなの親じゃない。人間は、産んだだけで自動的に親になれるわけじゃない。たぶん、すごく努力して、たくさん苦労もして、人は徐々に、親になっていくんだと思う。それに耐える覚悟のない人間は、親になる資格なんてない……」

自分でいっていて、自分が段々嫌になってくる。

「あたしなんて、その典型だと思うし……子供はもちろん、いないけどさ、自分の親のこととかね……仕事してるときは、まず頭にないし。なんか、怖いなって……親子って、ああいう狂気を、知らず知らずのうちに、孕んでしまうものなのかな、って……」

いや、と菊田がかぶりを振る。

「……主任は、違いますよ。主任は……大丈夫です」

「分かんないでしょ。知らないでしょ、菊田は。あたしのそういうところ」

「それは、そうかもしれないですけど……でも、そうじゃないところを、自分はいっぱい、知ってますから。主任は、大丈夫です」

菊田にそういってもらえると、少し、気が楽になる。と同時に、峰岡重樹もそうだったのだろう、と思った。ヒロが死んだのはお前のせいじゃない。そのひと言を、里美の口から聞きたかっただけなのだろうと、改めて思う。

駄目だ。また気分が暗くなりそうだ。違う話をしよう。

「……ま、菊田は大丈夫だよね。いいパパになりそう」

「あ、いや……」

あれ、マズかったか。こういう話題は、場合によっては問題ありなのか。

「ごめん。なんかあたし、変なこといっちゃった」

「いえ、そんな……大丈夫です。すみません」

「ああ……じゃあ、歓迎会やろうか。今の班の連中って、なんか一緒に飲みにいく感じじゃないんだけどさ、いい機会だから、みんな誘って、パーッとやろうよ」

「あ、はい……」

今一つ、菊田の返事にキレがない。

「……何よ。もしかして、自由に飲みにもいけないの？　奥さん、梓《あずさ》さん、そんなに怖いの？」

そう訊いてから、こういう言い方もよくないのかと気づいた。

どうも、昔のままのノリでは上手くないらしい。

妻帯者の菊田って、なんか、ちょっと面倒臭い。

初出

アンダーカヴァー

「宝石 ザ ミステリー 小説宝石特別編集」(2011年12月)

女の敵

誉田哲也監修『誉田哲也All Works』(宝島社、2012年3月)

彼女のいたカフェ

「小説宝石」2012年11月号

インデックス

「宝石 ザ ミステリー2 小説宝石特別編集」(2012年12月)

お裾分け

「宝石 ザ ミステリー3 小説宝石特別編集」(2013年12月)

落としの玲子

「ダ・ヴィンチ」2014年7月号、JTウェブサイト「ちょっと一服ひろば」(2014年6月)

夢の中

「小説宝石」2014年9月号

闇の色

「小説宝石」2014年9月号

誉田哲也（ほんだ・てつや）

1969年、東京都生まれ。学習院大学卒。

2002年、『妖の華』で第2回ムー伝奇ノベル大賞優秀賞を受賞。

2003年、『アクセス』で第4回ホラーサスペンス大賞特別賞を受賞。

2006年刊行の『ストロベリーナイト』に始まる〈姫川玲子シリーズ〉は、現在の警察小説ムーブメントを代表する作品のひとつとして多くの読者を獲得し、映像化も話題となった。『ジウ』『武士道シックスティーン』『ドルチェ』『ヒトリシズカ』『ケモノの城』など、作風は多岐にわたる。近著は『歌舞伎町ダムド』。

インデックス

2014年11月20日　初版1刷発行

著　者　誉田哲也《ほんだてつや》
発行者　鈴木広和
発行所　株式会社 光文社
〒112-8011　東京都文京区音羽1-16-6
電話　編　集　部　03-5395-8254
　　　書籍販売部　03-5395-8116
　　　業　務　部　03-5395-8125
URL　光　文　社　http://www.kobunsha.com/
組　版　萩原印刷
印刷所　萩原印刷
製本所　ナショナル製本

ISBN978-4-334-92977-0

誉田哲也の本

姫川玲子シリーズ

ストロベリーナイト

驚くべき連続殺人事件の解明に
若き女性刑事・姫川玲子が立ち向かう！
〈光文社文庫〉◎定価　本体６６７円＋税

978-4-334-74471-7

ソウルケイジ

相矛盾する手掛かりと証言が示す、切なすぎる真実とは？
姫川玲子の推理と捜査手腕が冴え渡る！
〈光文社文庫〉◎定価　本体６８６円＋税

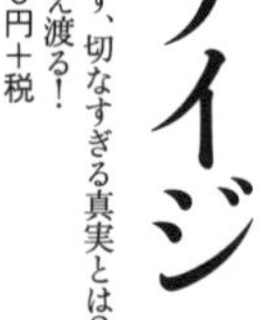

978-4-334-74668-1

シンメトリー

警視庁捜査一課殺人犯捜査係所属・姫川玲子。
明けても暮れても終わらない彼女の捜査の日々を描く短編集。
〈光文社文庫〉◎定価　本体５９０円＋税

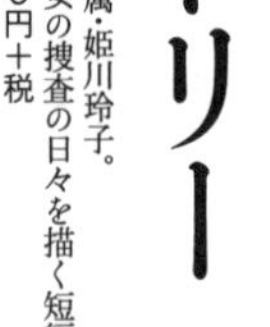

978-4-334-74904-0

誉田哲也の本